請你說話

卡內基給商界人士的演說力指導

說服×影響×打動人心的魅力口才
成功企業家的最強外掛

戴爾·卡內基Dale Carnegie 著
王林、楊玲萱 譯

序言

全美國正掀起一股成人教育風潮，而其中最具聲勢的就是戴爾．卡內基，他聆聽且講評過的成人演講，比全世界任何人都來得多。根據雷普利〈信不信由你〉指出，卡內基一共講評過十五萬場演講。如果你覺得這個數字不是非常驚人，讓我們這樣比擬一下，這相當於從哥倫布發現美洲大陸以來，幾乎每天都有一場演講。或者換種方式來說，所有在卡內基面前進行演講的人，即使每個人只花三分鐘時間，而且毫不間斷地輪番上陣，那也要花上整整一年，日以繼夜地聽才能聽完。

卡內基自身充滿強烈對比的職業生涯，就是說明執著於創新想法並懷抱熱忱的人，可以成就遠大目標的最好範例。

卡內基出生於美國密蘇里州一個距離鐵路十英里遠的農場，直到十二歲才第一次看到電車。然而，現年四十六歲的他，卻已經踏遍了世界各個角落，從香港到挪威亨墨菲斯都有他的足跡。他甚至還曾去過非常接近北極的地方，離北極的距離比拜爾上將的南極考察基地到南極的距離還要近。

這個密蘇里州的小伙子，過去以每小時五美分的時薪幫人採草莓和割雜草，現在卻以每分鐘一美元的收費幫大企業的主管進行自我表達的訓練。

他在人生中頭幾次的公開演說都失敗了，後來成了我的人事經理，而我的成功很大程度上要歸功於戴爾．卡內基的訓練。

年輕的卡內基求學之路十分艱辛。由於位於密蘇里州西北部的自家農場老等不到好運降臨，受盡磨難後，卡內基一家決定賣掉農場，舉家搬遷到位於密蘇里州沃倫斯堡州立師範學院附近，另外購置了一座農場。當時鎮上有供餐的宿舍一天要一美元，但是年輕的卡內基窮到連這點錢也負擔不起，因此他只好繼續住在家中農場，每天騎馬騎三英里到學校上課。

州立師範學院一共有六百名學生，而卡內基是少數幾個負擔不起鎮上宿舍費用的學生之一。很快地，他就注意到學院中有幾個團體特別有影響力且享有特別待遇，那就是美式足球和棒球選手，以及辯論和演講比賽冠軍。

卡內基深知自己毫無運動天分，決定努力贏得演講比賽。他花好幾個月的時間準備講稿，每天通勤時坐在馬鞍上不斷練習，也在擠牛奶時勤加練習。他在穀倉裡放了一捆稻草當演講臺，然後站在上面滿懷熱情、比手畫腳地演講時事，洪亮的聲音還嚇跑了一群鴿子。

然而，儘管他認真投入，準備周全，卻是一次又一次地失敗。接著突然間，他開始在比賽中勝出，而且不只一場，校內的每一場比賽都由他拔得頭籌。其他學生紛紛向他請教，經過他的指導和訓練，也都成功在比賽中勝出。

畢業後，卡內基的第一份工作是在內布拉斯加州西部和懷俄明州東部的山區，挨家挨戶地向各農場主推銷函授課程。儘管有著無比的熱忱和活力，他還是無法達成銷售目標。備受打擊的卡內基，在大白天就回到他在內布拉斯加州阿萊恩斯城的旅館房間中，撲倒在床上黯然落淚。他渴望回到校園，渴望逃離生活的硬仗，卻無法如他所願。因此，他決定到奧馬哈去找其他工作。他沒有錢買火車票，所以只能搭貨運列車，靠幫忙照料其中兩節車廂的野馬來抵車資。到了奧馬哈南部，他找到一份工作，替阿穆爾公司銷售培根、肥皂、豬油等產品。他負責的區域橫跨了南達科他州西部的荒原和美洲原住民保留區。卡內基搭乘貨運火車、長途馬車或是騎馬在工作的地區來往，晚上則是住宿在只用一塊布簾隔開房間的簡陋小旅店裡。

他勤讀有關銷售技巧的書籍、學騎未被馴服的野馬，以及和印第安人玩紙牌，還學會了如何收帳。當有商店老闆付不出培根和火腿的貨款時，卡內基就會從他的店裡拿幾雙架上待售的鞋子，轉賣給鐵路工人，然後用這些賣鞋子的錢付清阿穆爾公司的帳單。

在兩年內，他就將這個業績不佳、銷售排名二十五的地區經營得有聲有色，一躍成為公司在奧馬哈南部二十九條路線中的第一名。公司想拔擢他，說道：「你完成了不可能的任務。」但卡內基不但拒絕了晉升還辭職了。他搬到紐約，進入美國戲劇藝術學院就讀，還參與電影《馬戲團的波莉》的演出，飾演哈特利醫師一角，並隨劇團在全美國各地巡演。

卡內基有自知之明，深知自己永遠也無法成為一個偉大的演員。因此，他回到老本行，重新做起業務的工作，為帕卡德汽車公司賣卡車。

他對機械一竅不通，而且一點興趣也沒有。他過得極其痛苦，每天都得說服自己去工作。他渴望有時間念書，並撰寫他從求學時期就想寫的書。因此，他再次辭職了。他決定到夜校當老師來維持生計，其他時間則全部放在寫作上。

但教書要教什麼呢？他回顧了自己的學生生涯，發現他從準備演講的訓練中學到的自信、勇氣與冷靜，以及在工作上學到的應對進退，比他從其他學科所學到的一切加總都還要多。因此，他說服了紐約基督教青年協會（Y.M.C.A.），讓他針對商務人士開一門演講課程。

什麼?要把商務人士訓練成演說家?太荒謬了。他們很清楚,因為他們曾經嘗試辦過類似的課程,但是從來都沒有成功過。

學校一開始並不願意付他每晚兩美元的薪水,因此他同意以抽佣金的方式收費,從淨收益中抽成(如果真的有收益的話)。不到三年的時間,卡內基每晚靠抽成所得的薪水已經有三十美元,遠遠大於他一開始要求的兩美元。

卡內基的培訓課程逐漸發展開來,名聲傳到了其他青年耳中,也傳到了其他城市裡。卡內基很快就成為了紐約、費城、巴爾的摩地區的知名講師,後來甚至遠到倫敦、巴黎巡迴授課。對於蜂擁至卡內基課堂上的大男人來說,課本內容總是太學術而不實際。但沒什麼好怕的,卡內基自己坐下來,寫了一本《請你說話》。此書現在是所有青年會、美國銀行家協會、國家信用貸款從業協會的正式教材。

現今,卡內基的演講訓練課程,每一堂課的學生人數遠比哥倫比亞大學和紐約大學推廣部開設的演講課程學生總數還多。

對於演講,卡內基有他獨到的見解,他認為,任何人在被激怒的情況下都能口若懸河。他說,即使是鎮上最愚鈍的人,只要你一拳打在他下巴上,把他打倒了，他也會立刻站起來，以無比激昂的情緒，充滿抑揚頓挫的語調，以及流利的口才滔滔不絕。他相信，只要有自信，再加上腦中反覆思考、醞釀多時的想法，任何人都能在公開場合進行合宜的演說。

卡內基認為，要提升自信心的方法，就是去做自己害怕的事，並試圖獲取成功的經驗。因此，他強迫所有學員在每一堂課都要發言。課堂上的學生因為狀況相近，所以都能感同身受，唯有透過不斷的練習，才能獲得勇氣、自信，以及熱忱，並且能夠自然地將這些體現在他們平時的交談中。

卡內基會告訴你，這些年來他並不是以公開演說來謀生——那是偶然的。他的主要工作是幫助人們克服恐懼、培養勇氣。

一開始，他只是要開一門關於演講的課程，但是來報名的學生都是企業人士，其中很多人大概有三十年沒進過教室，而且大部分的學生都是以分期付款的方式繳學費。他們要的是成效，而且必須是立竿見影的成果——他們想要學了以後，隔天立刻就能在商務面談中或是在面對人群說話時派上用場。

因此，卡內基為了將課程變得務實且好上手，他開發了一套獨特的培訓系統——將公開演說、推銷術、人際關係、個性發展和應用心理學完美地結合在一起。

哈佛大學的威廉・詹姆斯教授曾說過，一般人只使用到自己十分之一的潛能。戴爾・卡內基透過激勵成人探索、釋放自己隱藏的內在潛能，創造了成人教育最重大的變革之一。

羅威爾・湯瑪斯

第一章

培養勇氣和自信

不要認為你的經歷是不尋常的，即使是同代人中的佼佼者，在其演講生涯的開端，也同樣被恐懼與緊張折磨過。

你要挺直腰桿，直視你的聽眾，自信地發表演說，就如他們是你的債務人一樣。要想像著他們欠你的錢，他們聚集在這裡請求寬限還錢的期限。這樣的心理將會有利於你的演講。

過去這二十多年來，已有五十多萬人參與我所開設的公開演說課程，並運用我的理論和方法。他們中的許多人也來信告訴我，為什麼會報名上課以及想從中學到什麼。當然，他們的說法不盡相同，但他們的中心思想和根本要求卻是那樣地驚人一致，他們接二連三地寫道：「當我被叫起來站著講話時，我是如此緊張、恐懼，以致無法集中精神、理清思緒，無法回憶起我要說的話。我想變得自信、泰然自若，並且獲得獨立思考的能力。在商場上、俱樂部裡或公眾面前，我希望我的思維組織能合乎邏輯，並能清晰地表達出來且令人信服。」成千上萬的來信內容大致都是如此。

記得有一件真實的事情：多年前，有一個叫根特的企業家參加了我在費城舉辦的公開演說課。就在開課不久，他邀請我到「製造業工人之家」共進午餐。他是個中年人，而且生性樂觀。他不但是製造業公司的總裁，也是教會工作和公眾活動的領導者。那天，當我們邊吃邊聊時，他斜靠著桌子說：「以前，人們多次邀請我在公眾場合講話，但我從不敢嘗試。我會感到很慌亂、焦慮，腦袋也一片空白。所以我總是迴避著這種事情。但我現在是大學董事會主席，我必須主持會議，發表言論……你覺得我這樣的年紀才去學習演說，有可能成功嗎？」

「根特先生，是我覺得嗎？」我回答說，「這並不是我覺不覺得的問題。我知道你是可以的。而且我知道，只要你採用正確的方法，並輔之以不懈的努力，你肯定會成功的。」

他試著相信我的話，但又怕過於樂觀，半信半疑地對我說：「我想你是出於好心，安慰我、鼓勵我而已。」

他完成整個培訓後，我們有好一段時間沒有聯絡。後來，我們又在「製造業工人之家」相遇並一起共進午餐，同樣坐在上次那個角落裡的桌子旁。回憶起上次的談話，我問他當時我是否太樂觀了。他從口袋裡拿出一本紅色皮的筆記本，讓我看他預定的演講日期，並坦誠地說：「演說能力、演講中的快樂，以及能為社區服務——這都是我生命中最令人感到滿足的事情。」

就在我們相遇前不久，華府召開了裁軍會議。當知道英國首相打算參加這次會議時，費城的浸信會教徒們拍電報邀請首相到他們城市舉行的大型群眾集會上演講，而根特先生就是眾多浸信會教徒中被選出來向群眾介紹首相的人。

正是這個男人，在三年前坐在桌子旁，鄭重地問我他能否當眾演說。

他的演說能力進步的速度非凡嗎？絕對不是。類似的例子還有很多。舉一個較為具體的來說——多年前，有一個布魯克林的內科醫師，我們稱他為柯帝士醫師，在佛羅里達州巨人隊訓練場附近過冬。作為一名熱情的棒球迷，他經常去看巨人隊訓練。不久，他跟球隊便十分熟悉了。於是有一天，他被邀請去參加巨人隊的慶祝宴會。

咖啡和堅果上過後，一些有名氣的嘉賓站起來講了幾句話。突然，柯帝士醫師意外地聽到主持人說：「今晚有一位醫師出席了我們的宴會，下面有請柯帝士醫師為我們隊員的健康講幾句話。」

他有這方面的知識準備嗎？當然有。他有世界上最充分的準備：他研究衛生學以及行醫三十年了，對於這話題，他可以坐在椅子上跟旁邊的人滔滔不絕地談論一整夜。但是，要他站起來對著即使只是一小部分的聽眾講，那可就是另一回事了。他顯得無能為力、心跳加速，因為他從未試過公開演說。現在，他只想著能長出兩隻翅膀飛離這裡。

他究竟怎麼做呢？每個人都鼓掌地看著他，柯帝士搖搖頭，但這使掌聲更熱烈。「柯帝士醫師，發言！發言！」這喊聲變得愈來愈迫切。

他處在兩難境地。他知道，如果他站起來發言，他根本說不出話來，一定會失敗。於是，這個侷促不安和羞愧的人，一言不發地站起來、轉身，默默地離開了宴會。

回到布魯克林後，他做的第一件事，就是報名參加我的公開演說課程。他不想再次陷入令他臉紅、啞口無言的境地。

他是那樣令老師為之振奮的學生：他無比認真。他全心全意地渴望能夠當眾演講，總是充分地準備他的演講，而且用心地練習，從未缺過任何一堂課。

他認真地做著學生該做的事，以驚人的速度進步著，這速度已超過了他的美好設想。經過最初的幾次學習後，他的緊張情緒消失了，且愈來愈有自信。兩個月後他已成為學習班中的演講明星。不久，他開始接受來自各地的邀請。現在，他非常喜歡演講的感覺和激情，以及演講帶給他的榮譽與朋友。

一位紐約市委員聽了柯帝士醫師的一場演講後，邀請他在市裡為自己的政黨做巡迴演說。要是這位政治家知道，正是這個人，僅在一年前因為怯場說不出話來，而在羞愧和慌亂中離開宴會，那麼，他會是何等的驚訝呀！

面對公眾講話時獲得自信和勇氣，以及沉著、清晰思考的能力，並不及絕大多數人想像的十分之一難。它並不是上帝賜予極少數有天賦的人的禮物，而是像打高爾夫球，只要每個人有足夠的想望，他就能培養自己的這種才能。

站著面對聽眾，無法像坐著那樣很好地思考，是最主要的原因嗎？當然，你並不這樣認為。事實上，面對聽眾，你反而會思考得更好。因為，在場的聽眾能刺激你，提升你的思維能力。許多演說家都認為，在場的聽眾是種激勵和靈感，他們會使演說者頭腦更清晰、更敏捷。在這個時候，演說者並未意識到他們已經擁有的一些的念頭、知識、想法，會如雲煙般飄來，他們只需伸出手，信手捻來即可。那應該成為你的經歷。而如果你不斷練習並持之以恆，這一切定會如願以償。

透過這些事例，我們絕對能夠相信：培訓和練習能夠消除你的恐懼心理，並帶給你自信和持久的勇氣。不要認為你的經歷是不尋常的，即使是同代人中的佼佼者，在其演講生涯的開端，也同樣被恐懼與緊張折磨過。

前英國首相勞合．喬治坦言：「我第一次做公開演說時，真的是處於一種痛苦狀態，我這麼說並不是謙虛，事實上，我的舌頭打結，在開始時，根本說不出一句話來。」

著名的英國政治家約翰．布萊特，他在一所學校裡對著一群普通老百姓進行首次演說。在去演講的途中，他非常害怕自己會失敗，於是請求他的同伴在他因緊張而想打退堂鼓的時候，用鼓掌來激勵他。

據偉大的愛爾蘭領袖查爾斯．斯圖爾特．巴涅爾的兄弟表示，巴涅爾在第一次上臺演說時非常緊張。他全程緊握拳頭，導致他的手指甲陷入肉裡，手掌流出血來。

事實上，英國許多著名的演說家，在首次演講時都是失敗的。以至於現今在英國國會中有一種觀點：一個年輕人如果首次演講成功，並不是好的徵兆。所以，就算演說失敗也要振作起來。在回顧眾多演說家的成長經歷後，每當看到學員在最初演說時緊張、焦慮不安，我總是感到很高興。

即使是在只有十幾二十人的商業會議上演說，也應該做到：時而緊張，時而震驚，時而興奮。演說者應像一批訓練有素的良馬縱橫馳騁。兩千年來永垂不朽的羅馬哲學家西塞羅說過，所有偉大的演說者都有優點，就是以緊張為特色。

演說者即使是透過廣播談話也會有同樣的感受，這被稱為「麥克風恐懼症」。當卓別林進行廣播時，他都會事先把講稿寫好。當然，他已習慣面對著公眾演說了。一九一二年，他寫了一部歌舞劇《音樂廳之夜》在美國巡迴演出。在這之前，他在英國已經有舞臺經驗。然而，當他進入工作室面對著麥克風時，他的胃在翻騰，就像在二月的暴風雨中橫渡大西洋時的那種感覺。

著名的電影演員兼導演詹姆斯·柯克伍德也有過類似的經驗。他是演說舞臺上的一顆明星，但每當他透過麥克風發表完演說，從工作室出來時總是渾身是汗。他坦言：「即使在百老匯當眾演說，也不會讓我變成這個樣子。」

無論他們是否經常做演講，有一些人在演講開頭都會很緊張，但過了一會兒，這種緊張就會消失，他們就會恢復自我。

即使是林肯，也會在演講最初的時候感到侷促不安。他的法律合夥人赫恩登描述說：「在開始時，林肯總感到手足無措，讓自己去適應周圍的環境好像是一件很棘手的事情。他力圖改變這種過分的膽怯和不安，但往往會適得其反。每當這個時候，我都會很同情他。當他開始演講時，他的聲音顫抖、刺耳，令人不悅。他的舉止、神態、暗無光澤且皺的臉、古怪的姿勢，以及拘謹的動作——所有這一切都好像對他不利，但這種情況只持續了一小段時間。」過了一會兒，林肯變得泰然自若，充滿熱忱與激情，他真正的演說開始了。

你的演說經驗也許跟林肯的類似。

要想迅速地掌握演說技巧，下列四件事是很重要的：

第一，要有強烈且持之以恆的願望

這一點比你想像的要重要得多。如果你的指導員能夠深入你的內心世界，並確定你的願望強度，那麼，他幾乎能確切地預測你的進步速度。如果你的願望並不強烈，你的進步將不會有什麼起色；但如果你持之以恆地追求你的目標，就像追逐一隻貓的牛頭犬那樣，世界上就再沒有任何東西能阻礙你。

因此，要讓這種自學激發你的熱情，弄清楚演說能帶來的益處。你應該想想額外的自信以及在商場上更具有說服力的談話能力，對你意味著什麼？想想它可能對你的財富意味著什麼？以及它對你的社交圈意味著什麼？想想它會為你帶來的朋友，以及增加你個人的影響力。而且，演說能賦予你領導地位，比你所能想到的其他任何活動都還要有效。

前紐約州參議員昌西．迪普宣稱：「沒有什麼技巧能像演說那樣讓人迅速地開創事業，獲得認可。」

食品加工業巨頭菲利普．阿莫爾在擁有百萬家產後，說：「與其成為一個偉大的資本家，還不如成為一名出色的演說者。」

每一位受教育者都想獲得演講的才能。在安德魯．卡內基去世後，人們在他的著作裡發現了他三十二歲時為自己制定的一份人生計畫。那時，他認為兩年後他的生意每年將獲利五萬美金，所以他打算三十五歲時退休，去哈佛大學接受完整的教育，然後「專心研究公開演說」。

憧憬著演講所帶來多姿多彩的滿足與快樂，我周遊整個世界，並獲得各種各樣的經歷。但是，要獲得徹底而永恆的滿足感，沒有任何事能與在公眾面前演講、讓公眾跟著你一起思考相媲美。它會帶給你力量，帶給你動力，它會讓你成為人上之人，這其中蘊含著魔力與永不磨滅的激情。一位演講家坦承道：「在我演講開始前的兩分鐘，我寧願被鞭打也不願開始。但在我結束前的兩分鐘，只有遭槍擊才會讓我閉嘴。」

在前進的每一步征途中，一些人灰心喪氣，半途而廢。所以，在願望還沒有最終實現之前，你應該經常思考一下演說這門技能對你來說意味著什麼。你要自始至終保持旺盛的熱情，直至達到成功的彼岸。所以，每個星期你都要抽一個晚上讀一下這些章節。簡而言之，盡量輕裝上陣，決不輕言放棄。

當凱撒率領著軍隊渡過海峽，在現今的英格蘭登陸時，你知道他是怎樣確保他的軍隊勝利嗎？他做了一件非常聰明的事情：他命令軍隊在多佛港口的懸崖邊上站著，看著足下兩百英尺處的海浪，以及他們用來橫渡海峽的船隻被熊熊的烈火吞噬。在敵人的國度裡，隨著連接歐陸的最後一個鏈環的消失，隨著最後一個撤退工具的被燒，他們只有一件事可做——前進和勝利；而這正是他們所做到的。

這就是永恆不朽的凱撒精神。那麼，在這場消滅愚昧的公眾恐懼症的戰爭中，為什麼不讓這種精神為你所擁有呢？

第二，完全清楚自己要說什麼

當一個人面對聽眾時，除非他很清楚並計畫好自己要講的內容，否則他會感到不安。這正如盲人給瞎子帶路一樣。在這種情況下，演說者會非常緊張，懊悔不已，並為自己的疏忽大意而感到羞愧。

美國總統羅斯福在自傳裡寫道：「一八八一年秋天，我被送進議會，並成為這個群體裡最年輕的一員。像其他年輕而沒有經驗的成員一樣，我在發表演說時遇到極大的困難。一位前輩的忠告，使我獲益匪淺。他對我說：『當你確定有話想說，並知道要說什麼時才站起來，說完了，就坐下來。』」

這位有智慧的前輩還告訴羅斯福另一種消除緊張的方法：在進行公開演說前找一些事情來做，有利於消除緊張不安——比如你向公眾展示一些東西，或在黑板上寫個字，或在地圖上指出個地方，或搬動一下桌子，或打開窗戶，或移動一下書籍和文件——所有這些帶有一定目的的肢體動作，都會讓你感到更輕鬆。

確實，找出一些藉口去做這些事情並不容易，但這只是個建議，你要視情況而定。如果可以，請使用它，但應限制在最初幾次，這正如一個孩子一旦學會走路，就不用再扶椅子一樣。

第三，讓行動充滿自信

美國最著名的心理學家之一，威廉．詹姆斯教授，曾這樣寫道：

行動看上去發生在感覺之後，但事實上，兩者是伴隨而來的。透過控制受意識直接操控的行動，我們可以間接控制感覺——感覺不是在意識的直接控制下。

因此，當我們本身不快樂時，重新獲得快樂的最有效途徑就是挺直腰桿，裝作快樂地去做事和說話。如果這種行爲都不能讓你快樂起來，那麼在這種情形下，沒有什麼能讓你快樂了。

所以，勇敢地去想，勇敢地去做，貫徹我們的意志力堅持到底，那麼，勇氣就會取代恐懼。

根據威廉．詹姆斯教授的觀點，當你面對著公眾時，你應透過自信鼓起勇氣。當然，如果你對演講不做精心準備，那麼任何技巧也無濟於事。但是，如果你對要講的東西已經胸有成竹了，那麼你就輕鬆地走出來，並深呼吸一下。事實上，在演講前你做半分鐘的深呼吸所增加的氧氣能令你精神振奮，並給予你勇氣。偉大的男高音尚．瑞茲克曾說過，深呼吸可以抑制並消除緊張情緒。

無論何時何地，人們總是崇尚勇敢。所以，無論你的內心世界受到何種重創，你都要勇敢地大步向前，堅強地佇立在人們面前，並表現出你的熱愛之情。

你要挺直腰桿，直視你的聽眾，自信地發表演說，就如他們是你的債務人一樣。要想像著他們欠你的錢，他們聚集在這裡請求你寬限還錢的期限。這樣的心理將會有助於你的演講。

不要緊張不安地解開又扣上你的鈕釦，不要玩弄你的裝飾物，不要亂摸東西。如果你一定要做某些動作才能安心，可以把手放在身後絞扭手指或轉動腳趾頭，必須讓聽眾看不到你的動作。

一般來說，演說者不應該置身於擺設之後，那是不好的。但最初幾次，你可以站在桌子或椅子後面，緊緊地抓住它們，也許這會帶給你一點點勇氣；或許你也可以緊握一枚硬幣在手上。

羅斯福是怎樣培養勇氣和獨立自主呢？他的冒險和無畏的精神是與生俱來的

嗎？不是。他在自傳裡承認道：「我本來是一個體弱多病、行動笨拙的男孩。作為一個年輕人，在初次演說時我非常緊張，並懷疑自己的能力。因此，我不斷錘煉自己，不論是身體方面還是精神方面。」

值得慶幸的是，他在自傳裡告訴我們他是如何有這樣的轉變。他寫道：「在我還是孩童時，我讀了皇家海軍軍官馬里亞特的一篇文章，文章內容深深地烙印在我的心裡，敘述一個英國軍艦長向馬里亞特解釋如何獲得無畏的品質。他說，幾乎每個人在行動開始時都會感到害怕，但隨後的行動要求他們控制住自己，並表現出無畏的精神。當這種情況持續一段時間後，故作的無畏就會變成真正的無畏，而他們在不知不覺中就不再緊張了（我這裡沒有用馬里亞特的原話，這是我自己的話）。這就是我信守的理論方法。對許多東西，從面對灰熊、烈馬到持槍歹徒，我在開始的時候都很害怕。但透過無畏的訓練，我慢慢地消除了恐懼心理。只要人們選擇這種方法，他們同樣也會像我這樣的。」

要是你願意，你也可以有同樣的經歷。法軍福熙元帥說過：「在戰爭中，最好的防守就是進攻。」所以，要對你的恐懼發起進攻。在各種情況下，以無畏的精神去發現它、攻擊它，並戰勝它。

現在，假設你獲得一個訊息，然後你被指示要發電報傳遞這個訊息。是誰傳遞這個訊息其實不重要，真正重要的是這個訊息，它才是我們想要知道的。對於這個訊息，你要全身心投入進去，了解它就像了解你自己的手背一樣，你要充分地相信它。然後，你決定把它宣告出來。這樣，你就會非常快地駕馭演講的場合，以及駕馭你自己。

第四，練習！練習！再練習！

最後一點，也是最重要的一點。即使你忘記了之前讀過的所有東西，但這一點一定要記住：練習！練習！再練習！這是這一切的必要條件，「沒有它，什麼都不用談」。

羅斯福告誡說：「任何初學演說的人，最容易犯『狂熱症』。『狂熱症』指的是一種高度緊張的興奮狀態，這種狀態與膽怯完全不同。當演說者初次面對眾多聽眾——就像沒經驗的獵人初見獵物接近時的緊張興奮心情，或初次與別人吵架時——都會很容易出現這種情緒。這種演說者所需要的，不是勇氣，而是控制情緒，保持頭腦清醒。而要獲得這些，就應該進行實際操練。他必須習慣性地、反覆地進行自控練習，以完全控制自己的情緒。對反覆努力和意志鍛鍊而言，這實際上是一種習慣。如果演說者在每次鍛鍊後都能吸收有益的東西，那麼，他將變得日益強大。」

你想消除面對公眾時的恐懼心理嗎？那麼，先讓我們弄清楚導致這種心理的原因。羅賓遜教授在《思想的來源》一書中，寫道：「恐懼是由於無知和不確定引起的。」換句話說：那是缺乏自信的後果。

那麼，是什麼導致這種情況發生呢？這是因為你不知道自己實際上能做些什麼。而不知道自己能做什麼，是因為缺乏一定的經驗。當你取得了成功的經驗後，這種恐懼將會消失得無影無蹤，就像陰霾的天氣裡出現七月的太陽一樣。

有一點能肯定的是：學習游泳的方法，就是親自下水。現在你已經讀了這本書，何不開始去實際執行呢？

現在，你應選一個你喜歡且熟悉的主題進行三分鐘演說，然後反覆練習。如果可以，面對一群想聽你演說的人，或是在你的朋友面前，竭盡你所能地去展示你的才華。

小結

①數千名學生寫信告訴我，他們報名參加公開演說訓練課程的原因，以及他們想從中學到什麼。他們的目的幾乎都是：想戰勝緊張情緒，能泰然自若，自信、從容地在公眾面前進行演說。

②要想獲得這樣的能力並不難。它並不是上帝賜予極少數有天賦的人的禮物，而是像打高爾夫球，只要每一個人有強烈的願望，那麼，他就能擁有這種才能。

③許多有經驗的演說者面對一群聽眾時，思考能力會比跟個別人講話時更好，說得更精彩。眾多的聽眾能給你激勵與靈感。如果你確實按照這本書的建議去做，那麼這也將成為你的經驗，你也會很高興地期盼進行一次演說。

④不要認為你公開演說的痛苦經歷是不尋常的。即使是著名的演說者，在演講生涯的開端，他們同樣也被恐懼與緊張折磨過。

⑤無論你演講了多少次，在演講的開頭，你總會感到緊張。但過了一會兒，你就會泰然自若，緊張感會完全消失。

⑥要想迅速地掌握演說技巧，以下四件事是很重要的：

1.要有強烈且持之以恆的願望。要釐清演說能帶來的好處，激發你的熱情，想想它意味著金錢、社交、朋友、影響力，以及領導地位。記住，你進步的速度取決於你渴望的程度。

2.完全清楚自己要說什麼。如果你不知道自己要說什麼，你是不會感到舒服的。

3.讓行動充滿自信。威廉·詹姆斯教授說過：「勇敢地去想，勇敢地去做，貫徹我們的意志力堅持到底，那麼，勇氣就會取代恐懼。」羅斯福坦承道，他克服對灰熊、烈馬、持槍歹徒的恐懼，都是用這種方法。你可以仿效，用這種心理來戰勝對聽眾的恐懼感。

4.練習！練習！再練習！這是最重要的一點。恐懼是由於缺乏自信，而缺乏自信是由於不清楚自己可以做什麼，這是由於缺乏經驗所造成的。所以，當你取得成功的經驗後，這種恐懼就會消失得無影無蹤。

發聲練習——正確的呼吸法

「要讓優美的聲音臻於完美，」澳大利亞女高音梅爾芭女士說道，「正確的呼吸方式是最關鍵的技巧。」因此，練習正確的呼吸方式是訓練發聲的第一步。呼吸是發聲的基礎，也是我們打造言談語句的原料。

使用正確的呼吸方式可以讓聲調更飽滿、低沉、圓潤，這種就是較具吸引力的聲調，而不是尖銳單薄的聲音。具吸引力的聲調，能讓人感到愉悅，可以更深入人心。既然正確的呼吸方式如此重要，我們就必須知道正確的呼吸方式為何，以及如何練習。

義大利歌唱大師最常說的呼吸方式就是腹式呼吸。那是什麼？是某種新穎、奇特又困難的技巧嗎？完全不是。你早在嬰兒時期就能駕馭這個技巧，而現在，你每天也都有一段時間會使用這個技巧。今晚，當你平躺在床上的時候，就會自然而然且非常正確地使用腹式呼吸法。不知道為什麼，人在平躺的時候，除了正確的腹式呼吸之外，很難以任何其他方式呼吸。

因此，你要解決的問題非常簡單：在站立時，運用你在平躺時所使用的呼吸方法。聽起來不難，是吧？

第一個練習如下：平躺，然後深呼吸。注意，在做這個動作的時候，主要的活動都集中在身體中段部位。在平躺的情況下深呼吸，你的肩膀是不會往上抬的。此時，海綿般多孔的肺，會因為吸進空氣，而像氣球一樣膨脹。氣球膨脹就會往外擴張，但要擴張到哪裡？由於我們的肺臟上方和側邊都被骨頭擋住了，雖然肋骨會稍微舒張，但肺臟要向外擴張最簡單的方式，還是往下擠壓位於胸腔底部、腹腔頂部的柔軟肌肉，這塊肌肉也就是橫膈膜，將人體分成兩部分：上半部是胸腔，裡頭有心臟和肺臟；下半部則是腹腔，裡頭有胃、肝臟、腸子和其他重要臟器。這一大塊肌肉長得像個屋頂，稍微呈拱形，像圓頂一般。

讓我們想像一下，拿個十元店賣的那種紙盤子或紙碟子，將它反過來放，然後從拱起的那一面往下壓，會怎麼樣呢？盤子會被壓平，而且會往外擴張。這就是肺臟在吸滿空氣，向下擠壓橫膈膜的拱頂時，所發生的狀況。

現在，請你躺平，深呼吸，把手指放在胸骨下方，有沒有感覺到橫膈膜被壓平且往外推出呢？接者，把雙手放在身體兩側，貼著肋骨的最下方處，深呼吸，有沒有感覺到氣球般的肺臟將肋骨向外推呢？

每天晚上睡覺前、隔天早上睡醒後，各花五分鐘練習腹式呼吸。在晚上，這項練習可以幫助你放鬆神經、平靜心情，讓你容易入睡。在早上，這項練習可以讓你神清氣爽、充滿活力地迎接新的一天。保持規律地練習，不只可以讓聲音更好聽，還能延年益壽。歌劇演唱家和歌唱教練都相當長壽，著名的西班牙聲樂教育家馬努埃・賈西亞就活到一〇一歲，他將長壽的祕訣歸功於每天的深呼吸練習。

第二章

自信來自充分的準備

如果你必須用筆記，應用醒目的字體把它們簡要地記在一張寬格紙上，然後提前到場，把筆記藏在桌子上的書下面。當你需要的時候，偷偷地看一眼，但一定要不讓人發現才行。不要讓你的演講陷入空洞的說教，否則會乏味無趣。讓你的演講變成一個層次鮮明的蛋糕，既有生動的例子，又有理論的總結。

這二十幾年來，每年我都要聽大約六千場演講，並對之做出評論。這不但已成為我的職責所在，同樣也成為我的快樂。這些演講不是由大學生所做，而是由成年的企業人士和一些專業人士所做。如果要讓這段經驗留下深刻印象，那麼必定是這樣的：

1. 準備演講的迫切感與必要性
2. 演講的內容清晰而明確
3. 留給聽眾深刻印象的話語
4. 以及不會語帶保留

你是否會無意識地被演說者吸引，覺得他在與你進行心與心的交流？而這正是演講的奧妙所在。

當一個演說者的身心沉浸在那種境界時，他將會發現一個重要的事實：那就是演講的成功。這樣，演講不再是一種束縛，而是變得容易；它也不再是負擔，而是變得輕鬆。一次精心準備的演講，就等於成功了十分之九。

正如第一章所說的，許多人都想參加演說培訓，其最基本的目的在於他們想獲得自信、勇氣和自立。但是，許多人犯的一個致命錯誤，就是他們忽視了演講的準備工作。這正如在戰場上，如果軍隊帶著受潮火藥、空炮彈去作戰，甚至一點彈藥都沒有，怎麼能希望他們克服對步兵、騎兵的恐懼與緊張呢？在這種毫無準備的情況下，難怪他們在聽眾面前不自在。林肯在白宮裡曾說過：「我相信，當我無話可說時，我會感到非常尷尬。」

如果你想擁有自信，就應該做一些必要的事情來實現它。耶穌的門徒約翰寫過這樣的話：「完美的愛，可以趕走恐懼。」那麼同樣，完美的準備也可以消除緊張。韋伯說過，如果他不精心準備演講，就會覺得像在公眾面前衣冠不整，變得非常侷促不安。

所以，為什麼我們不更認真地準備自己的演講呢？為什麼？有人說自己不清楚準備工作是怎麼一回事，也不知道如何去準備，而其他人則埋怨沒時間準備。對於這些問題，我們在這一章裡將做充分的討論。

演講準備的正確方法

準備，究竟是怎麼一回事呢？是閱讀一下書籍嗎？這只是其中的一種方法，但並不是最佳方法。閱讀對演講可能有幫助，但如果演說者只是力圖把「成品」從書中搬出來為己所有，並迅速表達出來，那麼整個演講就會顯得很空洞。聽眾雖不能明確地指出缺少什麼，但他們不會給演說者報以熱烈的回應。

舉例來說：不久前，我為紐約市銀行的高級官員講授公開演說的課程。自然地，這一群學員的時間都安排得非常緊湊，所以他們很難有時間做精心準備，或如自己所構想的那樣去做準備。在生活中，他們以自己的方式思考問題，形成自己的判斷，從自己的獨特視角及生活閱歷來看待事物。因此，他們四十年如一日地以這樣的方式積累著演講的材料，但他們沒有意識到自己事實上並未看清楚事物的全貌。

這群學員在週五晚上的五點到十點進行培訓。有一次，我們指定一位銀行的主管傑克遜先生做一次發言。他四點三十分就到了，他會帶來什麼樣的演講呢？走出辦公室，他到書報攤買了一本《富比士》雜誌，然後在去聯邦儲備銀行培訓點的地鐵上，閱讀了一篇標題為〈你只有十年時間取得成功〉的文章，對這篇文章他並不感興趣，但為了應付這次演講，他選擇了這篇文章來讀。

一個小時後，他上臺發言，力圖把這篇文章令人信服且饒有興趣地表述出來。那麼，演講的結果，或者說註定的結果是怎麼樣呢？

他並沒有消化和吸收演講的內容，只是試圖去複述原文罷了。在演講中，他並沒有自己的東西，他的言行已使這一切暴露無遺。因此，他又怎能幻想去震撼聽眾呢？他不斷地提到這篇文章，提到作者的觀點如何如何，使得這次演講成為了《富比士》雜誌的，而不是傑克遜先生本人的。

對此，我發表了一些看法：「傑克遜先生，我們對文章的幕後作者並不感興趣，他不在我們身邊，我們也無緣認識，但我們對你本人以及你的觀點卻饒有興趣。請告訴我們你的個人想法，而不要人云亦云。在演講中，你要更多地展示你自己的東西。建議你下週再次以此為題發言。對這篇文章反覆閱讀，問問自己是否同意文章的觀點。如果你同意，你要用自己的經歷來證明。如果你不同意，告訴大家並講出理由。但願這篇文章成為你自己演說的開端。」

傑克遜接受了這一建議，重新閱讀這篇文章，而且發現自己根本不同意作者的觀點。他不再坐在地鐵上敷衍了事，而是精心地準備起來。開始時，他的頭腦就如孩子般單純，但如今就和孩子們的身體一樣不斷成長發育，在不知不覺中，好像孩子突然長大了似的，令他大吃一驚。當他讀報紙的時候，某個想法會突然閃現；當他與朋友討論問題的時候，某個事例會不期而至。在這神奇的一週裡，隨著他的不斷思索，那主題不斷深化、提升、擴展和豐富。

當傑克遜先生再次以這一主題做演說時，他有了自己的真知灼見，正如擁有了自己的礦藏和財富一樣。他演講得比上次好多了，因為他與作者的觀點大相徑庭；在他的演講中，並沒有聽眾有絲毫反駁。

同一個人，在兩週之內，關於同一個主題所做的兩次演講，卻產生了截然不同的效果，多麼不可思議啊！而這正是精心準備的效果啊！

現在，讓我們再引用一個例子來理解準備與否所帶來的不同效果吧。弗蘭先生，華府公開演說班的學員，他要在一天下午做讚美首都的演講。在演講前，他只是匆忙而未加思考地從一家報社發行的別冊上蒐集了一些事實和材料，這些事實乾澀、毫無邏輯、生硬無比。而他對演講的主題也缺乏充分準備，因此難以激起自己的熱情，他並不感到自己的演講有任何的意義。因此，整個演講過程平淡乏味，毫無任何效益。

兩個星期後，發生了一些事情，使弗蘭深受觸動：他的車子在公共停車場裡被偷了。他馬上衝到警察局，並許諾破案後的酬勞，但這一切都是徒勞。警方承認說，對他們而言不可能去處理這樣的小犯罪事件。然而，就在一星期前，這些人卻手裡拿著記錄筆在街上閒逛，還因弗蘭先生停車超時十五分鐘而開給他一張罰單。這些整日繁忙無暇抓捕罪犯的「罰單警察」激怒了弗蘭先生。他開始憤憤不平起來，他覺得自己有話要說，這些話不再源於報社的小冊子，而是從他活生生的生活經歷中滾燙地流出來。這是一個人真實生活的一部分，它喚起了弗蘭先生的感情和信念。在讚美華府的演說中，他的言語並不順暢。但現在，對警察的不滿，他可以直抒胸臆、噴湧而出，就像處於活躍期的維蘇威火山一樣。這樣的演講幾乎很少出差錯或失敗，因為它是生活經歷和感悟的結合。

演講準備究竟是什麼

演講準備，就是指把一些完美的詞藻連綴成篇，並背誦下來嗎？回答是否定的。那麼，它是指把偶發的、對你無多大意義的思想彙集起來嗎？當然也不是。演講準備是指一種結合，是你的思想、觀點、信念，以及你的衝動的結合。在日常生活中，你有這些思想、衝動，它們甚至在你的夢境中蜂擁而至。你的整個人生都充滿了感情和經歷。這就好像海岸上沉睡的鵝卵石，它們深深地沉睡在你的潛意識裡。準備就是指思考、回憶、選擇對你最有吸引力的東西，並對其進行潤色、加工，讓它們渾然一體，成為你自己的完美工藝。這乍聽起來好像是一件很難的事情，其實並不然。它只需你片刻的聚精會神即可做到。

布道家穆迪的演講在做了精心準備後，創造了精神的詩篇。那他是如何準備的呢？他說：「這並沒有任何祕訣。」

「當我選擇了一個主題後，我就會把它寫在一個大信封外面。我有許多這樣的大信封。當我在讀書看報時，如果看到了對演講主題有用的東西，我就會把它塞進相應的大信封裡。同時，我隨身帶著一本筆記本，當我在布道中聽到具啟發性的言語，我就會把它們記錄下來，也塞進信封裡。也許，它們會待在信封裡一年或更長的時間，但當我要演講時，我會充分利用這些平時積累的資料。透過這些積累以及自己的研究，我會有充足的資料去做演講。於是，我任何時候都查閱我的演講資料，並對之進行適當的取捨、補充，這樣它們就永遠都不會過時。」

布朗博士的睿智建議

在耶魯大學神學系慶祝建系一百週年時，系主任查理斯·雷諾茲·布朗博士發表了一系列關於布道藝術的演講，紐約麥米倫公司把這些演講編纂成書，書名取為《布道的藝術》出版了。三十餘年來，布朗博士始終如一地為自己的每週演講做精心準備，同時，他還對學員的演講及準備做培訓。因此，關於如何進行演講的準備，他的工作會帶給我們睿智的建議。無論是對第九十一首讚美詩發表演講的衣著得體的男士，還是一個準備對工會發表演說的製鞋工人，這些建議都是很有裨益的。因此在這裡，我十分冒昧地引述布朗博士的話：

仔細思考你演講的主題和內容，對它們精益求精，使其富有感染力。當你突破文章這一侷限的小天地，而踏入廣闊的生活樂園時，你將會擁有無窮的珍貴思想……

如果在星期六上午你爲明天的演講做最後準備之前，這種精益求精的過程仍然繼續，那麼演講會取得更好的效果。如果一位牧師在傳授某種眞知之前，有一個月、半年甚至一年時間在深思熟慮，無論是走在路上，還是坐在火車裡感到疲憊不堪而不想看書時，他都會發現許多新觀點之花在不斷綻放。

的確，牧師可能冥思苦想到深夜。對牧師來說，不讓教堂工作和布道工作影響就寢是一個好習慣——講壇是布道的好場所，但並不是休息的好地方。然而，儘管如此，有的時候爲了不遺忘那些不期而至的想法，我不得不深夜披衣而起……

當你爲特殊的布道專心致志地蒐集資料時，記住把你想到的有關一切，你第一眼讀到的一切，以及與此相關的思想，全部記錄下來。

用寥寥數語勾勒出你的思想，並用你的思維不斷豐富它，使之成爲一本動態發展的書。這是一種訓練思維的方法。透過這種方法，你的大腦會變得活躍，既有本色又有創造性……

記下屬於你自己的個人思想。它們是你內心世界的眞實寫照，比寶石、黃金還珍貴。把它們記在你手邊的紙上、舊信紙背面、破舊的信封上、廢紙上等，這比用漂亮、乾淨的大張寫字紙要好得多。這不是爲了節約，而是在整理資料的時候，使用前者會比後者更容易得多。

堅持把你自己的觀點記下來，並對其加以思考。在這過程中，你不要急於求成。這是你思維發展最重要的一環，它可以使你的思想得以成長……

你會發現，無論是你最喜歡的，還是實際上對人們的生活最有意義的布道，都主要來源於你的內心世界。它們與你骨肉相連，是你精神勞作的果實，是你創造力的產物。而那些斷章取義或刻意編纂的布道，總是難免有虛假、抄襲的烙印。有些布道富有生命力，歷經滄桑，讚美著上帝，最終進入了神殿廟宇；有些布道深入人的心靈，使人們像長了天使的翅膀，在充滿責任的道路上前進，永不後退。這些眞正意義的布道，都是從人們的生命激情中孕育而生的。

林肯如何準備演講

林肯是如何準備他的演講呢？非常幸運地，我們知道這個答案。當你閱讀林肯的方法時，你可能會發現，在布朗博士的建議中提到了四分之三個世紀前林肯所使用過的幾個程序和步驟。林肯在一次著名的演講中，卓有遠見地宣稱道：「如果房子遭到分割，它將會坍塌。我相信，這個政府不會再長久忍受半奴隸、半自由的制度了。」林肯的這番言論，是從他日常工作、生活中得出的。當吃飯的時候，走在街上的時候，坐在穀倉裡擠牛奶的時候，甚至每天去肉店和雜貨店的時候，他都在思考著。他披著陳舊的圍巾，挽著菜籃，身旁是他的小兒子在滔滔不絕地發問——他愈來愈氣惱，不停地徒勞地扯動著父親瘦骨嶙峋的手指頭，希望他對自己講話。但是，林肯大步向前走，沉浸在思索中，思考著他的演說，好像忘記了自己孩子的存在似的。

在對演講的不斷思索過程中，林肯總不時地匆匆記下一些文字、片段、句子，而這些東西往往會被寫在零散的信封上、紙片上，或從紙袋撕下的紙條上。總之，任何隨手可寫的東西都有。他會把這些記錄塞進帽子裡隨身攜帶。最後，他把這些資料按邏輯順序整理，加以修改，直至定稿交付演講和出版。

在一八五八年公共討論會上，參議員道格拉斯在每個地方都發表同樣的演說；林肯卻是不停地研究、思考、反省，從而讓演說更容易被理解。他說他寧願每天做新的演說，也不願重複舊的。因此，他的主題日益開闊。

就在搬進白宮前不久，林肯僅複印了一份憲法和三份演說詞做參考，然後把自己關在春田市一家商店樓上的一間暗黑骯髒的屋子裡，遠離外人的打擾，寫出了自己的就職演說詞。

那麼，林肯是如何準備蓋茨堡演說的呢？不幸的是，對此虛假的報導已是鋪天蓋地，但真正的事實卻極富吸引力。現在，讓我們共享一下這段故事：

> 當負責蓋茨堡公墓管理的委員會決定安排一次莊重的獻詞時，他們邀請了愛德華·埃弗里特擔此大任。他曾是波士頓的一位牧師、哈佛大學校長、麻薩諸塞州州長、美利堅參議員、駐英國大使，同時也是國務卿，人們公認他爲美國最出色的演說家。這次演講最初定在一八六三年十月二十三日。但

埃弗里特卻十分明智地指出，在這麼短的時間內是不可能準備得很充分的。因此，爲了給予充足的準備時間，獻詞演説向後推遲了近一個月，定在十一月十九日。在準備期的最後三天，埃弗里特到了蓋茨堡，重溫那裡的戰場，熟悉那裡曾發生的一切。這幾天的深思是最完美的，使他身臨其境。

出席現場的邀請函發到每個國會議員的手上，林肯及其內閣也收到了邀請。許多被邀請的人都婉言謝絕，但令組織委員們出乎意料的是，林肯同意參加。那麼，他們應該邀請林肯演講嗎？但他們本來沒有這樣的打算。於是，反對意見出現了，他們認爲林肯沒有時間去準備；而且，即使他有時間，他有這樣的才能嗎？的確，他在評論農奴制或在工會裡發表演講時能揮灑自如，但從沒有人聽過他發表致詞演講。這是一次十分莊重嚴肅的活動，不能有任何閃失。那麼，他們應該請他演講嗎？他們前思後想著……但是，他們更加沒想到的是：正是這個能力備受質疑的平凡人，在那個場合發表了一篇現已廣爲流傳、歷久不衰的演説詞呢。

最終，在離獻詞演説前的兩個星期，委員會發了遲來的邀請函，請林肯發表「一些適當的評論」。對，他們的措詞的確是「一些適當的評論」。想一想，這可是寫給美國總統的啊！

林肯立即開始準備工作。他寫信給愛德華·埃弗里特，拿到了他的演講稿複本。一兩天後，當他到攝影長廊裡爲自己拍照時，又利用閒暇時間拿出埃弗里特的手稿反覆閱讀。數天裡，無論是往返於白宮和戰爭指揮室之間，還是仰躺在戰爭指揮室的沙發上等待最新的戰情報告時，他都不停地思考著。漸漸地，演說詞定型了。就在演說的最後一個星期天，他告訴諾亞·布魯克斯說：「演講稿還沒有完全寫好，還不夠準確。其實我已重寫好幾遍了，看來，我還得再琢磨琢磨，直至令人滿意爲止。」

就在獻詞前一天晚上，林肯到了蓋茨堡，小鎮早已人山人海。原本只有一千三百人口的小鎮一下子暴增到一萬五千人。街上擁擠不堪，人們只好站在骯髒的街道兩旁。五、六支樂隊正奏著音樂，人們高聲歌唱著。在招待林肯的威爾先生家門前聚滿了人。人們爲他演奏小夜曲，請他講幾句話。林肯只清楚明白地說了寥寥數語，也許，他認爲明天才是最佳的演說時機。然而，事實上，在當天晚上剩下的時間裡，他又把演說稿斟酌了一遍。他甚至又到隔壁祕書塞沃德住宿的地方大聲朗讀，以徵求意見。第二天早餐過後，他又繼續斟酌演說稿，直到有敲門聲提醒他該出席了。卡爾上校騎著馬跟在林肯身後。他告訴我們說，當隊伍開始前進的時候，總統先生筆直地騎在馬背上，看上去就像軍隊的首席指揮官。但當隊伍繼續行進時，他的身體向前傾，胳膊鬆軟地下垂，頭也低下，好像在沉思。

我們只能猜測，直到那時，林肯仍在推敲他的袖珍演講——那些流芳百世的句子。

林肯的一些演說毫無疑問都是失敗的，因為他對它們根本不怎麼感興趣。然而，當他講到奴隸制和統一的時候，又有非凡的能量。究竟是為什麼呢？因為他對這些問題始終在不停地思索，而且感觸很深。一天夜裡，林肯與他的夥伴共宿在伊利諾州一家小旅館的一個房間裡。第二天黎明時分，林肯的夥伴醒來後發現林肯坐在床上面對著牆，開口第一句話說：「這個政府不可能長期維持半奴隸、半自由的制度。」

基督耶穌是如何準備他的演說的呢？他從紅塵中走出，來到了荒山野嶺中，接下來的四十多個日日夜夜裡，他殫精冥想。聖徒馬太記載道：「從那時起，耶穌開始了他的布道歷程。」不久後，他做了世界上最著名的演說之一——《登山寶訓》。

也許你會不以為然地說：「這都很有趣，但我並不打算成為一名流芳百世的演說家，我只是想應付一些簡單的講話而已。」事實的確如此，而且我們完全理解你的需要。本書也是為你以及有類似要求的人而寫的。但是，無論你的演講水準如何，從過去的演說者的演講方法上你可以學到很多。

如何準備你的演講

在練習中應選擇什麼主題呢？只要是你感興趣的都可以。但千萬不要在簡短的講話中涵蓋太多話題，以免犯下許多演說的通病。針對一個主題，選擇一兩個角度去闡述，並盡力使其充分、具體。要是你能在簡短的講話中做到這一點，你就成功了。

你要預先確定主題，那麼你就可以在閒暇中對其思考，無論是在白天還是黑夜，無論是下班還是第二天早晨刮臉的時候，無論是洗澡還是騎車到鎮上時，無論是等電梯還是等午飯時，無論是赴約還是熨衣服或準備晚飯時，你都可以對演講進行思考。即使是跟朋友聊天時，也可以把它當作你們的一個話題。

盡可能問自己有關主題的任何問題。例如，假設你要談論離婚這一話題，那麼你可以問一下自己：是什麼原因導致離婚？它們對經濟、社會有什麼影響？這問題如何解決？我們需要制定統一的離婚法規嗎？為什麼？或者制定非統一的離婚法規？應該禁止離婚嗎？離婚規定應更加嚴格些還是更寬鬆呢？

再假設你要談談為什麼要學習演說。你要問一下自己：我演說有什麼困難？我想透過演講得到什麼？我曾經做過公開演說嗎？如果有，是何時何地？當時情況如何？為什麼我會認為演講培訓對一個企業人士有重大意義？我認識一些既有自信又有令人信服的演說能力和演說風度、且在商業或政途上大有作為的人嗎？我又認識一些缺乏這些能力，因而可能永遠不能獲得成功的人嗎？要注意的是，談及這些人時不要使用他們的真實姓名。

在最初的幾次演講中，如果你能夠保持兩三分鐘的思維清晰、言詞流暢，那麼已是很難能可貴了。有些演講主題像「你為什麼學習演說」，應該是非常容易的。要是你能花費一些時間整理一下相關的資料，你就可以輕而易舉地把它背誦下來，因為你是根據自己的觀察、自己的願望，以及自己的經歷來做演講的。

另外，假設你決定談論自己的工作，你要如何做準備呢？其實，你已經有翔實的資料，你的任務主要是篩選和組織它們。不要妄想在三分鐘時間內面面俱到，那很不實際，講話會變得籠統、形式化；你應挑選一兩個方面拓展它、深化它。例如，你可以談談如何選擇你的工作？是偶然還是經過深思熟慮？並將它連繫到你早期的奮鬥、挫折、希望和勝利，為我們做一次非常感性的描述，展示真實的人生經歷畫卷。其實，每個人的人生故事中都蘊含著真理，如果用樸素的語言娓娓道來，是能夠令人受益良多的。這也是讓你在演講中穩操勝券的好材料。

對你的工作話題還可以換另一個角度來談：工作中有哪些困難？對後輩們你有何告誡？或者，你可以談談你接觸的人，無論是誠實的，還是不誠實的。談一下你遇到的問題，還有關於人性這一世界上最令人感興趣的問題。你的工作使你有什麼看法？如果你談一些技術的問題或事務，那麼你的演講就會變得枯燥無味；這與談論人性恰恰相反，人性問題是一個在演講中不容易出錯的好材料。

總而言之，不要讓你的演講陷入空洞的說教，否則會乏味無趣。要讓你的演講變成一個層次鮮明的蛋糕，既有生動的例子，又有理論的總結。想一想一些你所觀察到的具體故事，同時也要體會一下其中蘊含的真理。這樣，你會發現，故事比純理論更容易記憶，更容易表達。同時，它們也會為你的演講增添不少色彩。

下文摘錄自一位受矚目的作者刊登在《富比士》中，一篇關於決策者授予其助手權力的必要性的文章。請注意他採用的例證——人物介紹。

現今許多大型公司昔日都是個人企業，但後來他們大多都改變了這一面貌。原因是，雖然許多公司仍保持原來個人極大的影響力，但隨著企業規模的擴大，即便是最能幹的人，爲了有效控制管理公司，他們也需要在身邊聚集一些有才華的助手。

澳洲超市巨頭伍爾沃斯曾告訴我，幾年前，他的公司基本上仍是個人企業模式，但這使他的健康受到了極大的損害。住院期間，他深刻感悟到，如果要想擴大公司規模如自己所希望的那樣，那麼他就得分配管理責任。

伯利恆鋼鐵公司多年以來都是家典型的個人企業，查理斯．施瓦布承擔著所有工作。漸漸地，尤金．格雷斯開始嶄露頭角並且超越了施瓦布，成爲出色的鋼鐵巨人，而後者還在原地踏步。

伊士曼柯達公司早期主要由喬治．伊士曼經營，但他非常明智，很早的時候就建立了極其有效的組織架構。所有芝加哥大型的食品包裝袋公司，在創辦人時代也有同樣的經歷。標準石油公司與其他企業觀念不同，它從一開始就是一間大型企業，而沒有經歷過個體模式。

金融家約翰．摩根雖然是位商業巨擘，可是他非常樂於挑選有才能的人與他同舟共濟。但是，仍有許多雄心勃勃的企業家喜歡選擇個體運營模式，但不管情願與否，在現代商業巨大規模的營運壓力下，他們還是不得不授予他人權力和責任。

一些人在談論自己的職業時，往往只談及自己感興趣的方面，這是個致命的錯誤。作為演說者，一定要明白，你要引起興趣的是聽眾，而不是自己。例如，一個推銷火災保險的人，他就應向人們講述如何保住自己的財產；一個銀行家就應給聽眾提出財產、投資方面的建議。所以，在做演講準備時，應研究一下你的聽眾，想想他們的需求與希望。這決定了演講的成功與否。

在準備演講時，適當讀一些文章是有益的。這可以了解到其他人的想法，以及對相同的主題有何看法。但只有當你感到山窮水盡想不出來時，才可以這樣去做。一定要記住，這一點非常重要。然後你可以到圖書館並向圖書管理員表明你的來意，告訴他你要演講的主題，並希望得到他的幫助。如果你未曾涉足研究工作，那麼對於圖書館員的幫助會讓你大吃一驚——也許是一本書與你的主題不謀而合，書中對於社會問題的正反兩方面都有論據、論證；還有期刊文獻索引列出了二十世紀以來涉及到的各種主題文章；還有新聞年鑑、世界年鑑、百科全書等數十種參考書籍，都是有用的工具，請好好利用它們。

儲備資訊的祕訣

園藝學家路德・貝本生前曾說過：「我經常製作了上百萬種的植物標本，卻只有一兩種是做得極好的，其他所有次等的標本則全部銷毀。」同樣地，演講也需要擁有豐富的思想，發揚萬裡挑一的精神，有捨才有得。

你應盡可能蒐集比你用得到的還要多的材料、資訊，這會讓你信心百倍，更能掌握演說的內容，並影響著你的思想、心理以及演說中的舉止行為。這是演講準備中一個基本且重要的方面。但是，無論在公眾場合還是在私下場合，這一點往往會被演說者所忽視。

教育學家亞瑟・鄧恩分享道：

我曾經訓練過許多業務員，我發現他們的弱點在於他們在銷售前不了解自己所販售的產品，而這一點是非常重要的。

許多業務員來到我的辦公室，在獲得商品說明和一連串的銷售談話後，他們就迫不及待地想要馬上出去推銷。這些銷售人員中，許多人沒能堅持，一個星期就半途而廢了，而更有甚者，只堅持了四十八個小時。在培訓業務員出售食品時，我努力把他們造就成食品專家，強迫他們去學習美國農業部出版的食譜，其中介紹了食物中所含的水分、蛋白質、碳水化合物、脂肪、維生素等的比例；另外，我要他們研究他們所要銷售產品的構成成分。接著，我要他們在學校學習數天，並要求通過相應的考試，而且，我要他們把商品出售給其他業務員。最後，對於最好的業務員，我給予他們獎勵。

我經常發現業務員在研究「他們的產品」的初始時間容易失去耐性。他們辯解說：「我沒有時間向零售商解釋說明產品的詳細情況，因爲他們太忙了。如果我大講特講蛋白質、碳水化合物，他們絕對不會聽。即使聽了，他也不懂我在說什麼。」對此，我回答說：「你並沒有從顧客的角度去說明產品，只是從你個人的自身利益出發。如果你對產品有徹底的了解，那麼你就會有一種妙不可言的感覺，你就會感到強大無比，無堅不摧。」

著名的標準石油公司歷史撰寫者艾達·塔貝爾女士，她告訴我說，數年前，她居住在巴黎時，《麥克盧爾雜誌》的創辦人麥克盧爾先生，致電邀請她寫一篇關於大西洋電報公司的短文。於是，她趕去倫敦，訪問了電報公司的歐洲區經理，並獲得了充足的資料。但她並不滿足，她想積累足夠的事實資料。於是，她到了大英博物館參觀了解各式各樣的電報，並閱讀了大量關於電報歷史的書，甚至跑到倫敦郊區的製造工廠，參觀正在建設的電纜工程。為什麼她要蒐集數倍於可能使用的資訊呢？因為她覺得這樣做能給她帶來無形的力量，能為她的短文增添不少氣勢和色彩。

心理學家愛德溫．詹姆斯．卡特爾曾為三千萬人做過演講。但他向我吐露，要不是他在回家的路上精心挑選材料，那麼，他的演講生涯就會以失敗而告終。為什麼呢？因為長期的演講經驗讓他懂得，成功的演講需要充足的資料儲備做底蘊，而這些資料比演說者所能用到的要多很多。

小結

①當一個演說者心中有話要說，而且迫切想說時，那麼他一定能充滿自信地演說。只要演講準備充分，演講就已成功了一大半。

②什麼是演講準備？只是記下一些機械性的句子，把詞藻牢牢背下？不是的。真正的演講是你的思想、信念的彙集（例如紐約的傑克遜先生在第一次演講時，只是力圖複述《富比世》雜誌裡的一篇文章，他的演講失敗了。後來，他再次講這一主題，但以自己的觀點、故事來論述，最終取得了成功）。

③不要僅僅坐下用半個小時的時間去準備演講。演講不像煎牛排很快就可以準備好，它必須慢慢地醞釀以至成熟。盡早確定你的演講主題，在閒暇時間去思索它，在睡覺時候思索它，與朋友聊天時提及它，並把它作為談話主題。而且你要問自己關於演講主題的任何問題，盡可能地記下你的想法和相關故事。所有的觀點、建議和故事，都來自你平時的積累。就像林肯準備演講的方法那樣，你洗澡的時候，駕車的時候，赴約的時候都是你儲備材料的時間。其實，這個方法，是許多成功的演說者都使用的方法。

④經過你自己獨立思考後，如果時間允許，可以到圖書館閱讀相關資料，告訴

圖書管理員你的需要，他會給你很大的幫助。

⑤蒐集盡可能多的資料。就像路德．貝本為了一兩枚好標本，而製作了上百萬枚那樣，要發揚萬裡挑一的精神，有捨才有得。

⑥要提高儲備能力，就要蒐集和知道盡可能多的資訊。在演講準備的時候，可以採用一下亞瑟．鄧恩訓練業務員推銷食品的方法，以及艾達．塔貝爾準備寫關於大西洋電報公司短篇文章的方法。

發聲練習——正確的呼吸法

著名歌唱家吉恩．德雷茲克這樣建議：「把領帶繫高一點。」現在，就讓我們站起來，試著遵循他的忠告，不要把肩膀往上抬，而是挺起胸膛。站好，將重心放在腳跟上，將手放在頭頂上。現在，腳跟不要離地，試著將手從頭髮上移開。試試看，不要動用任何手臂肌肉，只要努力站直，把身體挺得愈直愈好。沒錯，就是這樣，非常好！你現在站得筆直，小腹內縮，胸膛和領帶處高挺，後頸貼在衣領上。觀察一下肩膀是不是聳起了？是的話，請放輕鬆，讓肩膀下垂。重點是要挺起胸膛，而不是肩膀。最後，一邊吐氣一邊維持挺胸，直到呼出最後一絲空氣。現在，你已經準備好正確地呼吸了。閉上眼睛，深吸一口氣，慢慢地，從鼻子吸氣。回想一下我們在第一章所介紹的練習，試著找到和躺在床上練習腹式呼吸時相同的感覺。感受一下肺臟往下擴張、擴張、再擴張，把下肋往外推出的感覺，體會腋下有什麼感覺，感受一下背部，感受一下橫膈膜，像是倒放的紙盤子被由上往下的壓力壓平的感覺，把手指放在胸骨下方心窩的柔軟處，感受一下橫膈膜的擴張。慢慢吐氣。

接著，再來一次。從鼻子吸氣。我要再提醒你一次：肩膀不要往上抬，不要讓肺往上擴張。現在，挺起胸膛，再次吸氣，好好感受身體中段的擴張。

「我每天都練習深呼吸。」美籍奧地利歌唱家舒曼—海因克女士說道。

義大利男高音卡羅素也一樣，而且他還因此鍛鍊出強有力的橫膈膜。當學生去找他——非常多學生都會去找他——討教有關正確的呼吸法時，他總會跟他們說：「來，用力把拳頭頂在我放鬆的橫膈膜上。」然後，這個著名的男高音就會快速吸一大口氣，讓橫膈膜用力往下、往外擴張，其力道之大，每每都能將學生的拳頭彈起。

然而，光是知道正確的呼吸法是沒有用的，你還得正確地運用這些知識才行。你可以每天邊走路邊練習，或是利用在辦公室工作的空檔練習。當你專注工作了一小時之後，打開窗戶，深呼吸，讓肺充滿新鮮空氣，這可不算浪費時間，反而是節省時間，重新充電，提升健康的機會。不需太過沉迷於這項練習，只要確實規律地練習，就會習慣成自然，你甚至會懷疑自己過去怎麼有辦法以其他方式呼吸。只靠胸腔上半部呼吸，只算是呼吸了一半。而根據梵文書籍的記載，「只呼吸了一半的人，也只活了一半。」

如果你每天都照著上述的內容做練習，不只可以改善聲音，還能大大降低感染結核病的機率。冬天感冒大流行時，你也有更高的機會能抵抗病毒。

第三章

著名的演說家如何準備演講

一個優秀的演說者在演講結束後通常會有四個演講版本：一個是他準備演講時寫的，一個是他演講現場所做的，一個是報紙上刊登的，最後一個是他心中所希望的。

西奧多・羅斯福在準備演講時有他自己獨特的方法：他收集所有事實，並不斷回味、評估、確定，最後得出確定無疑的結論。

我曾出席紐約扶輪社的一次餐會，餐會上有一位傑出政要為我們做演講。由於他位居要職，這賦予他很高的威望，我們都很興奮地期待著聆聽他的發言。在這之前，他承諾告訴我們他自己部門的各項活動，幾乎每個紐約企業人士都對此感興趣。

他對自己的演講主題了解得很透徹，對它的了解遠比他所需要用到的素材還要多，因此他並沒有進行演講準備，也沒有對資料加以篩選與整理。然而，憑著初生之犢不畏虎之勇，隨意而盲目地開始了演講，他並不清楚演講該如何收尾，只是毫無目標地想到哪說到哪。

總之，他的頭腦裡只不過是一個大雜燴，他所帶給我們的也是如此。就好像在吃飯時，他先來一道冰淇淋，然後來一碗羹湯，接下來是魚和堅果。其間，還有一碗湯、冰淇淋、紅鯡魚摻雜在一起的混合物。不論何時何地，我都不曾見過這樣令人困惑不解的演說者。

他本想做即席演講，但卻無能為力，他只好從口袋裡抽出一份筆記，並坦誠這是祕書為他整理的——而在座的所有人也都沒有質疑他的話。很明顯，這些筆記就像是平板車裡的碎鐵片，雜亂無章。他慌亂地翻閱這些筆記，緊張地從一頁翻到另一頁，試圖釐清彼此間的關聯，好像力圖在荒野外找到一條出路似的。他不斷地道歉，請求工作人員添些水，手顫抖地拿著杯子，說話語無倫次，重複再三。然後，又把頭埋到了他的筆記裡……時間一分鐘、一分鐘地過去了，他愈來愈感到無助、迷茫和尷尬。緊張的汗水布滿了他的額頭。當他用手帕擦汗時，手帕也隨之顫抖。我們這些觀眾目睹了這場慘敗，憐憫之心油然而生，同時也感到備受折磨，這是遭受別人尷尬的折磨。但是，演說者毫不明智地固執下去，他繼續掙扎著，不停地研究他的筆記，不斷道歉，不斷喝水。只有他自己絲毫沒有感覺到現場早已陷入一種災難性的境地。當他停止垂死的掙扎，坐下來結束演講後，我們大家都鬆了一口氣。在我經歷的演講中，這次演講聽眾是最不幸的，而演說者也是最丟臉的。他的發言正如盧梭形容寫情書時的情景那樣：開始時不知道要說些什麼，結束時也不知道自己說了些什麼。

這個故事給我們的啟示，正如英國哲學家赫伯特．斯賓塞所說的：「當一個人的知識處於無序狀態時，他的知識愈多，思想就會愈迷惘。」

沒有人不做設計就去蓋房子的，但是上面的演說者卻連最基本的提綱都不準備，又怎麼能不失敗呢？

演講正如有目標的航海，需要依計畫而行，不知身在何方的人，通常也會不知所措。拿破崙曾說過：「戰爭策略是一門科學，如果不預先精確計算和思考，就不會取得任何勝利。」我希望把這句話用火紅的字體噴寫出來，就放置在公開演說課程學員所經過的門廊口上方。

這是戰爭的真諦，同樣也是演講的真諦。但是，演說者意識到這一點了嗎？即使他們意識到了，那麼，他們能做到嗎？很遺憾，他們大多都沒能做到。許多演講只是稍微計畫一下或略加整理而已。

那麼，怎樣才能最好、最有效地整理你的思想呢？除非有研究過它們，否則誰也無法說明。對每一個演說者來說，這永遠是個新問題。沒有最終答案，演說者需要不斷地提出這一問題，回答這一問題。雖然沒有絕對的理論，但是在某種程度上，我們可以結合具體的事例，簡要地談一下何謂有效的整理。

獲獎演講是如何構思的

下列這篇文章，是全國不動產協會第十三屆年會的演講內容，在與其他二十七個城市的演講比賽中獨占鰲頭，即使放在今天的眾多演講中，相信也會脫穎而出。這篇演講構思精巧，事例鮮明充實，內容生動有趣，它包含豐富的思想，氣勢磅礡，非常值得去閱讀和研究。

主席先生、各位朋友們：

一百四十四年前，我們偉大的美利堅合眾國在我的故鄉費城誕生了。自然地，這座具有如此歷史意義的城市擁有了最強的美國精神，它不但使費城成爲全國最大的工業中心，也使它成爲世界上最大、最美的城市之一。

費城有近二百萬人口，面積相當於密爾沃基、波士頓、巴黎和柏林的總和。在一百三十平方公里的土地上，我們開闢了八千英畝最好的地方，建設成美麗的公園、廣場和林蔭大道。因此，我們擁有了休閒、娛樂的最佳去處，而這一切都屬於每一個神聖的美國公民所有。

朋友們，費城不但是一個美麗、清潔的大城市，它同樣也是世界著名的「巨型世界廠房」。之所以被稱爲「世界廠房」，是因爲我們有四十餘萬名工人和九千二百家工廠，它們每十分鐘就能生產價值十萬美元的商品。據權威統計顯示，費城的羊毛製品、皮製品、編織品、紡織品、帽、五金器皿、精密儀器、蓄電池、鋼製船舶，以及其他許多商品的產量，均居全國首位。我們每兩小時製造一輛火車頭，全國有一半以上人口乘坐費城製造的有軌電車；我們每分鐘生產一千支雪茄；去年，費城的一百一十五家襪子工廠爲全國每一個人生產了兩雙襪子；我們生產的地毯和毛毯，比英格蘭和愛爾蘭的面積總和還要大；事實上，我們的工商業交易數目驚人，去年，銀行的票據交換額達到了三百七十億美元，這完全足以支付政府發行的自由公債總額。

但是，朋友們，當我們以自己的傑出工業成就而備感自豪的時候，我們也應該爲費城這一全國最大的醫學、藝術、教育中心引以爲豪。而且，更令我們自豪的是，費城的家庭教育在世界任何城市中，都是首屈一指。在費城，我們有三十九萬七千個獨立式房舍，要是這些房舍每間隔二十五英尺排成一行，那麼，它將會經過堪薩斯城的會議大廳，直至丹佛，共計一千八百八十一英里。

但是，我想引起你們注意的是，所有這些房子都是屬於我們城市裡的工人的。他們擁有自己的財產，而且不受外來的社會主義和布爾什維克主義的侵蝕。

費城不是一塊歐洲無政府狀態的沃土，因爲我們的家園，我們的教育機構，我們的巨大工業，都內含著眞正的美國精神。這種精神源發於我們這座城市，是先輩們的珍貴財富。費城是我們偉大祖國的母親城，是美國自由精神的發祥地。這裡是第一面美國國旗升起的地方，是第一屆國會召開的地方，是〈獨立宣言〉簽署的地方。在這裡，有最受美國人珍愛的精神標誌——自由鐘（或稱獨立鐘），它喚醒了美國民眾，讓我們堅信我們的神聖使命不是崇尚那金牛犢（古代以色列人崇拜的偶像），而是去播撒美國精神，讓自由之火燃燒；讓我們帶著上帝的旨意，使華盛頓、林肯和羅斯福的政府成為整個人類的指路明燈。

讓我們分析一下上面的演講吧，看看作者是如何構思，怎樣達到它的效果。首先，這篇文章首尾呼應，這是一個非常珍貴的優點——其珍貴程度可能遠超過你的想像。它破題之後徑直奔向主題，毫無偏差，毫不浪費時間。

這篇演講內容新穎、極富個性。演說者以講述自己的城市做開場白，指出費城是整個國家的誕生地，這個特點是其他演說者居住的城市所無法比擬的。

演說者聲稱費城是世界上最大、最漂亮的城市之一。但這只是泛泛而談，庸俗陳舊，無法給人深刻的印象。然而，演說者深知這一點，為了讓聽眾有更形象的感官體驗，演說者特意把費城的大小描述為「等於密爾沃基、波士頓、巴黎和柏林的大小總和」。這就顯得更確切、更具體了。這種表達妙趣橫生，開創了先河，它遠比列舉通篇的數字更有說服力。

接著，演說者宣稱費城是「聞名於世的巨型世界廠房」。這好像太誇大其詞，像是在做宣傳。如果他到此為止轉入另一方面，那麼，這真的是在做宣傳了。但是，他並沒有跳到另一話題，而是列舉了費城領先世界的產品，如「羊毛製品、皮製品、編織品、紡織品、氈帽、五金器皿、精密儀器、蓄電池、鋼製船舶」。

現在，「世界廠房」這個詞聽起來還像是在做宣傳嗎？

費城「每兩小時生產一輛火車頭，全國有一半以上人口乘坐費城製造的有軌電車」。我不禁感到驚訝：以前我根本不知如此，也許我昨天到城裡所乘坐的有軌電車就是這裡生產的，明天我要留意一下，弄清楚我們是在哪裡買這些電車的。

「我們每分鐘生產一千支雪茄……為全國每一個人生產兩雙襪子。」

這令我們的印象更深刻了。也許，我所鍾情的雪茄就是這裡生產的，還有，我腳上穿的那雙襪子……

接下來，演說者又說了些什麼呢？他又跳回去補充費城面積的大小嗎？或者給我們補充一些他忘記說的資料？並非如此，每當說到某一方面，他都力求徹底、避免反覆。對此，我們真要感謝我們的演說者。要是演說者語無倫次，像黃昏時的蝙蝠到處亂撞，那麼，這會是多麼令人迷惑不解啊！然而，有許多演說者正是如此。他們並不是按照1、2、3、4、5這樣的排序陳述觀點，而是如球場上的隊長那樣隨機叫號——27、34、19、2，甚至演講得更零亂，他們會把數字排列成——27、34、27、19、2、34、19。然而，這位演說者就像他所談到的鐵軌列車一樣，演講時永不停止，永不掉頭轉向，而是按時不停地勇往直前。

但是，此演講出現了最薄弱的一點：他宣稱，費城是「這個國家最大的醫療、藝術和教育中心之一」，他只是簡單地宣稱這一點，然後又接續談論另一件事——只用這十九個字就想使這一事實生動起來，並將其銘刻在人們的印象中其實不容易。因為這十九個字被淹沒在幾十個句子裡頭，而顯得微不足道。人們的大腦不像鋼製履帶一樣過後會留下鮮明的痕跡，由於演說者在這點上所花的時間太少，表述得很籠統、模糊，所以自己好像也沒有留下任何印象，更何況是聽眾們呢？他應該怎麼做呢？其實，他本應像論證「費城是一個世界廠房」那樣來論證這一點。他也知道這一點，但是，他更清楚他只剩五分鐘，要麼在這裡停止，要麼忽略而過，別無其他選擇了。

「費城的獨立式房舍數目遠遠多於世界其他城市」，演說者是如何使人們信服這一論點呢？首先，他列舉了數字：三十九萬七千。接著，他使這一數字形象化——如果把它們「間隔二十五英尺排成一行，那麼，它將會經過堪薩斯城的會議大廳，直至丹佛，共計一千八百八十一英里」。

也許，演講還沒有結束，聽眾已把數字拋到九霄雲外了。但是，他們會把這一數字形象化的圖像忘掉嗎？那是幾乎不可能的。

對這篇演講的客觀事例，我們就分析到這裡。但是只有事實，演講是營造不出雄辯的氣勢。這位演說者一直致力於把演講推向高潮，震撼聽眾的心靈，激發他們的感情。因此，對家庭的延伸中他融入了感情的材料。他指出家庭是城市的精神所在，並痛斥「外來的社會主義和布爾什維克主義的侵蝕」。他讚頌費城是美國自由精神的發祥地。自由，一個極富魔力的詞，它充滿了激情，數百萬人曾為它獻出了生命。這個詞本身就很不錯，但是，當它與具體的歷史事實、宣言、真愛，以及神聖結合起來的時候，它就會引起聽眾心靈上的共鳴……「這裡是第一面美國國旗升起的地方，是第一屆國會召開的地方，是〈獨立宣言〉簽署的地方……自由鐘……神聖使命……播撒美國精神，讓自由之火燃燒；讓我們帶著上帝的旨意，使華盛頓、林肯、羅斯福的政府成為整個人類的指路明燈。」

對於這篇演講的分析就到此為止了。雖然這篇演講的構思很值得稱道，但如果用平淡的語氣、平靜的舉止去表達，它也會成為失敗的演講。然而，演說者用最大的激情與忠誠表達著自己的真實感受，毫無疑問，它榮膺第一，獲得「芝加哥杯」就不足為奇了。

康威爾博士的演講設計方法

就像我說過的那樣，如何對演講進行安排是沒有固定的規則的。換言之，沒有一種設計方案或安排，能夠適用於全部或大部分的演講。但是，以下這些演講設計在一些場合會適用的。著名的《鑽石就在你家後院》的作者、已故的羅素·康威爾博士曾告訴我，他以下面的提綱為基礎來進行許多演講：

1. 陳述事實
2. 論證事實
3. 呼籲行動

許多演說者也發現下面的設計也很有幫助和啟發性：

1. 提出問題
2. 根治問題
3. 呼籲合作

或者，也可以換另一種表達：

1. 出現了需要根治的情況
2. 我們應該採取的措施
3. 你爲此行動的理由

下面這個提綱又是一個簡潔的設計：

1. 獲得聽眾的關注
2. 贏得信任
3. 陳述事實，教導人們關注你的主張的價值

4.號召人們爲達到目的而行動

著名人士如何構建演講

前參議員亞伯特·貝弗里奇寫了一本實用小書，叫做《公開演說的藝術》。在書中，這位著名的政治家寫道：「演說者必須成為演講主題的主人，也就是要對所有的事實加以蒐集、整理、研究和消化——不只是主題的單方面資料，還包括主題的另一方面資料，甚至是各方面的資料。而且要確保它們是事實，而不是單純的假設或未經證實的斷言。不要認為任何事情都是想當然耳。

「因此，應認真檢查和核對每一個資料，這就是說要進行刻苦的研究，最終要確定答案，而不是只是知道『這是什麼』——你不是要為你的同伴解答疑難、給予指點、提出建議的嗎？你不是想成為一名權威專家嗎？

「在把關於任一問題的事實蒐集、整理後，你要想想如何將這些事實融合在一起找出解決的方案——這是非常關鍵也是非常吸引人的。此時，演講已成為你的化身，然後，盡可能地把你的思想清晰地、符合邏輯地寫出來。」

換句話說，列舉出正反兩方面的事實，然後從這些事實中得出清晰、明確的結論。

當問及威爾遜總統演講的構建方法時，他答道：「首先，我會列出我要講的話題，並根據它們的自然聯繫在頭腦中組織起來——也就是，我先把演講的骨架組裝起來，然後速寫出演講內容。我已習慣了使用速寫，因為我發現這樣會節省大量時間。然後，我一邊修改詞句，加進新資料，一邊把它列印出來。」

羅斯福總統在準備演講時，有他自己獨特的方法：他蒐集所有事實，並不斷回味、評估、確定，最後得出確定無疑的結論。

接著，他把一疊筆記放在跟前，開始口述他的演講稿。他口述得很快，以便內容自然、流暢和保持個人本色。然後，他把講稿列印出來，不斷用鉛筆修改、刪減、補充，最後重新口述一遍。他總結說：「若無辛勤的勞動、縝密的判斷、細心的設計以及長時間的準備，我將一事無成。」

他經常讓評論家評論他口述或朗讀的講稿，而且從不與他們爭辯，對於要講什麼，他心裡已打定主意，是絕不可能改變的。他希望別人告訴他如何表達，而不是要說什麼。然後，他一遍又一遍地流覽講稿，不斷對之加工潤色，最終形成了報紙所印刷出來的演講稿。當然，他並不能完全把它背誦下來，他即席演講，所以他演講的內容與印刷稿相比難免有些出入。但是，正因為有口述與反覆修改演講稿這些出色的準備工作，使他能夠更熟悉材料，更了解其中的邏輯順序。這樣，他在演講的時候能夠更流利、自信和優雅。這是其他方法所不能達到的效果。

物理學家奧利弗・洛奇爵士告訴我，口述是準備演講的一個極好方法，口述的時候要快速，言之有物，好像面對聽眾演講一樣。

許多學員發現面對著答錄機進行口述，然後回頭來聽自己演講是很受啟發的。確實如此，而且有時會讓你對自己的缺陷恍然大悟。這是一個非常好的訓練方法，我鄭重向大家推薦。

寫出你想說的東西，會激發你去思考，澄清你的思想，增加你的印象。它會最大限度地消除你的疑慮，增強你的口述表達能力。

班傑明・富蘭克林在他的自傳裡講述了如何提高自己的口述水準，如何培養遣詞造句的能力，如何自學整理思考的方法。這本傳記是一部文學經典，而且與其他經典所不同的是，內容易讀且令人愉悅，幾乎是一本通俗易懂的範本，每一位演說家和作家定會從中受益匪淺。下面我推薦一段節選，希望你們喜歡：

> 一個偶然的機會，我發現了《旁觀者》[1]的第三卷，我之前從未看過這本刊物。於是，我把它買了下來，反反覆覆地閱讀，並從中享受了很大的樂

趣。這本刊物文筆非常精彩，我很喜歡模擬它。於是，在這樣的衝動下，我拿出筆和紙，挑了書中的數章把它們的觀點整理了出來，然後蓋起書，憑著這些筆記，用最貼切的語言把文章重寫出來，然後對照著書本，我發現了許多錯誤，並把它們逐一改正過來。在這一過程中，我發現並吸收了許多新詞語，並學著運用它們。有的時候，我整理出來的觀點很雜亂，令我很迷惑，於是，我要花費數週的時間釐清它們之間的脈絡，才能重新撰寫，這就使我學會了整理思維的方法。透過與原文的比較，我發現我摹寫的文章有許多缺陷，並加以修正。我爲自己的點點進步而感到無比的快樂。我幸運地掌握了提高語言運用水準的方法，也讓我雄心勃勃地朝著成爲一名作家這一夢想邁進。

讓你的筆記成為璀璨的寶石

在上一篇裡，我建議你做好筆記，把你的各種想法和例子記下來，並使之成為你所需的「鑽石」——把它們按內在關連分成不同的部分，其中最主要的幾部分應該是你演講的主要要點。然後，再把這些部分細分，取其精華，棄其糟粕。

一個演說者如果採用正確的準備方法，那麼他就會對所擁有的資料進行百裡挑一的選擇。

在演講之前，演說者絕不應該停止對講稿的精益求精，即使是演講結束後，演說者也可以對其進行改進。一個優秀的演說者在演講結束後，通常會有四個演講版本：一個是他準備演講時寫的，一個是他演講現場所做的，一個是報紙上刊登的，最後一個是他心中所希望的。

演講時可以借助筆記嗎？

雖然林肯是一位傑出的即席演說家，但在他進駐白宮後，除非他對自己的講話有周密的準備，並付諸成文，否則他是不會對自己的內閣發表演說的，即使是非正式的談話。當然，他不得不宣讀自己的就職演說，因為這歷史性文件措詞的準確性非常重要，是不允許即興而講的。但是，當我們回顧林肯在伊利諾演講的

1　《旁觀者》是在英格蘭創立的每日出版物，發行期限從一七一一年到一七一二年。每一期的長度大約為二千五百個字，起初發行了五百五十五期，並被收集成七卷。

時候，發現他從不使用講稿，他認為使用講稿或筆記會讓聽眾感到厭煩。

也許，會有人不同意他的意見：難道在演講中使用筆記會削減你對演講的興趣？難道它們會阻礙演說者與聽眾之間的交流？難道這樣會製造虛假的氛圍？難道它們會讓聽眾感到演說者缺乏應有的自信？

我要重複一遍，在演講準備中，我們需要做筆記——而且是精心製作的，還要大量製作，當你在獨自練習時，你會希望依賴它們。當你面對著聽眾時，你口袋中的筆記很可能會讓你感到心神穩定，但正如鐵路臥鋪車廂裡的錘子、鋸子以及斧子一樣，它們僅僅是一種應急工具，只有在車子發生碰撞、損壞或面臨嚴重事故時才會用上。

如果你必須用筆記，應用醒目的字體把它們簡要地記在一張紙上，然後提前到場，把筆記藏在桌子上的書籍下面，當你需要的時候看一眼，但要盡量不讓聽眾發現。

儘管說了這麼多，但有時候使用筆記也是一種明智的選擇。例如，許多演說者在初次演講時會過於緊張，以致把所準備的演講內容忘得一乾二淨。結果呢？他們誇誇其談，離題萬丈。因此，在初次演講時，為何不拿一些簡要的筆記呢？就像嬰幼兒在初學走路時，也需要扶著一些家具走一樣；但是，這種做法不能持續太久。

不要死記硬背

不要試圖一字不漏地背誦你的講稿，那既浪費時間，又可能導致演講受挫。但是，仍有一些人不聽忠告，嘗試背誦講稿。當他們背完講稿後，站著面對聽眾時，他們的腦袋裡會想到什麼呢？是他們要表達的意思嗎？並非如此。他們只是努力回憶自己背誦的語句，而且與人的正常思維相反，他們並不是往前想，而是往後回憶。於是，整個演講變得僵硬、乏味，毫無生氣與情感。因此，我奉勸這些演說者，不要把時間和精力浪費在這種無益的事情上。

在進行商務會談時，難道你會預先逐字逐句背誦你將要講的話嗎？當然不會。實際上，你會預先在頭腦中形成清晰的思緒，然後再表達出來。你也許會做一些筆記，詢問一下相關資料，然後你會在心中默想：「我要弄清楚這到底是怎麼一回事，並且說明要完成這些事情的理由是什麼……」然後，你舉出具體例子，並加以論證。這就是商務會談的準備方法。為什麼不把這種方法應用到演講準備中呢？

格蘭特將軍的苦惱

當李將軍要求格蘭特寫下投降書時，這位聯軍統帥向派克上將求助，請他提供一些寫作材料。格蘭特在其回憶錄裡記述道：「當我提筆準備寫時，我並不知道該如何措詞。我清楚知道我心裡想什麼，也想把它表達出來，但我不知道怎麼寫才能清楚無誤地表達出來。」

格蘭特將軍，其實你並不需要為措詞而煩惱，因為你已經有了自己的理念和想法。你非常清楚知道你要說什麼，只要用你自己習慣的語言，就可把它流暢地表達出來。而且，這也適用於任何人。要是你不相信，你可以打倒一個人，看他站起來後是否會說不出話來。當然不會。

兩千年前，古羅馬詩人賀拉斯寫道：

不要爲詞藻而搜腸刮肚，只爲事實與思想而投入。

那麼，下筆就有如神助。

當你的頭腦裡堅定了某些想法時，無論是守著茶壺等待水開的時候，還是漫步街頭時，或是等待電梯的時候，你都應從頭到尾默默地、極富感情地排練一下；當你獨自在房間的時候，可以大聲地帶著熱情進行演練。坎特伯雷的教士諾克斯·雷特爾曾說過，一個傳道士在經過多次的演說後，才真正懂得其中的真諦。除非你把它複習了多次，否則你怎能妄想不經練習而獲其精髓呢？當你練習時，你要把自己想像成站在聽眾面前，只要你堅持這樣想，當你真的站上講臺，你會感覺自己彷彿經歷過而游刃有餘。

為什麼雇主認為林肯「極為懶惰」

如果你用這種方式練習演講，你定會成為一名著名的演講家。

林肯在年輕時經常步行往返三、四十英里，去聽一位著名的演說家布雷肯里奇的演講。每次聽完演講，他都興致勃勃地立志要成為一名演說家，於是他把其他工人召集到田地裡，自己登上樹樁、發表演講或講述故事。他的雇主愈來愈生氣，指責林肯「極為懶惰」，而且因為他的笑話與演講使得其他工人不聽使喚。

透過研究著名演說者的經歷，你會發現他們的一個共通點：不斷練習，而且練習得愈多，進步就愈快。

沒有時間那樣去練習？那麼，你可以仿照著名律師約瑟夫．喬特的方法。當他在上班途中，他會買一份報紙並在電車上埋首閱讀，此時沒有人會打擾他。此時，他並沒有去看那些醜聞、流言蜚語，而是思考、規畫著自己的演講。

身為鐵路公司總裁和參議員的昌西．迪普生活相當繁忙，但即使如此，他幾乎每天晚上都要演講。他說道：「我不會讓這些演講干擾我的工作，它們都是在我離開辦公室回到家後，在傍晚前就準備好的。」

每天，我們都有幾個小時來自由支配。然而，達爾文不顧自己的身體健康，就是利用這幾個小時埋頭工作。正是這幾個小時的充分利用，使他聞名於世。

羅斯福身居白宮時，經常在午前安排一系列的五分鐘會晤。即使這樣，他總不忘帶上一本書，充分利用會晤的間隙閱讀。

如果你忙得不可開交，那麼請讀一下阿諾德．班尼特的《如何利用一天的二十四小時》。撕下其中數頁放到你的口袋裡，在空閒時翻閱一下。正是用這種方法，我僅用了兩天時間就把這本書看完了。這本書將告訴你如何節省時間、如何高效利用時間。

在慣常工作中，你必須放鬆、調節自己，演講練習也是如此。例如，你可以在家中與你的家人一起做些即席演講遊戲。

范朋克和卓別林如何打發時間

大家都知道，范朋克和卓別林是屬於可以享有休閒生活的有錢階級，然而集名利於一身的他們，卻認為沒有什麼休閒活動比練習即席演講來得更有趣、更好玩。

下列是范朋克在幾年前接受訪問時所講述的一個小故事：

某個晚上我們閒著沒事，一時興起，我就假裝我們在晚宴上，由我介紹卓別林出場，而他必須按照我所說的介紹詞，進行即興演講。我們以此爲基礎發展出了一個遊戲，幾乎每天晚上都玩，玩了兩年。

我們三個人（我、我老婆和卓別林）各自在紙條上寫下一個名詞，然後把紙條摺起來，混合一下。接著，我們三個輪流抽紙條，不管抽到的字是什麼，都要針對抽到的字進行六十秒的演說。用過的字絕不重複，以保持遊戲的新鮮感，而且我們使用各式各樣的字，毫無限制。

我記得有天晚上，其中的兩個題目分別是信念和燈罩，而我抽到了燈罩。那是我覺得最困難的一個題目，針對燈罩進行六十秒的演說。如果你覺得很容易，可以試試看。你的開頭可能很大膽：「燈罩有兩個用途，其一是修飾燈光並使照明更柔和，其二則是做爲裝飾。」然後大概就無話可說了，除非你對燈罩的了解比我多得多。我那天還是勉強過了關。

但重點是，我們三個人都多虧這個遊戲的訓練，腦袋變得非常靈光。我們學到了一堆跟各式各樣五花八門的東西有關的知識。但更棒的是，我們學會在極短的時間內，整理腦中所有跟某個主題相關的想法和知識，並進行簡短的講述。我們一直在學習如何隨機應變。我會說「我們一直在學習」，是因爲我們至今仍然在玩這個遊戲。兩年過去了，我們還是樂此不疲，由此可知，我們還不斷地從中學習與成長。

小結

①拿破崙說過，「戰爭策略是一門科學，如果不預先精確計算和思考，就不會取得任何勝利」。確實，演講就像打仗，就像航海，需要依計畫進行。一個不知身在何方的人，通常也會不知所措。

②對於演講的構思，絕對沒有一成不變、鐵一般的規則可循。每一次演講都有屬於它自己的問題要解決。

③每個演說者要力求透徹了解每一方面，就像關於費城的那一篇獲獎演說那樣。在安排時不能反覆，不能像黃昏的蝙蝠那樣到處亂撞，令人迷惑不解。

④已故的康維爾博士利用以下的提綱做了許多演講：

1. 陳述事實
2. 論證事實
3. 呼籲行動

⑤以下的設計也很有幫助：

1. 提出問題
2. 根治問題
3. 呼籲合作

⑥ 下面又是一個優秀的提綱：

1. 獲得聽眾的關注
2. 贏得信任
3. 陳述事實，教導人們關注你的主張的價值
4. 號召人們爲達到目標而行動

⑦ 前參議員亞伯特·貝弗里奇提出：演說者要對所有事實進行蒐集、整理、研究和消化。但要注意，這些僅僅是事實材料，你要從這些事實中得出相應的結論。

⑧ 林肯在演講前對自己的講話總要做周密的準備。當他四十歲成為國會議員

時，他研究了幾何數學，以至於他能夠出色地論證並說明他的結論。

⑨羅斯福在準備演講時，總是蒐集所有事實，並不斷進行評估，然後快速地把講稿整理出來，再不斷修改講稿，直到最終定稿為止。

⑩如果可以的話，面對著錄音機進行口述，然後回頭再聽，這是很有啟發的。

⑪筆記會減弱你對演講的興趣，應避免使用筆記。最重要的是，不要死記硬背你的演講稿，聽眾不會對只是讀講稿的演講感興趣。

⑫當你想好並設計好你的演講，你應隨時隨地默默地排練一下，也可以把自己想像成面對著聽眾充滿熱情地進行排練。只要你堅持這樣做，你就會感到遊刃有餘了。

發聲練習──放鬆全身

「大概沒有什麼比用力過度更能毀了好聲音。」舒曼－海因克女士說道，「歌唱家必須時時放鬆，但放鬆不等於軟弱無力，放鬆的意思不是說歌唱家要在表演前虛脫崩潰。放鬆，對於歌唱家而言，是種飄飄然、輕盈、自由、自在，且全身無一處緊繃的甜美狀態。當我放鬆時，會覺得好像全身的原子都漂浮在太空中，全身沒有任何一處神經是緊繃的。」

舒曼－海因克女士說的是唱歌，不過，相同的原則在演說上也一樣適用。她說，過度用力會毀了好聲音。但是，在這個匆忙的時代，還有什麼比肌肉和神經緊繃更常見的呢？而且，神經緊繃對聲音表現的影響，和對臉部表情的影響一樣明顯。著名的歌劇演唱家波齊先生也常說，放鬆就是擁有好聲音的祕訣。

那我們又該如何著手培養這個能力呢？首先，試著放鬆全身。你的整個身體都扮演了共鳴板的功能。鋼琴響板中，即使最微小的缺陷，即使只是一顆小螺絲鬆了，也會影響整體的音色。因此，你的聲音也一樣受身體各個部位的影響，任何一處的緊繃，都會有損你的優美音色。

要怎麼放鬆呢？很簡單，放輕鬆就好了。重點不是要做些什麼，而是什麼都不要做。我們不是要你努力放鬆，而是不要費神。把手臂平舉，往前伸直，然後放鬆……手臂掉下來的時候，是不是像鐘擺一樣前後晃動了幾次呢？如果沒有，那就表示你沒有放鬆。再試一次……覺得怎麼樣？

每天晚上睡覺前，像前兩章中說的那樣，躺平，準備練習腹式呼吸。但在開始深呼吸之前，先放鬆，放鬆全身肌肉，完完全全地放鬆。試著想像手臂、雙腿、頸部的所有能量，都流向身體的中心。你應該會放鬆到下巴微張。想像手臂、雙腿和身體是如此地沉重，沉重到毫無生氣地攤在床上，你似乎永遠不會有力氣再將它們抬起來。發個懶。現在，深呼吸，慢慢地、自然地吸氣，腦袋放空，只要想著放鬆自在。

是的，日常的各種煩惱、問題、焦慮此時可能會像一群蚊子大軍般湧入腦中糾纏、擾亂你，讓你不得安寧。如果是這樣，就像趕蚊子一樣把這些思緒趕跑吧。用以下撫慰人心的句子來趕跑這些紛亂的念頭：「我很自在、我完全放鬆了。我感覺好像完全沒有力氣舉起手臂一般，完完全全地放鬆了。」

這些想法，加上深呼吸的韻律，應該很快就會讓你感到昏沉欲睡，並陷入深沉睡眠之中。

這樣的深沉睡眠讓人神清氣爽、舒緩身心，多麼有益身心持續發展。

體驗過這種放鬆狀態的愉悅感之後，請試著在日常生活的其他時刻練習放鬆。說話的時候，試著感受一下舒曼－海因克女士在唱歌時的體會：「覺得好像全身的原子都漂浮在太空中，全身沒有任何一處神經是緊繃的。」

當你可以掌握放鬆的訣竅，能運用正確的呼吸法並能控制呼吸時，你就踏在通往發出美妙聲調的康莊大道上了。

第四章

增強記憶力

盲目地、機械地死記硬背是不夠的。我們需要機智的記憶，需要根據我們的記憶特點來記憶——這正是我們記憶所需要的。

無論我們頭腦中出現什麼念頭，記憶就會捕捉到早已存在大腦中相對應的事物……如果一個人經常對所接觸的事物進行思考，並把它形成一個有序的體系，那麼這個人就有更好的記憶力。

心理學家卡爾．西蕭教授說過：「普通人對於先天記憶力的利用不超過百分之十，其餘的百分之九十由於不遵守記憶的自然法則，而被白白地浪費掉。」

你是這些普通人中的一員嗎？如果是這樣，您在社交和商業方面都處於不利的地位。因此，讀完或反覆閱讀這一章之後，你會興趣盎然，受益匪淺。本章將會描述和解釋記憶的自然法則，並展示如何在商務社交或演講中使用這些法則。

其實，這些「記憶的自然法則」很簡單，只有三條，每一個所謂的「記憶系統」都是建立在此基礎上的。簡而言之，它們是印記、重複記憶和聯想。

記憶首要法則是：對自己要記的東西，獲得生動、鮮明、持久的印記。要達到這一點，必須全神貫注。羅斯福驚人的記憶力，讓人留下了深刻的印象，而他之所以擁有出色的記憶力，主要是由於他能把東西深深地烙印在心裡，在頑強的信念和不懈的努力支持下，他已經把自己鍛鍊得能在任何環境中都全神貫注，不被干擾。一九一二年，在芝加哥舉行的進步黨大會期間，他的辦公總部設在國會大酒店。在酒店樓下的大街上擠滿了人情緒激昂地搖旗吶喊：「我們需要泰迪！我們要泰迪！」群眾的激昂聲、樂隊的演奏聲、來往的政客們、緊張的會議安排，以及不時的請示，都會讓任何一個普通人分心。然而，羅斯福坐在房間的搖椅上，全神貫注地閱讀著希臘歷史學家希羅多德的著作，把其他一切全都忘記了。在去巴西荒野的旅途中，傍晚一到宿營地，他就在樹下找了一塊乾燥的地方，坐在小凳上閱讀起吉朋的《羅馬帝國衰亡史》。此時，他是多麼沉浸於書中，以至於沒有察覺身邊的雨聲、營地裡活動的吵雜聲，和熱帶森林中的聲響，毫無疑問，他能夠做到過目不忘。

五分鐘全神貫注的記憶效果，遠遠勝於疲勞狀態下的數日記憶。公理會牧師亨利．沃德．比徹寫道：「集中精神的一個小時，遠勝過迷迷糊糊的數年。」伯利恆鋼鐵公司的總裁、年收入一百萬美金的尤金．格雷斯這樣說：「迄今為止，我所學的任何東西中最重要的一件，就是我每天無論在什麼情況下，都要全神貫注於當前的工作。」

這就是增強力量的奧祕，尤其是記憶能力。

他們未曾留意一棵櫻桃樹

發明家愛迪生發現，六個月以來，他的二十七個助手每天從電燈廠到紐澤西州門洛帕克總廠的這一條路上，有一棵櫻桃樹在路邊。然而，當被問及這棵樹時，卻沒有一個助手留意過它。

愛迪生振振有詞：「普通人的大腦只對眼睛看到的事物的千分之一有反應。我們的觀察力——真正的觀察力——是何等薄弱啊！」

把一個普通人介紹給你的兩三個朋友，但兩分鐘後，那普通人可能就會把那些人的名字忘得一乾二淨。為什麼會這樣呢？因為他在一開始，就沒有對他們有足夠的關注，沒有細心地觀察過他們。他也許會告訴你他的記憶力不好，可是並非如此，應該是說他的觀察力太薄弱了。假如在大霧天氣裡照相，照片模糊不清，他絕不會埋怨照相機。同樣地，由於對他人的印象模糊不清，又怎能埋怨自己的記憶力呢？

《紐約世界報》創辦人約瑟夫．普立茲在每位員工的辦公桌上留下這些字：

準確、準確、準確

這正是我們所需要的。準確地聽到別人的名字，記住它，並請求他再重複，向他詢問如何拼寫。如此，他會因你對他的興趣而高興，而且，因為你集中精神，你自然會記住他的名字，你就會獲得清晰、準確的印記。

林肯為什麼大聲朗讀

林肯少年時就讀於一所鄉村學校，這所學校的地板是用碎木頭做的。不僅如此，為了防止陽光照射，學生們從書本上撕下紙貼在玻璃窗上，因而只剩下一本教科書。上課時，老師大聲地朗讀，學生們跟著他讀。所有人一起讀書，整個學校都陷入一片沸騰之中，周圍的鄰居稱之為「喧囂的學校」。

在這「喧囂的學校」裡，林肯養成了一個終生的習慣：每當需要記憶時，他總會大聲朗讀。每天早晨，他一到達春田市的律師事務所時，他就馬上躺在長沙發上，把一條不很靈活的腿放到旁邊的椅子上，開始大聲地閱讀起報紙來。他的同事說道：「他令我煩透了，幾乎難以忍受。有一次，我問他為什麼要大聲讀報紙。他解釋說：『當我大聲閱讀時，有兩種感官參與其中：一是視覺，二是聽覺，因此我會記得更牢固。』」

林肯的記憶力很驚人，他說：「我的大腦就像一塊鋼鐵，雖然很難在上面留下什麼，可是一旦留下了，便很難抹去。」

為了調動你的視覺和聽覺來增強記憶，你應該行動起來，就像林肯那樣去做。最理想的記憶方法，不但是要去看、去聽，而且需要觸摸、嗅聞和品味它。

但首要，還是去看。我們通常都是利用視覺記憶的。視覺留下的印象會存留一段時間。我們通常會記得一個人的模樣，卻忘記了他的名字，因為從眼睛到大腦的神經，要比從耳朵到大腦的神經強大二十五倍。正如中國的一句諺語：「百聞不如一見。」所以，寫下需要記憶的名字、電話號碼或演講提綱，先看一下，然後閉上眼睛，把它們形象化為火紅的字體來記憶。

馬克·吐溫如何不帶筆記演講

馬克·吐溫發現了視覺記憶力，就把多年來依賴筆記的這個壞習慣克服了。他在《哈潑雜誌》中寫道：

> 日期是很難記住的，因爲它們都是由數字組成。數字總是單調無味，無法給人深刻的印象。它們不能形成畫面，因此在視覺上，我們很難捕捉到深刻的形象。的確，圖畫能幫助我們記憶日期。或者我們也可以這樣說，圖畫，尤其是你自己親手做的圖畫，能幫助你記憶任何東西，事實上，這就是

最關鍵的一點——親手構圖。這是我的經驗所得。三十年前，我每晚都要記誦講稿，發表演講。爲了更專注在演講中，每次我都得在紙上寫一些提示來幫助自己。這些提示往往是句子的開頭部分，共有十一個，它們大概如此：

那個地區的天氣——
那個時代的風俗——
但在加州的人們從未聽説——

這十一個提示簡要地勾勒出演講的主要內容，而且也確保我不會遺漏某個要點。但是，它們在紙上看上去是如此相似，難以構成一幅圖畫，以至於我雖然用心記憶，但還是無法完全確定它們的順序。因此，我總是把這些提示放在身邊，在演講中不時地看上一眼。有一次，我忘了把提示放在哪裡，你簡直無法想像那個晚上是多麼令我恐慌。之後，我知道要另想辦法幫助記憶。於是，我把提示的首字母按順序寫在手指甲上，如I、A、B等。第二天晚上，當我登臺演講時，我發現這方法並不太奏效。因爲，我要不時地看看手指頭，過了一會兒，我便不知道哪根手指頭用過了。而且我也不能把已經說過的那個字母擦掉，因爲那定會引來聽眾巨大的好奇。可是，我現在看手指也引來了他們的好奇心。他們對我的手指頭比對演講的主題更感興趣，有幾位聽眾甚至在演講結束後詢問我的手指怎麼了。

在那個時候，構圖的主意令我眼前一亮，因此，我的煩惱也消失了。在兩分鐘內，我繪製了六幅圖畫，它們代替了那十一個提示句子，而且非常有用。在圖畫繪製完後，我就可以把它們隨手扔掉。因爲我閉上眼睛，它們就能在我的頭腦裡浮現出來。雖然這是我在四分之一個世紀前所做的演講，至今已過了二十多年，但我仍然能夠利用那些圖畫把演說內容複寫出來——因爲那些圖畫仍銘記在我的腦袋裡。

偶然地，有一次我要憑著記憶做一場演講。在演講中，我想利用這一年中提及的大量材料。於是，我利用圖畫把這些材料勾勒出來：羅斯福在人群的喧囂聲和樂隊的演奏聲中安靜地閱讀歷史書籍，愛迪生正在注視著一棵櫻桃樹，林肯正大聲閱讀報紙，馬克．吐溫正面對著聽眾擦拭手指上的墨水跡。

那麼，我是如何記住圖畫的順序呢？透過一、二、三、四的序號嗎？並非那樣，因為那樣做並不容易。我是把序號轉換成圖畫，並把它與表示論點的圖畫結合起來。舉例來說：序號one（一）聽起來像run（跑），於是，我用一匹奔跑的馬表示「一」，羅斯福就騎在這匹馬上在房間裡看書。序號two（二）聽起來像zoo（動物園），於是，我想像著愛迪生在動物園裡飼養熊的籠子旁，注視著一棵櫻桃樹。序號three（三）聽起來像tree（樹），於是我把林肯畫成蜷縮在樹頂上對他的同事大聲朗讀。序號four（四）聽起來像door（門），於是，我把馬克·吐溫畫成倚在門框上，面對著聽眾一邊發表演講，一邊擦拭著手指上的墨水跡。

我想，許多讀者讀到這裡會覺得這種方法很荒唐可笑。這種方法確實如此。但正是如此，它能幫助我們記憶，記住這些古怪荒唐的東西，相對來說比較容易。要是讓我只是記著按照數字順序的論點，我會很容易把它們忘記。相反，如果按照我剛才所描述的那樣去記，那是能夠銘記於心的。比如說，我想回憶第三點內容，我只要問自己樹的頂端有什麼就可以了。馬上，我就看到了林肯。

出於自己的使用便利，我把一至二十的數字轉化成讀音相近的圖畫。在這裡我已經把它們列了出來。如果你肯花半小時時間記憶這些數字圖畫，那麼，無論提問哪幅圖畫，你一定能準確地說出它們的序號。

下面是圖畫數字，請嘗試記憶一下，你會發現它們確實很有趣。

一（one）：跑（run）——一匹奔騰的賽馬。

二（two）：動物園（zoo）——可以看到飼養熊的籠子。

三（three）：樹（tree）——把第三點的主題畫在樹頂上。

四（four）：門（door）或野豬（boar）——用聽起來像「four」的任何東西或動物。

五（five）：蜂房（Bee hive）。

六（six）：病（sick）——想像戴有紅十字標誌的護士。

七（seven）：天堂（heaven）——街上鋪滿黃金，天使們在彈豎琴。

八（eight）：大門（gate）。

九（nine）：酒（wine）——酒瓶倒在桌子上，酒流了出來，並把桌子上的東西沖了下來。要注意這些畫面動作，它可以使整個畫面有連貫性。

十（ten）：在石洞裡或叢林深處的野獸洞穴（deu）。

十一（eleven）：一支十一人的足球隊正瘋狂地在球場上跑著，他們踢向高處的東西正是我想要記住的東西。

十二（twelve）：放上去（shelve）——看到有人把東西推回架子上。

十三（thirteen）：受傷（hurting）——血從傷口中流出來，染紅了第十三個主題的東西。

十四（fourteen）：求愛（courting）——一對夫妻正坐在某處親熱。

十五（fifteen）：舉起（lifting）——強壯的拳擊手正把某物高舉過頭。

十六（sixteen）：落敗（licking）——一場拳戰。

十七（seventeen）：發酵（leavening）——一名家庭主婦正在揉生麵團，並把第十七個主題揉進麵團裡。

十八（eighteen）：等待（waiting）——一位女士正在林中的交叉路口等人。

十九（nineteen）：憔悴（pining）——一位女士正在哭泣，她的眼淚正滴在要記憶的第十九個主題上。

二十（twenty）：豐饒之角（horn of plenty）——一隻羊角掛滿了鮮花、果實和穀物。

如果你願意，可以花費一些時間記憶這些圖畫數字。要是你喜歡，你也可以自己創製圖畫。例如十（ten），你可以把它想像成鷦鷯（wren）、筆（pen）或母雞（hen）之類——一切聽起來像十（ten）的發音的事物皆可。假如你要記憶的第十個主題是「風車」，你可以把母雞畫在風車上，或者讓風車把墨水注滿自來水筆。那麼，當你要回憶第十個主題時，不要去想十是什麼，而是想想母雞坐在哪裡即可。你可能不以為然，但試試看，你會讓眾人對你的記憶能力大吃一驚，至少，你也會覺得其樂無窮。

重複記憶最有意義

開羅的埃爾哈扎爾大學是世界上著名的大學之一。它是一所伊斯蘭學校，擁有二萬一千名學生，其入學考試要求報考者背誦《古蘭經》，長度相當於《新約》，要三天才能背誦一遍。中國的學生，或稱為「讀書的乖孩子」也要背誦許多宗教和古典書籍。那麼，這些阿拉伯和中國的學生是如何擁有這樣驚人的記憶力呢？重複記憶，正是第二個「記憶的自然法則」。

透過不斷反覆記憶，你可以記住幾乎無窮無盡的內容。你要不斷地記憶、使用和運用你想記住的知識；在你的談話中不斷運用新的詞語；如果你想記住某人的名字，你可以直呼其名；如果你想掌握演講的內容，那麼你可以在談話時不斷地提及到它。總之一句話，持續的運用會帶來持久的記憶。

盲目地、機械地死記硬背是不夠的。我們需要機智的記憶，需要根據我們的記憶特點來記憶——這正是我們記憶所需要的。例如，德國心理學家艾賓浩斯教授讓他的學生記憶一連串沒有什麼含義的音節，如「deyux」、「goli」等等，結果他發現，如果把這項記憶任務分布在三天，學生只需重複記憶三十八次；但如果一次性背誦，學生則需要六十八次……其他的心理測試也獲得類似的結果。

這是關於記憶原理的一個重大發現，也就是說，一個人不停地重複記憶直至最終記牢所花費的時間與精力，是相當於記憶過程中做適當間歇的人所要花的兩倍。人的思維的獨特性，我們可以從兩個方面來解釋：

第一，在重複之間的間隔期間，我們的潛意識會忙於使聯想更加牢固。就像心理學家威廉．詹姆斯教授睿智的論斷：「我們應在冬天學游泳，在夏天學滑冰。」

第二，採取間歇的記憶方法，思維則不會感到倦怠。《一千零一夜》的譯者理查．伯頓先生能說二十七種語言。他坦誠道，他每次學習或練習某種語言都不會超過十五分鐘，因為超過十五分鐘，他的大腦就會不靈光。

明白了這些道理，自然就不會有人直到演講的前一天晚上才做準備。如果他這麼做，那麼他只能事倍功半了。

關於我們遺忘的方式，這裡有一個很有意義的發現。心理學實驗反覆驗證了我們所學的新知識在前八小時裡忘記的比接下來的三十天裡遺忘的還要多。這是多麼驚人的比例啊！所以，在你參加商務會議之前、在你發表演講之前，就要再次快速流覽一下你的資料，這樣有助於你恢復記憶。

林肯知道這種做法的價值，並且經常運用它。在蓋茨堡，學識淵博的愛德華·埃弗里特先於林肯發表演說，當林肯看到埃弗里特即將結束演講時，林肯「明顯變得緊張起來，一如每當他跟在別人後面演講時一樣」。於是，他馬上從口袋裡掏出草稿默默地流覽起來，以便重新恢復自己的記憶。

如何把事物組織起來

記憶的自然法則第三條，即聯想，在記憶中是不可或缺的因素。事實上，那是對記憶本身的解釋。就像詹姆斯教授所說的：

> 我們的大腦基本上是聯想的機器……假設我沉默了片刻，然後用命令的口氣對自己說：「記住！回想起來！」你的記憶會聽從你的命令回憶起你過

去的明確印象嗎？當然不會。大腦就猶如進入了真空，不禁會問：「你要我回憶什麼呀？」簡而言之，回憶需要線索。但如果我說，回憶你的生日，你早餐吃了什麼，或者是音階中的連續音符，那麼，你的記憶就會馬上出現想要的結果：提示決定了回憶起某一特定物件的可能性。現在，如果你想搞清這是怎麼回事，你會馬上意識到提示是與回憶的事物密切相關的。例如，「出生日期」與年、月、日這些數字有著根深柢固的聯繫，「早餐」只會讓你聯想到咖啡、熏肉和雞蛋，「音階」自然是耳熟能詳的Do、Re、Mi、Fa、Sol、La等等……事實上，聯想法則支配著我們的思路，而這些思路不會被從外部襲擊我們的感覺所打斷。無論我們的頭腦中有什麼念頭，聯想就會捕捉到相應的事物，就像它早已存在我們的大腦中一樣。而且，你思考的事物與你回憶的事物一般是無二的……一個受過訓練的記憶會依賴一個聯想的組織體，而記憶的功能取決於兩個特性：第一，聯想的持久性；第二，聯想的有序性……因此，良好記憶的奧妙在於將我們希望記住的每一件事形成多種多樣的聯想。但是，在這一過程中，除了盡可能地對事物加以思考外，還需要什麼呢？簡而言之，就是要使事物變得有序起來。例如，兩個有同樣經歷的人，其中一個經常對他的經歷進行反覆思考，並使之形成有序的體系，那麼這個人的記憶力就會更好。

那麼，我們如何把事物相互地聯繫起來呢？答案是這樣的：透過思考找出它們的含義並加以分析。例如，如果你對新的事物提出並回答以下的問題，那麼，在這一過程中，將有助於你把這些新事物融入到一個有關聯的體系中。

1. 此事爲何會這樣？
2. 它是如何形成的？
3. 是在何時發生的？
4. 發生在何處？
5. 是誰說的？

例如，如果要記住一個陌生人的名字，而且是一個普通的名字，那麼，我們可以把他與我們具有相同名字的朋友聯繫起來。要是這個名字比較不尋常，我們可以藉機聊一下，把這種新奇感覺表達給主人，而這經常會導致姓名的主人談論起自己的名字來。比如，在寫這一篇的時候，我被介紹認識了索特夫人。我向她詢問了她的名字是如何拼寫的，還請教她這名字為何如此奇特。她回答道：「是的，這個名字很不尋常。它是希臘文，是『救世主』之意。」隨後，她向我介紹說她丈夫的家人來自雅典，在當地身居要職。我發現讓別人談論自己的名字是一件很容易的事，而且這也有助於我記住他們。

當遇到陌生人時，要注意觀察他的外貌，留意他眼睛與頭髮的顏色，以及他的長相特徵，觀察他的打扮風格、說話語調等等，以獲得一個清晰、生動、鮮明的印象，並使之與其姓名聯繫起來。下一次見面時，那深刻的印象又會浮現在你的腦海裡，名字也自然地會湧到你的腦海中。

不知你是否有過這樣的經歷？當你第二次、第三次遇見某個人時，你仍記得他的職業或工作，但就是記不起他的名字。其原因是：人們的職業是確定且具體的，有其含義，但名字是無意義的，就像房頂的冰雹一下從陡峭的屋頂滾落下來，記不住。因此，為了確保你能記住某人的名字，你應該使之轉換為與其職業有聯繫的短語。這種方法的效果是毋庸置疑的。例如，二十個相互不認識的人在費城的俱樂部裡相遇，於是，他們相互介紹自己的姓名與職業。而且，他們都使用一些短語把姓名與職業聯繫起來。數分鐘之後，他們彼此都能直呼其名了。以後見面時，也沒有人會忘記他們的姓名與職業了，因為這兩部分已經被連在一起了。下面舉例說明如何創造出將名字與工作聯繫在一起的短語：

名字：Albrecht（阿布雷希特）

工作：Sand business（產沙業）

短語：Sand makes all bright（沙使萬物變光明）

如何記憶日期

在記憶某一日期時，我們可以把它與我們所熟悉的日子聯繫起來。例如，讓一位美國人記住蘇伊士運河於一八六九年開通，可能會很困難，但如果讓他記住那是內戰結束後的第四年則會容易多了。再如，記住一七八八年澳大利亞有第一位居住者，那麼，這個日期則會像汽車裡鬆動的螺絲極易丟失一樣容易忘記，但如果聯想到一七七六年七月四日美國獨立日，十二年後，發現了澳大利亞第一位定居者，則相對容易記憶得多，這就好像鬆動的螺絲又被擰緊似的。

在選擇電話號碼時也是如此。例如，我的電話號碼是一七七六，正好是美國獨立年，所以每個人都能毫不費力地記住它。如果你以普通方式把你的電話號碼如「一四九二」告訴了朋友，他們一定會很快忘掉，但如果你告訴他們正是這年哥倫布發現了新大陸，他們定會牢牢記住。

如果你機械性地記憶，按先後順序去記住最初加入美利堅合眾國的十三個州，那麼，你肯定會覺得疲憊不堪。但是，如果你透過一個故事把它們串連起來，那麼這種記憶效果就會瞬間奏效。所以，請全神貫注地閱讀下文，看看你能否依次說出十三個州的名字：

一個星期六下午，一個來自德拉瓦州的年輕女子，買了一張去賓夕法尼亞州的火車票，做一次短途旅行。她把一件紐澤西州產的汗衫放到手提箱裡，然後就去拜訪康乃狄克州的朋友喬治亞。第二天，她和女主人參加了馬里蘭教堂的彌撒（Mass，麻薩諸塞州Massachusetts簡寫），然後又坐南線車（South Car，南卡羅萊納州South Carolina簡寫）回到家裡。在餐桌上，她們享用了維吉尼亞燒烤的新火腿（new ham，新罕布夏州New Hampshire簡寫），而維吉尼亞是來自紐約州的一位黑人廚師。飯後，她們又乘坐北線車（North Car，北卡羅萊納州North Carolina簡寫）到羅德島。

如何記憶演講中的要點

我們在思考問題的時候只有兩種方式：一是外界刺激，二是運用頭腦聯想。把這兩種方式運用到演講中就是：一是透過諸如演講提示等外部刺激，但這種方法誰會喜歡呢？二是把自己的演講內容與頭腦已有的知識聯繫起來。它們應該按邏輯順序排列，使第一個不可避免地通向第二個，第二個通向第三個，就像一個房間的門通向另一個房間一樣自然。

這說起來很簡單，但對於初習演講的人來說則是十分困難的。因為他們的思維能力由於恐慌而大打折扣了。然而，有一種簡單、快速且準確的方法，可以幫助你把所有要點結合起來。這個方法是指組成一句毫無意義的句子。例如，假如你要討論一些雜亂無章的主題，它們毫無聯繫，很難記住，就像「牛、雪茄、拿破崙、房子、宗教」之類的。那麼，讓我們看看能否把這些主題串起來，組成一個荒謬的句子：「一頭牛吸著雪茄，鉤住了拿破崙，房子因宗教而被燒毀。」

現在，請你用手遮住上面的句子，並且回答下面的問題：第三個主題是什麼？第五個呢？第四個呢？第二個和第一個呢？

這種方法奏效嗎？確時奏效！如果你正為提高自己的記憶力而努力，那麼就馬上行動吧。用這種方法，任何要點都可以組合起來，而且句子愈荒謬，這些要點就會愈容易被記憶。

如何應對演講中的意外

我們可以設想，即使一位演說者已做了充分的準備，做了以防萬一的準備，但當他在面對一群教會聽眾發表演說時，突然腦袋一片空白。在眾目睽睽之下，他啞口無言，無以為繼，那是多麼困窘的情景啊！他的自信在迷惘和挫折中蕩然無存，只好坐了下來。他想，要是再給他多十秒鐘或十五秒鐘，他定會想出他接下去要講的主題。但是，在聽眾面前即使是短短的幾秒鐘沉默，對演說者來說也是一場可怕的災難。那麼，應該如何做呢？美國一位知名參議員在發現自己陷入類似的困境時，他會詢問聽眾他的聲音是否夠大，後排的聽眾是否能聽清楚他說的話。他並不是真的在尋求意見，是為了爭取時間以恢復思緒。在這片刻的停頓中，他想起了自己的話題，繼續侃侃而談。

然而，在這思緒驟變的情況下，最好的挽救措施也許是：把剛才講過的最後一個詞、短語或想法作為新的起點，繼續闡述下去。自然，它就會像潺潺的溪水那樣連綿無盡的流淌下去。讓我們看看這種方法是如何在實際中運用的。想像有一位演說者針對商業上的成功發表演講，在講到「因為缺乏工作熱情，大部分工人不求上進而顯得很不主動」的時候，他發現自己陷入了思維停滯的狀態。最後一個詞是「主動」。因此，你應以「主動」為開端。也許你不知道該說什麼，或不知道到哪裡結束，但你仍要說下去，這總比沉默要好得多。

「主動意味著創造性，要自主地完成工作，而並不是一味地聽令行事。」

的確，這並不是一個極好的方法，它不會讓這次演講名垂青史，但它不是避免了尷尬嗎？我們的最後一句是什麼？是「聽令行事」。那麼，我們就以此開始，繼續闡述下去。

「對沒有自己思想的工人進行無休止的告知、引導和命令是最令人惱火的事情之一，這是不難想像的。」

好了，我們熬過了剛才那一關，讓我們再試一次，這次我們要闡述的是「想像」。

想像是必不可少的。所羅門說過：「沒有想像，就沒有一切的存在。」

我們剛才毫無困難地闡述了兩點，讓我們繼續闡述下去：

商業上的激烈競爭，使得每年都有不少員工被淘汰，這真令人感到惋惜。我所說的惋惜是指如果這些員工們多點雄心壯志，多點熱情，這些人定能擺脫失敗，走向成功。然而，商業上的失敗從不承認現實情況就是如此。

諸如此類……當演說者離開自己的中心思想大講一些陳腔濫調時，他應努力回想起暫時遺忘了的演講內容。

這種連續的連結方法如果不能及時中止，那麼，它最終會讓演說者談到布丁或金絲雀的價格之類的話題。但是，在遺忘的最初階段，這為爭取時間提供了即時救援。而且，事實也證明了這種方法挽救了許多瀕臨失敗的演講。

如何突破記憶才能的侷限

這一章指出，我們可以透過獲得生動鮮明的印記、重複記憶，以及聯想的方法來提高記憶力。但是，正如詹姆斯教授所指出的，記憶實際上是一種聯想。「對於提高總體上和根本上的記憶才能，我們是無能為力的；我們只能在某些相關的、系統的事物方面，提高自己的記憶水準。」

例如，透過每天背誦一段莎士比亞的語錄，我們可以將對經典文學語錄的記憶力提高到令人驚訝的程度。而且，每一個語錄都會讓我們從頭腦裡回憶出相關的事物。但是，即使記住了從哈姆雷特到羅密歐的所有內容，也無法對記憶市場上的棉花價格或煉鋼方法有所幫助。

如果我們能充分運用本章所談及的原則，將有助於我們提高記憶任何東西的方式和效率；但是，如果我們不運用這些原則，那麼就算記住跟棒球有關的一千萬個事實對我們記住與股票市場有關的事實是一點幫助也沒有，因為這些沒有關係的知識是無法聯繫到一起的。「我們的大腦本質上是一臺聯想的機器。」

小結

①心理學家卡爾・西蕭教授說過：「普通人對於先天記憶力的利用不超過百分之十，其餘的百分之九十由於不遵守記憶的自然法則，而被白白地浪費掉。」

②「記憶的自然法則」有三條：印記、重複記憶和聯想。

③對自己要記的東西獲得深刻、鮮明的記憶，你必須做到：

1.全神貫注。這是羅斯福擁有驚人記憶力的奧妙所在。

2.仔細觀察，得到準確的印記。大霧天氣裡，照相機拍不出好照片；對他人的印象模糊不清，是無法留下深刻的印記的。

3.透過盡可能多的感覺來獲取印記。林肯總是大聲朗讀他要記憶的東西，從而獲得了視覺和聽覺的印記。

4.除了以上那些，最首要的，還是去看。視覺留下的印象會持續一段時間。因為從眼睛到大腦的神經要比從耳朵到大腦的神經強大二十五倍。馬克・吐溫利用提示仍記不住他的演說內容，但當他丟掉提示，改用圖畫形狀來記住每個要點的順序，他的煩惱就自然地消失了。

④第二條記憶的自然法則是重複記憶。成千上萬的伊斯蘭學生要背誦一本相當於《新約》篇幅的書——《古蘭經》。他們是靠重複記憶來獲取這種記憶能力的。其實，我們可以透過重複記憶來記住任何東西。但在重複記憶時，一定要記住：

1.不要坐下來一遍又一遍地重複一件事，直到你把它銘刻在你的記憶中。應該是把它複習一兩次，然後放下，稍後再回來再複習一遍。採用間歇性的記憶方法，它會讓你收到事半功倍的效果。

2.我們所學的新知識在前八小時裡忘記的比接下來的三十天裡遺忘的還要多。因此，在演講前流覽一下講稿，有助於恢復你的記憶。

⑤記憶的第三條自然法則是聯想，方法是把所有的事實組織起來再記憶。正如詹姆斯教授所言：「無論我們頭腦中有什麼念頭，聯想就會捕捉相應的事物，就像它早已存在我們的大腦中一樣。……如果一個人經常對他的經歷進行反覆思考，並使之形成有序的體系，那麼這個人的記憶力就會更好。」

⑥當你想把一新事物與頭腦中其他的事物融合在一起，那麼，你就要對這事物的不同角度進行思考。你可以自問自答下列問題：「此事為何會這樣？它是如何形成的？是在何時發生的？發生在何處？是誰說的？」

⑦ 要記住陌生人的名字，可以詢問一下如何拼寫之類的問題。而且要注意準確觀察他人的外貌，把這形象與姓名聯繫起來。為確保記住其姓名，應使之轉化為一個與其工作相聯繫的短語。

⑧ 記憶日期時，要把它們與我們熟悉的重要日期聯繫起來。例如，莎士比亞誕辰三百週年就發生在南北戰爭期間。

⑨ 要記憶演講的要點，就要把這些要點按一定的邏輯順序組織起來。而且，可以造一些荒謬的句子把要點組織起來。例如：「一頭牛吸著雪茄，鉤住了拿破崙，房子因宗教而被燒毀。」

⑩ 雖然做了以防萬一的準備，但有的時候也會出現思維停滯的現象。假如那樣的話，你可以把剛才講過的那句話的最後一個詞或短語作為新的開頭，繼續闡述下去，直到找回暫時被遺忘的內容為止。

發聲練習——放鬆喉嚨

我們在前一章看到，過度用力和緊張都會影響音色，使得聲音難以入耳。這裡所謂的緊張通常會在什麼地方擊出致命一擊？是在身體的什麼部位呢？

毫無疑問地，它像毒蛇般昂起頭，凶猛的舌尖往往都朝同個地方出擊：喉嚨。肌肉的緊繃會導致聲音粗糙，引起疲勞、嗓音沙啞，甚至還會造成喉嚨痛。於是有了所謂的「教師喉痛」以及著名的「牧師喉痛」、「講者喉痛」。你可以整天談生意，月復一月，而不受喉嚨痛的困擾，那麼，為什麼改成公開演說時，就會遭受這樣的苦難呢？答案很簡單，就是「緊張」。講者沒有正確地使用幫助演講的身體器官。他太緊張了，不自覺地繃緊了喉嚨的肌肉。他深吸一口氣，肌肉用力挺起胸膛，並持續使力保持胸膛高挺。如此一來，緊繃的胸部肌肉便會影響到喉嚨，使得喉嚨的肌肉收縮。他想加重語氣，於是喉嚨更加用力。他想提高音量，於是硬性強迫將每一個字丟出喉嚨。結果呢？就產生了氣音、刺耳的、不悅耳的、無法深入人心的聲音。

這完全是錯誤的做法。「注意了，我要向各位展示更精湛的手法。」讓喉嚨完全放鬆。喉嚨應該只是個煙囪，讓從肺部擠壓出的空氣自然通過即可。

「愈不要將注意力放在喉嚨愈好」，加利－庫爾奇說道，這位義大利歌唱大師甚至經常吹噓道：「義大利演唱家沒有喉嚨。」所有的歌唱大師，卡羅素、梅爾芭、帕蒂、瑪莉．加登，唱起歌來都像沒有喉嚨似的。而這也是演說家應該學會的說話方式，鎖骨以上的所有肌肉都該放鬆。事實上，腰部以上的所有肌肉都應該放輕鬆。

要怎麼確保喉嚨能保持在放鬆而打開的理想狀態？我們要告訴你一個非常簡單而且絕對不會忘記的訣竅。假設今天有人來問你：「義大利歌唱家有喉嚨嗎？」你要回答：「沒有。」。閉上眼睛，想著打哈欠，想像你要開始打哈欠了。開始了，你知道的，會先深吸一口氣——事實上，打哈欠的原因就是因為你需要更多空氣。吸氣的同時，在哈欠打出來之前，你的喉嚨就是呈現開啟而放鬆的狀態。然後現在，不要打哈欠了，改成說話。想著剛才應該回答的「沒有」，然後說「沒有」。這個音調聽起來是不是很悅耳？為什麼？因為發聲的條件對了。

現在我們學會了發出優美聲調的幾個基本功：腹式呼吸、全身放鬆、打開喉嚨。

每天練習二十次。開始打哈欠，感受一下肺的下半部充滿了空氣，脹滿了下肋、背部、往下將略微拱起的橫膈膜壓平。現在，哈欠不要打出來，改成說句話，說個帶點韻律的句子：「美麗的小蘿莉在月光下悠遊於細語之湖。」

說話的時候，想像你在啜飲這些字句，但不是吞往喉嚨去，而是往上進入頭腔。在從鼻子深吸一口氣的同時，仔細感受頭腔裡類似的開闊感。

最後，深呼吸之後，讓胸腔完全放鬆，感受胸腔在內部飽滿的氣墊上轉動、運行。完全放鬆了的胸腔必須依靠內部的空氣運作，就像汽車靠著充滿氣的內胎奔馳一般。如果不這樣放鬆胸腔，當你用力挺胸時，肌肉用力會導致喉嚨的肌肉緊繃。此外，千萬不要將其理解為呼吸時胸部會下陷。保持胸膛挺高，而不是聳肩，吸氣時保持胸膛高挺，讓身體中央的氣墊來承受其重量。

第五章

別讓聽眾睡著了

史上所有精彩的成功案例祕訣都一樣：「一切歷史上的重大運動，」愛默生說道，「都是熱忱獲勝的結果。」
演講中最重要的，不是冰冷的措詞，而是演講人，是演講人的精神，以及在其精準措詞背後的信念。

政治家謝爾曼．羅傑斯和我曾同時出席聖路易斯商會的一場會議，我在他之前上臺演說。要是我當時有個好藉口，一定一說完就立刻先行離場，因為他的稱號是「伐木工演說家」。我承認，我本來以為會感到百般無聊，不過，那一天我卻感到又驚又喜，羅傑斯先生的演講，絕對是我聽過的最佳演說之一。

羅傑斯究竟是適合方神聖？他可是貨真價實的伐木工，大半輩子都在西部的森林中度過。他對各大演說教科書中所列舉的公開演說規則一點也不熟悉，而且也絲毫不在意。他的演說樸實無華，卻非常有力；不夠精緻，卻火力全開。他的文法不完全正確，還有大把不正規的錯誤，但這些錯誤並不會扼殺好的演講，缺乏優點才是演說的殺手。

他的演說是從他做為勞工以及勞工主管的生活經驗中所擷取的，活生生、血淋淋，未經過度加工修飾的經驗談，沒有半點書卷氣，演說的內容生動鮮活、活靈活現地宛如發生在眼前。他所說的一切都是熱騰騰的，從內心直接端上桌，而對聽眾來說，則像是一道電流穿過身體。

他成功的祕訣是什麼？史上所有精彩的成功案例祕訣都一樣：「一切歷史上的重大運動，」愛默生說道，「都是熱忱獲勝的結果。」

「熱忱」（enthusiasm），這個魔法般的字眼，來自於希臘文「en」，意思是「在其中」，和「theos」，意思是神祇。「熱忱」，意思就是「神在我們之中」，充滿熱忱的人說起話來，就像神靈附身一樣。

這項特質是打廣告、銷售商品以及完成任何事情時最重要、也最有效的特質。瑞格利，全世界最大的廣告商在三十年前，帶著口袋裡僅有的五十美元來到芝加哥，現在每年光靠箭牌口香糖，就進帳三千萬美元。在他個人辦公室的牆上就掛了一幅裱了框的愛默生名言：「一切偉大的成就都是靠熱忱而成功的。」

過去，我曾經非常依賴公開演說的規則，但隨著時間過去，我愈來愈看重演說的精神。

「口才，」一如已逝的布萊恩先生[1]所說，「可以定義為通曉該主題，且願為其言詞負責之人所做的演說——是熊熊燃燒的思緒……對沒有誠信的講者而言，知識是無用之物。具有說服力的演說是通往人心的，而不是靠腦袋和思想。講者很難騙過聽眾，一如他很難騙過自己的心……將近兩千年前，一名拉丁詩人

1　美國政治家布萊恩（William Jennings Bryan，一八六〇—一九二五），一八九六年發表了其最著名的〈黃金十字架〉演說，鄙薄了黃金就是貨幣惟一堅實後盾的觀點。演說的結尾說：「你們不能把人類釘在黃金的十字架上。」

曾經如此表述這個概念：『唯有確實表現出哀傷之情，才能賺人熱淚。』」

「如果我想好好作曲、寫作、禱告或講道，」馬丁．路德曾說，「我必須感到憤怒。如此一來，我的熱血才能澎湃，思路才會清晰。」

你我或許不一定要感到憤怒，但我們必須情緒高漲、真摯，且感到無比強烈的誠摯。即使是馬匹也會受到精神談話的鼓舞。著名的訓獸師雷尼就曾說，他知道有個憤怒狂暴的字眼可以讓馬匹的脈搏每分鐘增加十下。想當然，聽眾和馬匹一樣敏感。

以下是最重要、必須牢記的一點：我們每次演講，都會決定聽眾的態度。我們將其操弄在手掌心中。如果我們無精打采，聽眾也會感到無精打采；如果我們過於保守，聽眾也會趨向保守；如果我們表現出輕微擔心，聽眾也會稍微關心。但如果我們非常誠懇認真地表達想法，如果我們以感性、自發、強大且有感染力的方式講述，聽眾便難保不受我們的精神影響三分。

「儘管我們總認為我們是被理性思維所說服，」紐約著名的晚宴演說家馬丁．立特頓說道，「事實上，全世界的人都是受情緒所影響的。試圖保持嚴肅或以機智服人的演說家不一定會成功，但試圖以真實信念打動你的人，絕對屢試不爽。無論他最拿手的主題是萊亨雞繁殖、亞美尼亞基督徒的處境，或是國際聯盟——只要他真的誠心誠意相信自己的演說有個重要的信息，那他的演說就會非常火熱精彩。無論他的主旨是如何包裝的，只要誠摯且情感豐富就夠了。」

有了溫度、誠摯之情和熱忱，演說者的影響力就能像蒸氣般擴散。他可能在演說中犯了五百個錯誤，但他的演講絕不會失敗。偉大的鋼琴家魯賓斯坦，據說就時常彈錯音符，但沒有人在乎，因為他能夠將蕭邦的樂曲，帶入那些最不感性、看到夕陽也只是見到一個大紅圓盤落入穀倉後地平線下的人的靈魂中。

史書記載，偉大的雅典領袖伯里克里斯在進行演講前，會先祈求眾神保佑他不會說出不該說的話。他全心全意投注在自己要傳達的訊息中，而這些訊息便直接進入了全國人民的心中。

全美最傑出的小說家薇拉．凱瑟說：「所有藝術家的祕密，」——我認為所有的演說家也該被歸類為藝術家——「都是熱忱。這是個公開的祕密，卻也是保存最好的祕密。因為就如同英雄風範一般，不是普通人可以模仿來的。」

熱忱……感性……精神……誠懇的情緒——只要把這些元素都放進演講中，評審就會寬恕演講中的小缺點，是的，他們絕對不會注意到。以歷史為證：林肯說話的音調過於尖銳高亢；古希臘演說家狄摩西尼說話口吃；虎克的聲音不夠宏亮；庫蘭說話結巴出了名；雪爾的聲音高亢近乎尖叫；年輕的皮特說起話來既不清晰，聲音也不悅耳。但是，上述這些人都具有無比的誠摯熱情，足以蓋過其天生的缺陷——情感的推力將一切缺陷都化於無形。

找個你有很多意見的主題

「一場精彩演說的精髓，」布蘭德．馬修斯教授在《紐約時報》裡一篇有趣的文章中說道，「就是演說者真的有些意見想要分享。」

這是幾年前，我擔任哥倫比亞大學演講比賽的三名評審之一時，所體會出的心得。

當時有六名大學生參加比賽，個個都是訓練有素的演說者，且迫不及待要大顯身手。不過，選手們努力的目標都是那面獎牌，他們對於說服聽眾沒什麼太大的興趣。他們選擇題目的標準，是看題目是否有發展空間，但是對自己論述的內容卻沒有興趣，而且，他們的演說也僅僅是練習成果的展現罷了。其中，只有一個選手例外，這名選手是個祖魯族的王子，他選擇的題目是「非洲對現代文明的貢獻」。他所說的每字每句都充滿了強烈的情感，他的演說並非僅僅展示演練的成果，而是活生生的、出自於個人信念和熱忱的演說。

他以非洲人民代表的身分、以非洲大陸代表的身分發表演說，他確實有很多意見要傳達，而且他也以同理、誠懇的態度表達意見。最後，儘管以演說技巧而論，他或許還在其他兩三名選手之下，我們還是決定將獎牌頒給他。對我們評審來說，他的表現帶有眞正的演說家的氣勢。相較於他充滿激情的演說，其他選手的表現只不過是小瓦斯爐而已。

這就是許多講者容易失敗之處：表情姿態不因其信念而起，話語之間毫無渴望、衝勁、火力不足。

「喔，好的，」你說，「那我該如何培養這些你極力讚頌的誠摯、精神、熱忱呢？」以下這點是可以肯定的：這些特質是絕對無法光靠表面功夫而養成。任何有判斷力的聽眾都能察覺講者所言，究竟只是膚淺的印象，或是來自其內心深處。因此，甩開惰性吧，確實把心思放進演講中。盡量挖掘、探索深藏內心不為人知的泉源，找出事實以及事實背後的原因。專心、專注在你的主題之上，反覆思考直到它變得重要。在最後這幾項分析中，你可以看到其實都是回到要有充分的準備，而且要有正確的準備。心的準備和腦袋的準備一樣重要，舉例來說：

我曾在美國銀行業學會紐約分會，訓練其成員在儲蓄宣傳活動上發表演說。其中有一名成員說話特別沒有說服力，他只是為了說話而說話，並不是因為他對儲蓄有什麼熱忱。因此，訓練他的第一步，就是先為他的身心暖機。我要他自己先獨處一下，好好想一想要演講的主題，找到自己對該主題的熱忱。我提醒他，根據紐約州遺囑法庭紀錄顯示，高達百分之八十五的人離世時，什麼財產也不剩，而只有百分之三．三的人留下一萬美元以上的遺產。他必須記住，他不是在要求別人幫忙，或是要求別人去做難以負擔的事。他必須告訴自己：「我是要幫助這些人，讓他們在老年時還能有肉、有麵包吃，能有衣服穿，能享有一定程度的舒適生活，並在身後還能讓妻小過安穩的生活。」他必須記得，自己是在提供社會服務。他必須像十字軍一般受信念啟發，相信自己是在傳布一種更實際、更務實的基督福音。

他思考了一下這幾點事項，將之深深烙印在腦中，也明白了其中的重要性。他引起了自己的興趣，燃起了熱忱，甚至開始感到自己的使命近乎神聖。當他終於上臺演講時，字字句句都讓人信服。事實上，他針對儲蓄所做的演講，引起了相當大的注意，他甚至受邀加入美國最大的銀行組織，之後還被派駐到其位於南美洲的分行。

獲勝的祕訣

「我必須活著」，一個年輕人對著伏爾泰哭喊，而這個哲學家只回答道：「我不認為有必要。」

大多數的時候，這就是世人對待你所提出的想法的態度：他們不會感受到你言語間的必要性。但是你，如果你想要成功，就必須感受到其必要性——如果有的話。你的論述應該要能牢牢攫住你，至少在當下，它應該是全世界最重要的一件事。

著名布道家慕迪在針對神的恩典準備布道內容時，突然受到啟發，對於尋求真理感到激動異常，於是他匆忙拿起了帽子，走出書房，跑到大街上，對著他所遇到的第一個人大聲質問：「你知道神的恩典是什麼嗎？」一個這樣充滿真摯且強烈感情的人，可以對聽眾產生魔力，難道有什麼奇怪的嗎？

幾年前，我在巴黎開的一堂課中，有個學員日復一日地以非常呆板平淡的方式演講。他還是個學生，他演講內容的佐證資料豐富，而且全部屬實，但是他卻沒有用自身的熱情將這些資料串連起來。他缺乏演說的精神，表現得好像講述的內容並不重要，因此聽眾自然也不會放太多注意力在他的演講上。聽眾對其演說的重視程度，和他自己對其演說的重視程度成正比。一次又一次，我必須打斷他，盡力將演說的熱情注入他心中，喚醒他，但我總感覺像是要從冷卻的暖氣機上擠出蒸氣一般，徒勞無功。最後，我終於說服他，讓他相信自己的準備方法出了錯。我告訴他，要在腦袋和心之間，建立某種連結，演講時，不只要將事實告訴聽眾，還要表現出自己對這些事實的態度、看法。

隔週，他帶來了另一個主題，是他非常關心且願意為其喉舌的。終於，我看見他確實對某些事物懷抱熱情。他對這個主題的關愛程度，讓他願意為其勞心勞力，而這次的演講也為他贏得滿堂喝采，久久不歇。這是一次突如其來的勝利。他內心產生了一點由衷的誠摯，這是準備演講的根本。如同我們在第二章中所討論的，準備一場演講，一場真正的演講，並不只是機械性地把講稿寫在紙上，或是熟記講稿，更不只是拾人牙慧地引述報章雜誌中的看法。不，絕非如此。準備一場演講要往自己的內心想法、生活經驗中去挖掘，直到你能產生出屬於自己的信念和熱忱。屬於你的！你的！挖吧，挖吧，用力挖，寶藏就藏在那裡，不要懷疑。你從沒想像過的大量礦藏，無數寶藏，就在那裡。你自己，知不知道自己的潛能有多大？我很懷疑。已故的詹姆斯教授曾說，一般人終其一生只會使用不到一成的腦力，比只有一個汽缸在運作的八缸引擎還要不如。

是的，演講中最重要的，不是冰冷的措詞，而是演講者本人，是演講人的精神，以及在其精準措詞背後的信念。英國議員謝立丹在下議院彈劾印度總督沃倫．黑斯廷斯時的著名演說，被當時在場的著名演說家伯克、皮特、威伯福斯、福克斯等人，評為英國史上最滔滔善辯的一場演說。然而，謝立丹認為這些崇高的讚美之詞太過抽象且容易消散，無法以打字印刷的方式抓住、體現，因此他拒絕了五千美元的出版合約。時至今日，這場演說沒有留下任何副本，而就算我們真能拜讀當時演講的文稿，想必也只會感到無比失望，因為，讓這場演講如此精彩的原因已不復存在，只剩下空蕩蕩的外殼，就好像陳列在動物標本店裡展翅的老鷹一樣。

永遠不要忘記，你自己才是演說中最重要的元素。聽聽愛默生的金言佳句吧！其中飽含智慧之語：「不論用什麼語言，你都只能描繪出自己的樣貌！」這是我聽過的、關於自我表達最重要的一句話，因此，為了強調其重要性，我要再說一次：「不論用什麼語言，你都只能描繪出自己的樣貌！」

林肯靠一席演說打贏官司

林肯也許從沒讀過前面提到的佳句名言，但可以肯定的是：他深諳其中的道理。有一天，一名已有年歲而身形傴僂的寡婦，步履蹣跚地來到林肯的辦公室，她的丈夫曾是美國獨立戰爭中的士兵。她來向林肯告發一名退休金負責人，在她領取應得的退撫金時，向她收取高達兩百美元的費用，而這筆費用高達她所領取的退撫金的一半。憤慨的林肯聽完，立刻一狀告上法院。

林肯怎麼準備這場訴訟呢？他先讀了華盛頓的傳記，以及和獨立戰爭歷史相關的書籍，激起自己的熱忱，點燃自己的情緒和感情。當他開口時，他講述了激起自由黨人起義爭取自由的社會壓迫；他談起他們所經歷的難以言喻的艱辛，在福吉谷遭受的苦難、飢餓，光著腳，拖著流血的雙腳在冰天雪地中爬行。接著，怒火中燒的林肯轉向被告——這個膽敢剝削英雄的遺孀、強取老寡婦一半退撫金的惡棍——林肯的眼神閃爍著光芒，滔滔不絕地傾訴最嚴厲的譴責，彷彿如他所宣稱的要將被告「剝皮示眾」。

「時光荏苒，」他在結論時說道：「一七七六年獨立戰爭的英雄已逝，長眠於另一個世界。士兵業已安息，而現在，他腳步蹣跚、失明了、衰弱的遺孀來到你我的跟前，陪審團的各位，她只希望我們能還她一個公道。她也曾是個妙齡女子，腳步輕盈、容貌姣好、嗓音美妙，猶如維吉尼亞山區的光彩，但是，現在的她貧窮無依，背井離鄉，來到幾百英里外的伊利諾州草原上，向坐享由獨立戰爭英雄爭取而來的自由的我們，尋求同情、幫助以及人道保護。我唯一要說的就是，我們是不是該向她伸出援手呢？」

林肯說完，陪審團內有人就已經熱淚盈眶。最後，陪審團決議該名婦人應拿回她所求償的全額款項。林肯成了她的擔保人，為她付清旅社房錢及回程車資，甚至不向她收取任何一毛訴訟費。

幾天後，林肯的合夥人從辦公室的垃圾桶中挖出一張紙條，上面是林肯為這次訴訟演講所寫的大綱，合夥人一看不禁哈哈大笑：

沒有合約——不專業服務——不合理的收費——被告中飽私囊沒有將錢交給原告——美國獨立戰爭——描述福吉谷的困境——原告的丈夫——士兵隨軍隊出征——將被告剝皮示眾——結語

我想，目前為止，我已經說的很清楚了，要讓言談有溫度和熱忱，你必須認真投入準備，直到你確定自己有想要傳達的訊息為止。那麼，下一步就是——

誠摯的表現

一如我們在第一章中所說，詹姆斯教授指出，「行為和感覺是一體的，而且，藉由透過意識直接控制行為，我們也可以間接達到控制感覺的目的。」

因此，要感受誠摯和熱忱，就站起身來，假裝你很誠摯而熱衷投入。不要再倚靠在桌上了，站直、站挺，不要前後搖晃，不要上下跳動，不要將重心來回從一腳移到另一腳，像隻疲憊的馬。簡單來說，不要做些看起來好像很緊張的動作，以免讓大眾看出你的不自在與不沉著。控制好自己的身體，可以給人鎮定、有力的感覺。抬頭挺胸站好，「像一名強壯的選手歡欣鼓舞地準備賽跑一般」。我再說一次：深呼吸讓肺部充滿氧氣。吸好吸滿。直視聽眾，看著他們，就好像你有件很重要的事情要說，而且你很清楚這件事的重要性。拿出老師在課堂上看著學生一樣的自信和勇氣，因為你就是老師，而在場的大家都準備要聽你說話，向你學習。拿出自信和活力開口說話吧。「提高音量，」先知以賽亞說，「提高音量，不要害怕。」

善用強調性的手勢。現在，暫時還不用擔心這些手勢夠不夠漂亮、優美，只要專心把手勢做得夠有力、夠自然。不用去想這些手勢能向他人傳達什麼訊息，先想想這些手勢對你有什麼影響。說話時的手勢能帶來不同凡響的幫助。就算你是在廣播電臺演講，也別忘了手勢、手勢！看不到畫面的聽眾當然看不見你的手勢，但是手勢對言談的影響，卻可以傳到聽眾的耳中。說話搭配手勢可以讓語調、整體言談更有聲有色，更有活力。

不知道有多少次，我打斷毫無生氣且不願使用手勢的講者，訓練、要求他在演說時使用強調語氣的手勢。接著，這些強加其上的手勢和身體動作，會漸漸喚醒他、刺激他，直到他能自動自發的隨興運用各種手勢。此時，不只他的臉上開始發光，他的舉止和態度也都變得更加誠摯、更生動。

誠摯的行為能讓人內心感到真誠。莎士比亞曾如此建議，「要是你缺乏某種美德，先假裝一下。」

最重要的是：開口，大聲說。司法部長威克沙姆曾對我說：「想嘗試公開演說的一般人，聲音通常傳不過三十英尺遠。」

這聽起來很誇張嗎？我最近才聽了一間知名大學校長所發表的公開談話，我坐在第四排，但還是很勉強才聽得清楚一半的演說。歐洲某大國的一名大使，最近在聯合學院開學典禮上致詞，他的演講非常軟弱無力，在離講臺二十英尺處就幾乎完全聽不到了。

就連經驗豐富的講者都會犯這種錯誤，更何況是新手呢？新手還不習慣提高音量來吸引聽眾，因此當他生龍活虎的發表演說時，他常會覺得自己根本就在大吼大叫，而且聽眾都在嘲笑他。

只要用平常聊天說話的語調就行了，但是要把音量提高、加強。如果是在眼前一英尺的距離，小字印刷就可以看得很清楚，但是要讓人從房間的另一頭也能看清楚，就得用粗體大字報標題了。

聽眾睡著了怎麼辦

一名鄉下傳教士曾向公理會牧師亨利．沃德．比徹請教，要怎麼讓聽眾在炎熱的週日午後保持清醒，而比徹的回答是，找個引座員拿尖木棍戳傳教士。

我很喜歡這個回答，實在太棒了。這是經過包裝的基本常識，對一般演說者來說，這個建議比那些大部頭口說藝術書裡九成的內容，都來得有用多了。

要讓學生放鬆並放任自己投入發揮的最可靠方法之一，就是在他開始之前先將他擊倒，這會讓他的演講充滿激情、精神和活力。演員深知在上臺前將自己喚醒的好處。魔術師胡迪尼的做法是在後臺到處跳，對著空中瘋狂地揮拳，和幻想中的對手較量拳技。好萊塢女演員珍．曼絲菲有時候會故意找藉口讓自己生氣，比如說某個幕後工作人員呼吸太大聲等等，隨便一個藉口，讓他可以點燃活力，把情緒拉高到她所追求的激昂之處。我看過演員在後臺等待上場時，瘋狂地捶打自己的胸膛。我曾經在學生準備演講前，叫他們先到隔壁教室捶打自己的身體，直到他們感到熱血沸騰，雙眼和臉上都綻放著生命之光。我經常要求課堂中的一個學生，在每次演說練習前，先以最強的活力及高張的怒氣複誦字母表，並搭配激烈暴力的手勢做為開場。你難道不想像一匹拚命想掙脫馬銜約束的純種好馬一般來到聽眾面前嗎？

在上臺演講之前，如果可能，請讓自己好好休息一番。最理想的情況是能換衣服，上床小憩個把小時。可能的話，起床後沖個冷水澡，並用力地將全身上下摩擦一番。再更好的情況，就是先去游個泳。

劇院經理查爾斯．弗羅曼常說，他是根據演員的生命力來決定是否雇用。好的演技和演說，都會消耗大量的精神和體力，弗羅曼很清楚這一點。我曾砍伐過山胡桃木和劈材，我也曾面對聽眾一次進行兩小時的演說，我覺得兩者的疲勞程度不相上下。一戰時，馬龍律師在紐約的世紀戲院前，對一大群聽眾發表了慷慨激昂的演說。整場演說的高潮，是他在講了一個半小時之後，筋疲力盡地昏了過去，失去意識，被人從講臺上抬離現場。

「最成功的演說家，」比徹說道，「是具有無比生命力和絕佳復原力的人，是具有超強爆炸力，能將演說內容大力投射出去的人。他們就像投石機一樣，任誰都得屈服。」

「語意含糊」和洋蔥

把你要說的話注入一點能量，並以積極正向的態度講述。但也不要太正向，因為，只有無知之人才會對一切充滿希望。最後，每個論述都不要用超過一個以上、如下的開頭，像是「在我看來」、「也許」、「我認為」等等。

每個新手演說家都有的問題，並不在於他們太過正向，而是他們常常用這些怯懦的句子玷汙自己的演說。我曾聽一個紐約企業人士形容他開車穿越康乃狄克州的旅程。「在公路的左側，」他說道，「看起來好像有一片洋蔥田。」洋蔥沒有什麼看起來好像的，洋蔥就是洋蔥，不是就不是。而且，辨認洋蔥田也用不上什麼特殊天分。但是，從這個例子就可以看出，演說者的表現有時候的確是出人意料地荒謬。

「黃鼠狼的話」，就是羅斯福對這類話語的形容。因為黃鼠狼吃蛋時，會把蛋白和蛋黃吸乾，只留下一個空殼。而這也是這類話語會對你的演說所帶來的影響。

羞怯、不好意思的語調，以及空蛋殼般的語句，對你本身的信心或信念都沒有幫助。想像一下，要是看到商家的標語如下你會有什麼感覺：「在我們看來，你終究會決定購買安德伍牌的打字機」、「我們認為，保誠壽險擁有直布羅陀海峽般的力量」、「我們覺得你最終還是會使用我們的麵粉，何不從現在開始？」

一八九六年，政治家布萊恩第一次參選美國總統時，我還是個孩子，不明白他為何能如此果斷且一再地宣稱自己將會當選，而他的對手麥金利將會敗下陣來。原因很簡單，布萊恩深知大眾無法區分誇飾和事實。他知道，只要他重複同一句話夠多次，而且說話夠鏗鏘有力，大部分的聽眾就會漸漸相信他。

世界各大領導人總是大聲疾呼，彷佛四海之內沒有人可以否定他們的主張。在釋迦牟尼佛臨死之際，他既不試著說理、不抱怨，也不討價還價，他以無比的權威說：「聽從我的命令，邁步走吧。」

支配著百萬人生活的《古蘭經》，在序言祈禱文之後，用以下這句話做為開頭：「書中沒有懷疑，本書就是你的指引。」

當獄卒問使徒保羅：「我該怎麼做才能得救？」他得到的回答不是一項論述，不是模稜兩可的話，不是「在我看來」或「我覺得應該是」的主張，而是一個具有權威的命令：「相信我們的主耶穌基督，汝便能得救。」

然而，如同我說過的，也不可以總是保持這般的積極態度。有時候，在某些地方，處理某些主題，面對某些聽眾的時候，太過積極正向，反而會對演說帶來不利的影響。一般來說，聽眾愈聰明，就愈難以單靠強而有力的主張來說服他們。要記得，人們比較想被引導，而不是被驅策。他們想要看到事實一一呈現在自己面前，並自己下結論。他們喜歡別人問他們問題，而不是被一連串直述論點瘋狂轟炸。

愛你的聽眾

幾年前，我在英國招募並訓練了數名講者。經過幾輪艱難且代價高昂的測試後，有三個人因表現不佳而必須被辭退，其中一人甚至必須遠渡重洋回到三千英里外的美國去。這幾個人共同的問題，就在於他們並不是真的有興趣為聽眾服務，他們並不在意其他人，唯一關心的是自己以及薪資袋。而且任何一個明眼人都看的出來，他們對聽眾很冷淡，聽眾當然也會以冷漠回應。因此，這些演說者的話就冷冰冰的，就像是單調聲銅管樂器的嗚咽。

人類很快就能偵測出別人說的話，是來自眉毛上方的大腦，還是位於胸骨之後的心。就連一隻狗都能察覺其差別。

我曾經研究過林肯的演說生涯，毫無疑問地，他絕對是全美國最受愛戴的人物，也曾帶來全美最棒的幾場演說。雖然他在某些方面真的是個天才，我卻傾向認為他對聽眾所施展的魔力，很大一部分源自於他的同情心、誠實、良善；他非常關愛大眾。「他的心胸寬大，」林肯的妻子說道，「就像他天生特別長的雙臂一般。」他就像耶穌基督一般，而兩千年前，史上第一本和演說相關的書中，則將此一辯才無礙的演說者形容為「專精演說的好人」。

「我成功的祕訣，」著名的歌劇首席女歌手舒曼—海因克女士說道，「就是對聽眾全心全意的奉獻。我熱愛我的聽眾，他們全都是我的朋友。我一站到他們面前，就會立刻感覺到我們之間的連結。」這就是她在世界各地都能取得成功的祕訣……讓我們試著培養相同的精神。

演說中最關鍵的事物，既不是生理也不是心理的，而是精神上的。耶穌熱愛世人，而當他說話時，世人的心也在胸膛中燃燒。如果想參考一篇精采絕倫的演說稿，何不翻翻《新約聖經》？

小結

①你每次開口，都可以決定聽眾對你所說的內容的態度。如果我們無精打采的，聽眾也會感到無精打采；如果我們表現出輕微擔心，聽眾也會稍微關心。但如果你充滿熱忱，他們也一定會受到你的情緒感染。熱忱是演說的重要元素之一，甚至很可能是最重要的元素。

②「試圖保持嚴肅或以機智服人的演說家不一定會成功，」馬丁．立特頓說道，「但試圖以真實信念打動你的人，絕對屢試不爽……只要他真的誠心誠意相信自己的演說有個重要的信息，那他的演說就會非常火熱精彩。」

③儘管具有感染性的信念和熱忱無比地重要，一般人卻都沒有這項特質。

④「一場精彩演說的精髓，」布蘭德．馬修斯教授說道，「就是演說者真的有些意見想要分享。」

⑤好好思考每一項論證的事實，將其重要性深深烙印在腦中。在試圖說服其他人之前，先測試一下自己有多少熱忱。

⑥請在腦袋和心之間，建立某種連結。演講時，我們希望你不只要將事實說出來，還要表現出自己對這些事實的態度、看法。

⑦「不論用什麼語言，你都只能描繪出自己的樣貌。」演講最重要的不是詞句，而是說這些話的人的精神。

⑧要培養誠摯之情，感受熱忱，展現熱忱，請讓自己抬頭挺胸站好，眼睛直視聽眾，善用強調語氣的手勢。

⑨更重要的是，張大嘴巴讓大家能聽到你的聲音，許多講者的聲音傳不過三十英尺遠。

⑩當一名鄉下傳教士向亨利．沃德．比徹請教，要怎麼讓聽眾在炎熱的週日午後保持清醒時，比徹的回答是，「找個引座員拿尖木棍戳傳教士。」這是所有針對公開演說的技巧所提出的建議中，最棒的一個。

⑪不要用語意含糊的語句來弱化自己的演說，像是「在我看來」、「以我的拙見」等等。

⑫熱愛你的聽眾。

發聲練習——控制呼吸

「如果要我現在收一個年輕女孩為徒，」知名歌唱家朱莉亞·克勞森女士在一次訪問中說道，「我會要她先深呼吸一口氣，然後觀察她橫膈膜上方的腰間的擴張程度。然後我會要她用這一口氣，盡量說愈多字愈好，並且同時用橫膈膜周邊的肌肉來支撐這一口氣，也就是說，維持胸腔的擴張，不要垮掉，也不要往上撐。訣竅是用最少的氣，喉嚨用最少的力氣，並維持浮動如薄紗般的輕盈感，來發出最好的音色；絕不是用一大口氣來做這件事。」

首先，讓我們如她所建議一般，深呼吸。開始模擬打哈欠，把空氣吸進去，深深地、深深地吸進去，感受你充滿孔隙的肺臟像氣球一般膨脹，感受一下脹大的肺將下肋兩側以及背部撐開，感受肺臟往下擴張，將稍微隆起的橫膈膜肌肉往下壓平。現在，把注意力放在橫膈膜上。橫膈膜是柔軟的肌肉，它需要被訓練一下。

好的，在打哈欠之前，趁著喉嚨張開的時候，開始唱「啊……」，持續唱，把音拉長到沒有氣為止。那是多長呢？這要看你的呼吸控制能力有多好。一般來說，深呼吸進去的空氣會突然全部逸出，就像氣球被戳破的時候一樣。

為什麼呢？因為肺是有彈性的，當吸氣擴張的時候，會想要收縮回來。肋骨被擴張的肺給撐開，卻也在等著要把空氣擠出肺臟外。橫膈膜也是一樣，除非你特別控制它，否則就會立刻回歸到拱形的原初狀態，並把空氣擠出充氣膨大的肺臟外。

然而，要是你讓空氣一下子太快跑出去，音色就會充滿氣音，不清晰、不好聽，這樣的聲音無法傳達力量。那麼，要怎麼樣控制送氣的方式呢？卡羅素曾說，「不精熟控制呼吸的方式，就絕對無法發出優美的歌聲。」事實上，不學會如何控制呼吸，也就無法發出理想的演講聲調。

那麼，我們要怎麼練習控制送氣方式呢？除非我們非常注意，否則大多數人的第一個反應，都是靠喉嚨用力來控制送氣。還有什麼比這個更糟糕的呢？因為根據克勞森女士的建議，喉嚨「必須隨時保持浮動如薄紗般的輕盈感」。

喉嚨和控制送氣無關。喉嚨並非緊緊貼著脹滿的肺，因此，我們應該將控制權交給確實緊貼著肺臟的部位：橫膈膜和肋骨。控制好這兩者。在你唱「啊……」的時候，輕輕地用力，看你可以維持穩健的音調多久而不顫抖。

第六章

成功演講的要素

在公開演說訓練中，學員們獲得的最珍貴的東西莫過於不斷增強的自信，即對自己能力的信任。除了這一點，對於任何人的事業成功，還有其他比自信更重要的嗎？

想著你的成功，想著自己在公眾面前演講時泰然自若。你有這種能力而且容易做到，相信你定會成功。

就在我寫到這裡時，今天，一月五日，正是英國探險家薛克頓爵士逝世的週年紀念日。他當時乘坐「探測號」到南極洲考察，結果在途中離開了我們。如果你登上「探測號」，首先映入眼簾的就是刻在黃銅板上的話：

如果你擁有夢想而不能實現，
如果你擁有思想卻失去目標，
如果你既獲成功，又受挫折，
而你對這僅付諸一笑；

如果你全身心投入到事業中去，
即使會永不復返；
如果你一無所有，
仍堅持對自己說「堅持」；

如果你想讓每分每秒都過得圓滿無比，
如果你的胸懷寬廣，能容納整個世界，

那麼，我的兒子，你就是一個眞正的男子漢。

薛克頓把這首詩稱作「探測號精神」。的確，正是這種精神使一個人勇敢地奔赴南極洲，使一個人自信地發表演講。

但我不得不遺憾地說，這種精神，並不是所有初學演講的人都具備。多年前，當我剛開始從事教育工作時，我驚訝地獲悉，一大部分參加各種夜校的學生因厭倦而中途輟學，數量之多真令人感到震驚和惋惜。這真是糟蹋人性的寫照。

到此，這書你讀的差不多已有三分之一了。據我的經驗，有許多讀者已逐漸失去了熱情，因為他們還未戰勝面對聽眾的恐懼心理並獲得自信。對此，我只能深表遺憾。他們如此缺乏耐性，真是無比可憐。世界上有哪一種病不是經過循序漸進而治好的呢？

持之以恆的必要性

當我們學習任何新事物時，如外語、高爾夫、公開演說，我們都不可能一帆風順、穩步前進，而是在逐漸的量變中，突然產生質的飛躍。而且，有的時候我們會停滯不前，甚至倒退，或者失掉了已經取得的成績。這些停滯或倒退已為所有心理學家所熟知，他們稱這種現象為「學習高原」。學習公開演說的學員，總有那麼幾個星期停滯在這「高原」上。無論他們如何用功，也無法避免這一階段。意志薄弱的人會因失望而中途放棄，而那些堅持不懈的則會突然地、不知何種原因就取得了巨大的進步，他們好像一下子乘飛機離開了「高原」。剎那間，他們好像摸到了演講的竅門，在演講中獲得了自信、鎮定和力量。

也許，你可以像我們所談及的那樣，在面對聽眾的最初幾秒鐘內，會感到很緊張、很害怕，但當你堅持下去，就會很快克服這種恐懼，說過幾句話後，你就能遊刃有餘，樂在其中。

確立永恆的目標

有一位年輕人非常渴望學習法律，他寫信給林肯徵求建議，林肯回信說：「如果你堅定決心要成為一名律師，那麼你已經成功了一半多了……要把你的決定牢牢記在心上直至成功，這是最重要的。」

林肯之所以這樣說，因為他總是這樣做的。在他的一生中，他只接受了不到一年的學校教育；至於書本，他曾說過，他要到離家五十英里的地方借閱。通常，他的木屋裡會燃著火，晚上他就借助火光來讀書。而且，每當早晨天剛亮，他就翻身從樹葉鋪成的床上起來，揉揉眼睛，抽出書本來繼續貪婪地閱讀。

林肯要步行二、三十英里去聽一位演說者演講。回家後，無論是在田野裡、樹林裡，還是在雜貨店裡，他都堅持練習演講。而且他還加入了文學和辯論協會，對當時的熱門話題進行演講，就像你現在作為本課程的學員一樣，就當天的主題練習演講。然而，自卑感一直困擾著林肯。當面對女性時，他總是沉默和害羞。當他與瑪麗．陶德約會時，他總是默默地坐在那兒，侷促不安地只是傾聽著她講話，而自己卻找不出話題。但是，就是這個人，透過不斷地練習和自學，使自己成為了出色的演說家，並打敗了另一個出色的演說家——參議員道格拉斯。而且，也正是這個人，在蓋茨堡演說和第二次就職演說時，他的演講已提升到歷史上極少人能達到的水準。

毫無疑問，在面對困境和挑戰時，他寫道：「如果你堅定決心要成為一名律師，那麼你已經成功了一半多了。」而且你也知道，在競選美國參議院議員時，林肯被道格拉斯打敗，但是他勸誡其擁護者「絕不放棄，即使是失敗一百次」。

在總統辦公室，有一張栩栩如生的亞伯拉罕．林肯的照片，羅斯福曾寫道：

「我經常要決定某些事情，有的時候我會被一些棘手的事情困擾，而且，這往往與權力和利益有關係。每當這個時候，我就會抬頭看看林肯，設想一下他在此情景下會如何做。也許這聽起來好像很奇怪，但坦誠地說，這往往會使事情變得容易處理些。」

努力定會有回報

每天早晨，當你吃完早餐時，我是多麼希望你能打開此書，把哈佛著名的心理學家威廉．詹姆斯教授的這些話牢記在心上：

所有年輕人不應對他的教育結果心存疑慮，不管它的方向是什麼。如果他每時每刻都全身心付出，那麼他終會實現自己的目標。總有一天，無論他選擇了怎樣的追求，他會發現自己已成爲同齡人中的佼佼者。

現在，借鑑著名的威廉教授的這番話，我們也可以這樣說：如果你充滿熱情地、堅持不懈地去練習演講，那麼總有一天，你定會發現自己成為當地傑出的演說家。儘管這聽起來有點異想天開，它卻是一條真理。當然也有例外。如果一個人精神頹廢、品格低下，又一言不發，那麼，他決不會成功。至少在某種程度上，這論斷是正確的。下面，讓我們再看看一個具體事例。

紐澤西的前任州長斯托克斯參加了公眾演說班的結業宴會，他評論說當晚學員所做的演講與華盛頓議員們所做的演講一樣精彩。實際上，這些演講的學員都是企業人士，他們在數月前仍非常怯場，不敢開口。他們並不是紐澤西商業界的雄辯家，而是美國任何一個地方都能找到的普通企業人士。然而，正是他們，在某一天，突然成為這個城市裡傑出的演說家。

作為一個演說家，成功的因素主要有兩個——你的先天素質，以及你的願望強度。詹姆斯教授說過：「在大多數事情中，你對事情的熱情程度是最重要的。如果你只是關心結果，那麼你就會得到這結果；如果你想成為富人，那麼總有一天你會很有錢；如果你想學識淵博，那麼你定會學富五車；如果你想做個好人，那麼你將會成為一個好人。所以，只要你精誠所至、心無旁騖、一心一意，那麼你的理想定會變成現實。」那麼，我們不妨這樣說：「如果你想成為一名自信的公開演說者，只要你真的這麼想，那麼，你終將實現這一目標。」

我曾仔細觀察過成千上萬的人們，努力去獲取公開演說的信心和能力。有少數成功的人是因為他們有不尋常的天賦，但大多數成功的人，他們都是你我身邊的普通人，他們之所以成功是因為一直在堅持。有許多聰明人因為過於失望或沉溺於賺錢中，他們沒有走多遠所以沒能成功，但是那些普通人卻因為矢志不渝最終站到了前列。這都是非常合情合理的。難道你沒看見這種情況在商業界和職業界中經常發生嗎？老洛克斐勒曾說過，商業成功的首要因素是耐性，同樣地，演講也是如此。

福熙元帥曾率兵戰勝過當時最強大的軍隊，他宣稱自己只有一個優點：絕不氣餒。一九一四年，當法國軍隊撤退到馬恩河時，霞飛將軍命令手下二百餘萬名將士停止撤退並開始還擊。這場新的戰役成為世界歷史上最具決定性的戰役之一。當這場戰役持續了兩天後，霞飛將軍的上司福熙元帥給他發來了一封軍事紀錄史中最重要的其中一份密電，上面寫道：「形勢極佳，你令指揮部和我的權力屈服了，我準備還擊。」隨後，這一還擊拯救了巴黎。

所以，當戰爭處於最困難、最令人絕望之時，當你的指揮者讓步，放棄權力時，這是「極佳形勢」。還擊！還擊！再還擊！你將會贏得自己最珍貴的東西——勇氣和忠誠。

攀登凱撒山的信念

數年前的一個夏天，我到奧地利阿爾卑斯山脈攀登「皇帝山」（也稱凱撒山），旅遊指南說攀登十分困難，對於業餘登山者來說，有一個嚮導是非常必要的。但是，朋友和我並沒有去找嚮導。其他人在沒有嚮導的情況下也做到了，因此，有一個人詢問我們是否認為自己能夠成功攀登，我們異口同聲地答道：「當然。」

那人又問：「是什麼令你那麼有自信呢？」

我說：「有一些人不用嚮導也能成功。所以，我認為在某種程度上我們也能做到。而且，我從來不考慮失敗的。」作為阿爾卑斯山的登山者，我無疑是一個新手。但是，無論是參加演講還是勇攀山峰，我都有一種正確的心態——想著成功，想著自己在公眾面前演講時泰然自若。

你可以輕而易舉地做到這一點。相信自己會成功的，堅定地相信它，然後做任何必要的事情來取得成功。

杜邦將軍沒有依命令把砲艦駛進查爾斯頓港口時，向法拉格特司令陳述了數條充分的理由。法拉格特司令認真地聽完後，回答道：「你還忽略了一條理由，將軍閣下。」

「哪一條理由？」杜邦將軍問道。

法拉格特司令回答說：「你自己不相信自己能做到。」

在公開演說訓練中，學員們獲得的最珍貴的東西莫過於不斷增強的自信，即對自己能力的信任。除了這一點，對於任何人的事業成功，還有什麼比自信更重要的嗎？

取勝的意志

以下是已故作家阿爾伯特·哈伯德所提出的一些睿智建議，我不由得想引用它。如果身為普通人的我們能把其中的智慧運用到生活中去，那麼，我們的生活將會更加幸福、燦爛。

當你出門的時候，收起下巴，抬起頭，盡量地收起肚子。你要在陽光下瀟灑自如，微笑著與朋友打招呼，真誠地與朋友握手。不要擔心有所誤解，也不要在你對手身上浪費任何時間，你要在頭腦裡確認你確實喜歡什麼，然後，毫不受外界干擾，向你的目標勇往直前。你要致力於你喜歡的那偉大而光榮的事業。假以時日，你會無意間擁有理想的機遇，就像珊瑚蟲在奔湧的浪濤間獲取牠們所需的東西。在你的頭腦中勾畫出一個有才能、熱情且有價值的自我，並時刻走向那個獨特的形象……人的思想是至高無上的。你要保持一種正確的精神狀態——充滿勇氣、真誠和樂觀的態度，要知道正確地思考意味著創造。所有的一切都源於你心中的願望，而虔誠的人將會得到回報。你定能實現心中的理想。所以，請收起你的下巴，抬起頭，相信自己就是蛹裡的神。

拿破崙、威靈頓、李、格蘭特、福熙——所有這些偉大的軍事將領都意識到，軍隊獲勝的決心以及對自己能力的信心，是取得勝利的最重要因素。

福熙元帥說過：「九萬個失敗的士兵，絕對打敗不了九萬個勝利的士兵，因為前者已背上沉重的負擔，他們不再相信勝利，在最後的意志對抗中，他們已經沮喪洩氣了。」換言之，那九萬個失敗的士兵並不是身體遭受打擊，而是精神上遭受了打擊。因為他們已失去了勇氣和自信。像這樣的軍隊是沒有希望的，同樣地，像這樣的人也是沒有希望的。美國海軍的牧師弗雷澤，在一戰期間曾面試過許多立志獻身於牧師工作的人。當他被問到若想成為一個成功的海軍牧師需要具備什麼條件時，他回答：「仁愛、機智、剛毅和勇氣。」

這些也是演講者獲得成功的條件。你應以此作為你的座右銘。同時，你也應以加拿大詩人羅伯特·塞維斯的這首詩作為戰歌。

當你迷失在荒野中，你會像一個受驚的孩子，
死神在你眼前搖晃。
你艱難疼痛，
你就要扣動扳機……結束自己的生命。
但有個聲音高喊：「你要努力戰鬥。」
於是，你的生命得以保留。
在飢餓與痛苦中，自殺並不難受……
但地獄的早餐你不可輕易享用。

你說你厭倦了這遊戲！這麼說是恥辱。

你年輕、勇敢且機智。
「你受到了不公正的待遇！」我知道——但你毋須抱怨。
振奮起來，盡你的能力去戰鬥。
除非你的能量耗盡，否則，總有一天你定會勝利。
所以，不要成爲一個膽小鬼，我的夥伴！
你要咬緊牙關，決不輕易放棄，
揚起你的頭是你的追求。

被擊倒然後等待死掉很容易，
退縮也很容易。
但在看不到希望時，你還是要繼續戰鬥。
爲什麼？因爲這是人間最美好的寫照。
雖然每次都飽經風霜，
你早已傷痕累累，充滿憂傷，
但讓我們再次挺起胸膛——只有死亡是容易的，
困難的是在生活中顯示剛強。

小結

①當我們學習任何新事物時，都要循序漸進，也許有的時候，我們會停滯不前，或者失掉已經取得的成績，心理學家稱這種停滯現象為「學習高原」。也許我們在長時間裡不斷努力，仍未能離開那「高原」升到新的高度，以致在「高原」上失去信心，甚至放棄所有努力。但如果堅持下去，不懈地練習，將會發現自己好像一下子乘飛機離開了「高原」，突然間進步神速。

②在開始演講之初，你是無法避免那緊張與恐懼的情緒的，但當你堅持下去，你會很快克服這種恐懼。幾秒鐘後，恐懼就會完全消失。

③一個人不應對他的教育結果心存疑慮。如果他全身心投入，那麼「無論他選擇了怎樣的追求，他會發現自己已成為同齡人中的佼佼者」。這心理學上的真理，完全可以應用到演講中。用這種方法取得成功的人並不是有特別的天賦，而是有堅強的毅力和頑強的決心。

④想像著你演講的成功，那麼你就會做任何為達到成功而必須做的事情。

⑤一戰期間，美國海軍的牧師弗雷澤指出要成為一個成功的牧師應具備四個條件，它們是——仁愛、機智、剛毅和勇氣。

發聲練習——使用舌尖

卡羅素將其歌唱生涯的諸多成就，都歸功於對舌頭的卓越控制力。義大利花腔女高音歌唱家加利－庫爾奇女士，也持相同意見。事實上，有相當多的歌唱家都有同樣的看法。卡羅素致力於訓練自己的舌頭，甚至連舌尖都無比強壯、靈敏。他將一切工作都交給舌尖，而其他部分則保持靜止、放鬆。這一點非常重要，因為舌頭後半部的肌肉和喉頭相連，使用這部分的肌肉，會造成喉嚨不必要的緊繃及束縛。

可以增強舌尖力量的訓練活動中，最棒的其中一個，就是用顫音發R的捲舌音，像軍操表演一般連續有節奏的發這個音不要停歇，模仿遠處的機關槍聲。我們要的不只是連續不斷的發R音，而是要將之變成顫音。你有看過響尾蛇在攻擊前，因為生氣而快速振動尾巴頂端的響板嗎？有的話，你大概就可以想像，舌尖應該在門牙後，靠近上顎處做怎麼樣的顫動。你有聽過啄木鳥在早春時啄鑿腐木的聲音嗎？你發出的顫音，應該要像啄木鳥啄木頭時發出的一連串聲音一樣快速。這個顫音應該要像定音鼓輪鼓時的節奏一樣。

現在，開始假裝打哈欠，深吸一口氣，感受身體腹部的運動……在打哈欠之前，開始發R的顫音，盡可能把這個音拖得愈長愈好。別忘了運用第五章介紹的控制呼吸的方法。

發R的顫音是個非常重要的練習，而且不要以為平時不練習，單靠每週在課堂上做一次、每次六十秒的顫音或是其他發聲練習，就能幫助你達成目標。愛默生說：「上帝向來都以合理的價格做交易。」你要改善聲音所要付出的代價，就是練習、練習，再練習。不過，也不要讓這些練習占據了做其他事情的時間，你可以在早晨一邊沐浴時一邊練習即可。

第七章

優秀演講的奧妙

在演講中，影響其效果的不單單是文字表達，還有演講的風格。「最重要的不是你講些什麼，而是你怎樣去講。」

真誠、熱情和誠摯，對你也有巨大的裨益。當一個人在其感情支配下時，他就會展現真正的自我，到時你心中的熱情將會把所有障礙燃燒，你的言行舉止將會顯得更自然。

一戰結束後不久，我在倫敦遇見兩兄弟，羅斯先生和凱恩先生。他們剛完成從倫敦到澳洲的首次飛行，贏得了澳洲政府提供的五萬美元獎勵。這一事件引起了整個大英帝國的轟動，他們兩兄弟也被授予了爵位。

著名的攝影師弗蘭克．赫爾利陪伴他們飛行了一段路程，並拍下了許多照片。因此，我幫助他們準備一篇關於他們飛行圖文並茂的演講，並對他們進行演說培訓。這一次工作都在倫敦的愛樂音樂廳進行，在長達四個月時間內，我們每天排練兩次：一次在下午，一次在晚上。

毋庸置疑，他們兄弟倆有著相同的經歷，他們曾肩並肩地坐在一起繞地球飛行半圈，同樣，他們的演講稿也是相同的，一字不差。但是，即使是這樣，他們的演講聽起來卻大相徑庭。在演講中，影響其效果的不單單是文字表達，還有演講風格。「最重要的不是你講些什麼，而是你怎樣去講。」

有一次在音樂會上，我坐在一位年輕的女士旁邊，她正在看著樂譜。當波蘭鋼琴家帕德雷夫斯基演奏蕭邦的《馬祖卡舞曲》時，她顯得很困惑。她感到不可思議，帕德雷夫斯基演奏的曲子與她曾演奏的一模一樣，但她的演奏顯得平庸無奇，而帕德雷夫斯基的演奏則是天籟之音，吸引著所有的聽眾。這並不是因為彈奏的樂譜的問題，而是演繹的方式、演繹的感覺，是藝術與人格的魅力。這就是平庸與天才的區別所在。

俄羅斯偉大的畫家布魯洛有一次糾正了一個學生的作品。這個學生看著修改後的作品，無比驚訝地說道：「為什麼你只修改了一個小小的地方，整幅畫就迥然不同了呢？」布魯洛回答說：「藝術源於每一個細節。」這是繪畫與演奏的真諦，同樣也是演講的真諦。

英國議會長期流傳著這樣一句老話：「一切事情不是決定於其本來面目，而是取決於如何表達它的本來面目。」這句話是很久以前英格蘭還是羅馬帝國殖民地時，坤體良所講的。

就像許多古老的諺語那樣，我們必須正確對待這句話；但是，好的演講的確會讓簡單的事情變得豐富多彩。我常發現，在大學辯論演講中，獲勝的往往不是擁有最好材料的人，而是那些善於表達材料，使人聽起來絕對完美的那些人。

莫利勳爵從犬儒哲學中闡述說：「演講中三個要素很重要：誰演講，怎樣演講，演講什麼——而在這三者中，第三個要素是最次要的。」這可能有點言過其實，但究其實質，你會發現其中的道理所在。

英國政治家艾德蒙．伯克所寫的演說稿極富邏輯性，論證充分，所以今天它們已被全國一半的大學作為演講範例。但是伯克——作為一名演說者——卻屢遭失敗。他缺乏演說的能力，無法使演講變得生動有趣。於是，眾議院裡許多人稱他為「開飯鈴」。當他起來發言時，其他議員就會咳嗽不停、左顧右盼，甚至三五成群地走掉。

你可以用力把一個小鋼球擲向他人，卻無法在他的衣服上留下任何凹痕。但是，如果你用一把槍，即使把子彈換成一根油脂蠟燭，也能穿透一塊松木板。我不得不遺憾地說，一個油脂蠟燭式的演講因為有了有力的表達，比一個沒有力量的「鋼球式」演講更能給人留下深刻的印象。

因此，要認真對待你的演講。

究竟什麼是優秀演講

當百貨公司「配送」你購買的商品時，它會怎麼做？送貨司機只是把貨箱送到後院去就撒手不管了嗎？僅僅把手中的物品分發出去，就表示「配送」完了嗎？遞送電報的男孩直接將電報交給了指定的人們，但演說者也是如此做法嗎？

下面讓我們透過例子看看人們是如何用特有的方式進行演講的。一次偶然機會，我到了瑞士的阿爾卑斯山上的夏季旅遊勝地。我當時下榻在一家由英國人經營的旅店。在這裡，他們通常每週從英國派出兩名講者來此與客人交流。其中有一位演說者是英國著名的小說家，她演講的題目是〈小說的未來〉。她坦誠地說演講主題並非她自己選的，而演講的長短取決於她所知道、值得講的東西有多少。演講前，她只是匆忙地做了一下凌亂的筆記；而當她立在那裡時，漠視聽眾的存在，甚至不看他們一眼，時而望著天空，時而望著筆記，又時而望著地板。她飄忽的眼神以及彷彿來自遠處的聲音使演講變得空洞無味，失去了意義。

這樣的講話根本不算演講，它只能算是獨白，因為它缺少交流，而有效交流正是優秀演講所必不可少的因素。優秀的演講，是要讓聽眾感到與演說者之間有一種身心的溝通與交流。因此，剛才提及的那個演講就猶如來自一個杳無人煙的戈壁沙漠，顯得枯燥乏味。事實上，那樣的講話好像是對著某個角落自言自語，而不是對著一群有血有肉的人。

實際上，演講是一個既簡單又複雜的過程，但這一過程常被人誤解和濫用。

優秀演講的奧妙

關於演講，已經有許多毫無意義的陳腔濫調，它們往往披著各種理論外衣，使人感到神祕不可理解。老式的「演說術」，常被世人視為可憎之物，讓人感到可笑。而且，到書店或圖書館找到的關於演講的書籍也無甚大用。儘管美國在各方面取得進步，但幾乎每一個州的學童仍被迫背誦演說家韋伯斯特和英格索爾華麗的「演說詞」，就像在現今戴上英格索爾太太和韋伯斯特太太的帽子般，顯得那樣落伍，那樣不合時代精神。

自內戰後，一種全新的演講流派如雨後春筍般湧現出來，它們的表達方式有如電報般直接，又如汽車廣告般務實有效率，以順應時代精神。至於過去那些曾經風靡一時的華麗修辭，已經不再能被觀眾所容忍。

無論是在十五人的小型商務會議上，還是在有一千人的大型廳堂內演講，當代的聽眾都希望演說者以日常談話的方式進行演講，就如私下與他們之中一人談話的方式那樣。

雖說是用同樣的談話方式，但並不是要演說者像私人談話那樣小聲說話，要是那樣，聽眾就難以聽清楚其所說的內容。因此，為了使演講顯得更自然，他在面對四十個人講話時必須比對一個人講話時花費更多的精力；就像大樓頂部的雕像必須具有龐大的尺寸，才能使它被站在地面上的觀眾看到時顯得栩栩如生。

馬克．吐溫在內華達州採礦工地上演講結束後，有一位老工人走上前去問他：「這就是你演講的正常語調嗎？」言下之意就是說：「請用你的正常語調。」也就是要他再提高音量。

面對一群企業人士在場的商會演講就如同單獨面對一位企業人士說話。什麼是商會？不過就是一群企業人士的集合罷了。因此，在單獨個人身上能發揮成功作用的談話方式，難道在一群人身上不會一樣成功嗎？

上文我描述了一位小說家的演講經歷。幾天後，在同樣的演講廳，我又聽了物理學家奧利弗·洛奇爵士發表一場關於「原子與世界」的演講。對於這一主題，他已有半個多世紀的思考和研究，並做了大量的試驗和調查，所以這些內容已成為他生命的一部分，有許多東西他都很想說。然而，他忘記了——感謝主，他確實忘記了——他正在發表一場演說。這是他最不擔心的事，也因此他不會緊張。他只是沉浸在「原子」之中，用自己的眼睛和心靈告訴我們他所知道的一切，而這一切是那麼的準確、清晰和感性。

結果如何呢？他的演講獲得了巨大成功，他的魅力和震撼力給人留下了深刻的印象。他是一個不尋常的演說家，但我相信，他本人未曾意識到這一點，而聽過他演講的人也肯定不會把他當作是一名公眾演說家。

讀完這本書後，如果在你演講時，聽眾明顯地覺得你是受過培訓的演說者，那麼就辜負我的期望了。你應加強和提高你演講的自然風格，以至於聽眾不會認為你是受過演講訓練的。正如一個好的玻璃窗只讓光線透過去一樣，一個好的演說者應該讓聽眾專心於他的演講內容，而不是他的演講形式。

亨利．福特的建議

「世界上所有的福特汽車都是相似的，」福特汽車創始人亨利．福特曾這樣說，「但是世界上沒有兩個完全相似的人。每一個新生命都是太陽底下的新生物，以前沒有類似的，將來也不會出現類似的。每一個年輕人都應把這種思想銘記於心，並發掘和發展自己與眾不同的光采。然而，社會與學校卻試圖抹殺它來塑造統一的模式。但我要指出的是，珍惜你們的光采，這是你走向成功的唯一資本。」

這對於演講來說更是如此。世界上沒有任何人會跟你一樣，雖然大家都有兩隻眼睛、一個鼻子、一張嘴巴，但彼此各不相同。同時，每個人都有自己的優點、思維方式和社會角色。因此，每個人的演講應是獨具一格的。總而言之，你有自己的個性，作為一個演說者，這就是你珍貴的資本。你要好好地抓緊它、珍惜它、發展它，它是你演講的力量源泉，是你走向成功的資本。

奧利弗．洛奇爵士的演講與眾不同，這是因為他本人就與眾不同。他的演講風格是他個性中必不可少的一部分，就像他的鬍子和光頭那樣。要是他去模仿前英國首相勞合．喬治，那麼他一定會失敗。

一八五八年，在伊利諾州的草原城鎮發生了美國歷史上最著名的辯論，辯論雙方是參議員道格拉斯和林肯。林肯高大而笨拙，道格拉斯矮小但優雅。正如他們的體形那樣，他們的人格、心態以及性情都大相徑庭。

道格拉斯極有教養，林肯則是一個穿著短襪出門的鄉下小子；道格拉斯舉止優雅，林肯則是笨拙難看；道格拉斯毫無幽默感，林肯卻是當時著名的小說家之一；道格拉斯總是不苟言笑，林肯則不斷地用獨白和例子進行論證；道格拉斯傲慢專橫，林肯則是謙卑仁慈；道格拉斯思維敏捷，林肯則是反應遲鈍；道格拉斯演講氣勢如虹，林肯則是平靜而深刻。

兩人雖截然不同，但他們都有足夠的勇氣和信念做到真正的自我，同樣成為傑出的演說家。如果他們嘗試模仿別人，那麼他們定會遭到失敗。因此每個人都應充分發揮自己獨特的個性，實現自我，塑造傑出的自己。

說起來容易做起來難，就像福熙元帥曾評述作戰戰略那樣：「作戰戰略在概念上是那麼簡單，但執行上是那麼艱難。」

在公眾面前顯得泰然自若，是需要練習的。演員們對此深有體會。當你還是個四、五歲的小孩時，你會非常自然地在觀眾前的舞臺上背誦臺詞，但當你二十四歲甚至是四十四歲時，你還會那樣自如地站到舞臺上背誦嗎？你還能保持四歲時那樣無意識的泰然自若嗎？也許可能可以，但有很大的機率你會變得僵硬、呆板有如機械人一樣，像是掙扎中的烏龜縮回自己的頭。

對人們進行演說訓練，並不是要強加他們某種東西，而是要幫助他們盡量排除各種障礙，釋放自己，並在各種干擾下仍能自然地演說。

曾有無數次，在學員演講的中途，我都會打斷他們，懇請他們要「自然一些」；曾有無數個晚上，我身心俱疲地回到家裡，因為我要訓練他們自然地演說，但這可不是件容易的事情。

但天底下能獲取自如的唯一途徑，只有不斷地練習。當你在練習的時候，如果你覺得自己很做作，那麼，你就應停下來，反省一下：「注意！出了什麼問題了？快恢復過來，保持自然的心態。」然後，你可以從後排中選擇一個最沒精打采的聽眾與他交流，而不用在意其他人的存在。想像一下，他向你提出了一個問題，你向他解答；如果他站起來，那麼你就得認真回答他。這樣的交流，會使你的談話顯得更親切、更自然、更直接。因此，想像力在演講中很重要。

在演講中，你不妨做一些提問。例如，在你的演講中，你可以問說：「對於這一點，你們可能會問我有何證據？這裡，我可以為大家做充分的例子證明……」然後，你就可以對這個問題做出回答。如果你對這類的做法運用得很自如，那麼它可以打破你演講的單調性，使演講更直接並且令人備感愉悅和自如。

真誠、熱情和誠摯對你也有巨大的裨益。當一個人受其感情影響時，他就會展現真實自我，到時你心中的熱情之火將會把所有的障礙燃燒殆盡，你的言行舉止會顯得更加自然。因此，最後我們還是要把結論回到重複多遍的那句話上——「把你的身心投入到演講中去」。

布朗博士在耶魯神學院做關於布道的演講時，說過：「我永遠不會忘記我的一個朋友對參加倫敦城裡的一個布道時所做的描述。當時，傳道者是喬治．麥克唐納。在那天早晨，他讀了《希伯來書》的第一個章節。當布道開始時，他說：『你們已經聽說過這些有信仰的人了。那麼，我不打算再告訴你們什麼是信仰，因為神學教授們比我更清楚這一點。在這裡，我的責任就是幫助你們相信並接受它。』於是接下來，他向眾人真誠而莊嚴地展示其內心世界永恆的信條，並引發所有在場者身心的強烈共鳴。他的靈魂已獻給了他的事業，他的內心至善至美，為他的演講賦予了無窮的力量。」

「他的靈魂已獻給了他的事業。」這正是演講的奧妙所在。然而，我知道，這種建議不會受廣泛關注，因為它含糊、不確定。大多數學生更喜歡具體確定的方法，然後他可以直接操作，就像駕車一樣。

這是大家想要的東西，我也真心希望能提供給大家這樣的東西，因為它會帶給大家便利，也會帶給我便利。確實有許多具體方法，但令人遺憾的是它們並不實用，它們只會讓你痛失自然和本色。在此之前，我曾浪費大量光陰去尋找那些方法，但這一切都徒勞無功。正如美國幽默作家喬許．比林斯所說的那樣：「去了解那麼多無用的東西是毫無意義的。」

你在演講中會做到這些嗎？

在此，我們將會討論一下自然地演說的要點，以求更清晰、更明確地掌握它們。其實，我本來不打算這樣做，但因為有一些人錯誤地認為：「哈，我明白了。只要我迫使自己去做，我定能取得成功。」不，並非那樣。迫使你自己去做，你將會變得呆板而木訥。

有許多原理你可能已經在日常談話中運用過了，只不過像昨晚吸收消化食物一樣沒有意識到而已，而這種無意識正是運用這些原理的唯一方法。所以，正如我們所說的，只有透過不斷地練習，我們才會在公開演說中達到這種境界。

第一，強調關鍵字，弱化非關鍵字

在談話中，我們會非常強調單詞中的一個音節，然後把其他音節迅速略過，就像一輛小車在一群流氓面前飛馳而過似的。在一個句子裡，我們同樣也強調句中的一兩個關鍵字，它們就如紐約市第五大街的帝國大廈那樣突出。

我描述的這種情景並非稀奇或不尋常，這種情景時刻都在發生，也許在昨天，你已經這樣做了上百次、上千次，而且，毫無疑問，明天你還會繼續這樣做下去。

下面舉一個例子，請閱讀以下引文，粗體字要重讀，其他的弱讀，看看有何效果。

無論我做什麼事，我都獲得了**成功**，因爲我**渴望**如此。對於**上天**賜予的**機遇**，我會**毫不遲疑**地抓住。

——拿破崙

這種閱讀方式並不是唯一的，每個人都可能有不同的讀法。因此，並沒有一成不變的強調規則，一切都要視情況而定。

請用真實情感來閱讀以下的節選，並盡量讀懂它的中心思想，然後思考一下，你是否強調了某些關鍵字而弱化了其他詞呢？

如果你認爲你已經失敗了，那麼你就失敗了。
如果你認爲你不敢去做，那麼你就沒辦法去做。
如果你渴望成功，但你認爲自己不行，那麼你必定不會成功。
生活的戰鬥並不只屬於那些強大的人，但取得成功的人必定是堅信自己的人。

——無名氏

也許，對一個人來說，沒有什麼比矢志不渝更重要了。如果你想成爲一個偉人，或者有所成就，那麼你要切記，你不單要戰勝無數的艱難險阻，更要承受無數的挫折與失敗。

——羅斯福

第二，改變你的語調

在談話中，我們的語調時高、時低或又正常，而且這種情況就像大海海面的波浪一樣，永不停歇。為什麼會這樣呢？沒有人知道，也沒有人關心。這種變化使人愉悅，也是一種自然地表現。我們從沒有意識地去學，在孩童時就不知不覺地學到了。然而，當我們面對聽眾時，我們的語調變得那樣單調乏味，猶如內華達州的不毛之地一樣。

當你發現演說語調單一時——這時通常是音比較高——你不妨停頓下來，默默地想想：我現在就像一個木頭人，但我正同人們談話，我應該恢復自然。

這樣的告誡對你會有所幫助嗎？也許只有一點點。但是，停頓本身是有用的。所以，你必須在平時找出相應的解救方法。你可以用突然提升或降低語調的方法，來突出某個詞或短語，許多知名演說家都是這樣做。

在下面的引文中，用較平常低的聲調閱讀加粗字體，看看會有什麼效果？

我有一個優點，那就是**永不言敗**。

——福熙元帥

教育的最大目的不是知識，而是**行動**。

——赫伯特·斯賓塞

第三，改變說話的速度

當一個孩子在說話時，或者我們在平常談話時，總是會不斷改變語速。這種行為是令人愉悅且是自然的，同時也是無意識的，並對某些語句起著強調的作用。事實上，它也是突出語意的最好方法之一。

作家華特·史蒂芬在其由密蘇里州歷史研究會出版的《記者眼中的林肯》中說道，改變語速是林肯最鍾愛的表達方法之一。其中，他寫道：

對於非關鍵字，林肯會一語帶過，但到了關鍵字，他會特意放慢語速，提高語調，然後又閃電般地把其他非關鍵字說完。他會在一、兩個他想要強調的關鍵字上投入盡可能多的時間，就像他在後面的五、六個不太重要的字上投入的時間一樣多。

這種方法會引起聽眾的注意。例如在公開演說中，我常引用紅衣主教吉本斯的文字，我想強調「信念」這個中心思想，於是，我就會在「信念」這個詞上放慢語速，突出它，就像我自己被深深打動一樣——事實也是如此。請大聲朗讀以下摘錄段，嘗試變化一下語速，看看效果如何？

就在逝世前夕，紅衣主教吉本斯說道：「在八十六年生涯中，我目睹了許許多多人走向成功。而使他們成功的因素中，最重要的是信念。缺少信念，任何人都無法成功。」

請試試：用快速、無所謂的語氣讀一下「三千萬美元」，聽上去感覺只是一筆小數目而已。現在，用緩慢、有感情的聲調讀一下「三萬美元」，你會感到驚訝，這是如此大的一筆錢。很明顯，兩種讀法使「三萬美元」比「三千萬美元」聽上去還要多。

第四，在重要地方的前後稍作停頓

林肯在演講中經常會稍作停頓。當他要講一個重要話題，而且希望能給聽眾留下深刻的印象時，他就會身體稍作前傾，注視著聽眾的眼睛，一言不發。這種突如其來的停頓，猶如突然爆發的聲音，吸引了大家的注意力。它使每個人全神貫注，恭聽以下的內容。例如，他和道格拉斯的著名辯論到達尾聲時，所有的跡象都顯示對他不利。他顯得很沮喪，那慣有的憂鬱不時地寫在他臉上，並為他的演講披上了傷感的色彩。在他的總結發言中，他突然停了下來，默默地站著，環顧四周，注意著那些半陌生、半友好的面孔。他那深陷、疲憊的眼睛似乎滿含淚水。他攤開雙手，好像已厭倦這場無助的戰爭，他用特別單調的聲音說：「我的朋友們，無論是道格拉斯還是我當選為美國參議員都不重要了。但是，今天，我們提出的偉大方案將會超越任何個人利益和個人政治財富。而且，我的朋友們，」說到這裡，林肯又停頓下來，聽眾們全神貫注地聽著每一個詞，然後接著說：「這個方案將會與世長存，即便道格拉斯和我靜靜地躺在了墳墓裡。」

林肯的一位傳記作者寫道：「這些簡單的話語以及表達方式，深深地打動了每一個人的心。」

在要強調的短語後面，林肯也會稍作停頓，透過這樣的停頓方式，更能增加句意的表達力量和效果。

在演講中，無論是重要觀念的前或後，奧利弗．洛奇爵士常會做一下停頓，甚至在一句話中停頓三、四次。但是，他是自然地、無意識地去做的。如果你不是有意地分析他的演講方法，你是不會發現這一點的。

英國作家吉卜林說過：「透過停頓時的沉默無聲，你能達到說話的目的。」在演講中，明智地做出停頓是很重要的。它是演講的有力武器，絕不能等閒視之，然而，這一點常被演講初學者所忽視。

下文節選自霍爾曼的《有活力的談話》，我標出了演講者可以適當停頓的地方。當然，這並不是唯一或是最好的停頓方法，我只舉了其中一種。其實，在哪個地方停頓並沒有嚴格的規定，這要視所表達的意思、感情而定。也許，今天你在這裡停頓，明天你就會在另一個地方停頓。

讀下面的節選時，先不加停頓地大聲朗讀一遍，然後再根據標記，有停頓地讀一遍。體會一下它們有什麼不同效果。

銷售商品是一場戰爭，（停頓下來，讓「戰爭」一詞深入聽眾心裡）但只有奮鬥者才會贏取勝利（停頓，讓此觀點深入人心）。也許，我們可能並不喜歡這種情形，但對此，我們無法改變（停頓），當你加入銷售行業時，你一定要滿懷信心和勇氣（停頓）。如果你不能這樣做（做較長的停頓，製造懸念），每當遇到打擊時，你就會走向失敗，一無所獲（停頓）。曾打出全壘打的人是不會害怕任何一個投手的（停頓，讓聽眾思考）。記住這一點（做較長的停頓），那些打出全壘打的人總會一步步走向勝利（停頓，增加聽眾的懸念：演說者會如何評價這一出色的打者呢？）。只要他滿懷堅定的決心。

請大聲地帶有感情地朗讀以下引文，看看你會在哪些地方自然地停頓下來。

美國最大的沙漠不是在愛達荷州、新墨西哥或亞利桑那州，而是在人們的頭腦中，美國的大沙漠不是現實裡的沙漠，而是頭腦中的沙漠。

——J. S.諾克斯

世界上沒有包治百病的萬能藥，如果要有，那就是公眾的讚揚。

——福克斯韋爾教授

有兩個人我不敢得罪——一個是上帝，一個是加菲爾德——現在，我必須與加菲爾德生活在一起，而死後，我必須和上帝生活在一起。

——詹姆斯．加菲爾德

有些演說者採納了我在本書中提出的建議後，仍遭到失敗。也許是因為在公眾演講中，他一如私下談話那樣，不時地發出令人不快的聲音，出現一些語法錯誤，或者顯出笨拙的樣子，或是做出一些令人不悅的事情。如果一個人在日常生活中的言行舉止需要大力改進，那麼只有在改善之後，你才可以把它運用到演講中來。

小結

①在演講中，影響其效果的不單單是文字表達，還有演講風格。「最重要的不是你講些什麼，而是你怎樣去講。」

②許多演說者漠視聽眾的存在。他們時而望著天空，時而看著地板，這猶如在獨白，因為它缺少交流，並沒有讓聽眾與演說者進行心靈的溝通。這樣的做法不但會影響談話效果，也同樣會破壞一次演講。

③每個人都有演講的才能，如果你對此懷疑，你可以自己嘗試一下；擊倒你認識的最無知的人，當他站起來時，他肯定有話要說，而他說話的方式幾乎是毫不造作。其實，在公開演說中，我們就是需要這種自然的說話態度。然而，要完善它，你必須堅持練習，而且你千萬不能模仿別人。你自然地演講，那麼就會有自己的風格，也就與其他人有所不同。因此，要在演講中融入你的個性、你的特點，這是你成功的資本。

④當你面對聽眾演講時，你會覺得聽眾也在跟你談話，好像他們也在向你提出問題，你要馬上認真地回答。因此，要想像一下他向你提出問題，而你正在作答。在演講中，你不妨提問一下：「對於這點，我有何證據？這裡，我可

以告訴你們……」這些設問會顯得很自然。它會打破你過於正規的措詞，讓你的演講更富熱情，更富人性。

⑤把你的身心投入到演講中去，真誠和熱情比所有的演講準則更有效。

⑥在日常談話中，我們已無意識地運用到以下四個方法，但是在公開演說中，你能做到嗎？其實，許多演說者仍未能做到。

1. 在演講中，你是否強調了關鍵字，弱化非關鍵字呢？你是否把所有詞都用同樣的語調來吸引聽眾呢？還是在說一個句子時會有輕有重呢？

2. 在演講中，你的語調是否會時高時低或時而恢復正常──就像一個小孩子說話時那樣呢？

3. 在演講時，你是否不斷改變語速，對非關鍵字一語帶過，而對關鍵字則放緩語速來突顯它呢？

4. 在重要地方的前後，你是否會稍作停頓呢？

發聲練習——嘹亮而吸引人的音色

以下三個練習，如果勤奮地做，便能幫助你把音色變得嘹亮且吸引人。

一、培養鼻腔共鳴。深呼吸，注意當空氣通過鼻腔時自由、開闊、遼闊的感覺。

二、不知道為什麼，但是練習用假音，可以讓平時說話的音調變得更嘹亮。你知道假音是什麼嗎？我想你可以透過以下步驟來達成：盡你所能地用最高音發聲——聽起來會有點像尖叫，這個聲音很好笑，很女性化，而且你很快就會累了。所以，不要在疲勞的時候練習。試著用假音念出以下這段詞句：

一首曲子，喔，寫一首曲子給歡愉的五月！
牛群在草原上，羔羊在玩耍，
鳥兒在楓樹上歌唱，
世界為你我盛開。

詩人朗費羅曾建議著名的莎劇演員瑪麗．安德森，每天朗誦一些歡愉的抒情詩來培養有韻味的聲音。快樂的語調、充滿朝氣與陽光的語調，到哪都受歡迎、都能引人注意。如果你大聲朗誦充滿希望、快樂的詩句，且把感情放進去用心地朗讀，你和你的語調也會不知不覺沾染上你所模仿的情緒。這句話中的心理學基礎，是不容質疑的（見第一章中詹姆斯教授的論述）。

三、加利－庫爾奇女士總說，她一直以來所奉行的指導原則之一，就是不管是練習或是表演，都要有「歌唱的喜悅」。同樣地，你的聽眾也該感受到你樂在演說之中。

大聲朗誦幾次以下這首詩，試著感受一下作者在寫作時有什麼感覺。試著把他的精神占為己有。讓這首詩的情感隨你的語調迴響、歌唱。經常翻閱此詩並朗讀它，如果可以，最好背起來，省掉翻書的麻煩：

下的不是雨水，
而是水仙花；
隨著落下的每一滴雨　我看到
遠處山丘上的野花。

烏雲籠罩了白日
淹沒了小鎮；
下的不是雨水，
而是玫瑰花。

下的不是雨水，
而是滿山遍野的三葉草花，
在那　每隻冒險犯難的蜜蜂
都能找到棲身的地方。

健康賜予快樂的人，
無花果獻給煩惱之人；
下的不是雨水，
而是紫羅蘭花。

——羅伯特．勒弗曼

第八章

臺風與個性

如果你想充分展示你的個性，那麼在面對公眾之前，你一定要好好休息。因為一個疲憊的演說者是毫無吸引力的。

除非有太多聽眾或某個必要原因，演說者應盡量避免站在臺上講，而應打破常規，靠近聽眾，拉近彼此間的距離，營造和諧氛圍，讓演講像對話。

卡內基技術學院曾對一百名傑出的企業人士進行智力測試，這些測試與戰時在軍隊中使用的大致相同。測試結果反映：在促成企業成功的諸多因素中，個性比高智商更重要。

這是一個具有深遠意義的發現：無論是對企業人士、教育工作者、專業人士還是演說家都有巨大的意義。

個性——除了準備之外——也許是演講中最重要的因素。作家阿爾伯特·哈伯德宣稱：「在雄辯中，不是內容制勝，而是贏在表達形式。」更確切地說，應該是形式加思想。然而個性是一種含糊的、無法表達的東西，不能像分析紫羅蘭的花香去分析它。其實，它是人的各方面的綜合反映：外貌、精神、心理、品質、愛好、意向、性情、體魄、經驗、訓練等整個生活內容。這正如愛因斯坦的相對論那樣複雜而令人感到費解。

個性是由遺傳和環境決定的，而且很難去改變或改善它，但是在某種程度上，我們可以有意識地使其更有力量、更富魅力。儘管個性是與生俱來的，但是不管怎樣，我們應充分利用這一財富。這對每個人來說都是非常重要的，因此它是值得好好地探討和研究的。

如果想充分展現你的個性，那麼在面對公眾之前，你一定要好好休息，因為一個疲憊的演說者是毫無吸引力的。不要把演講準備拖到最後一刻才去匆匆完成，要是那樣，你的身心肯定會因疲憊而被拖累，同時會使你的體力與腦力大打折扣。

如果你下午四點要在委員會會議上做重要演講，那麼在吃完輕便的午餐後休息片刻。休息，無論是對你的身體和精神都是必要的。

美國女高音潔拉汀．法拉過去經常會對她剛認識的新朋友道聲晚安，就離席休息去了，只留下她的丈夫與他們交際應酬，而讓這些新朋友大感吃驚。因為她清楚，這是她藝術工作的要求。

歌劇女演員莉莉安．諾笛卡曾說過，作為首席演員就意味著要放棄許多東西：社教活動、朋友與誘人的美食等。

當你要做重要演講前，要注意你的飲食，應像聖人那樣克制用餐。為了週日晚上的演講，每逢週日下午五點，亨利．沃德．比徹通常只吃些餅乾、喝些牛奶而別無其他了。

女高音內莉．梅爾巴說：「每當晚上有演出時，我在五點鐘只是稍微吃點東西，一些魚肉、雞肉或者內臟，再加一個烘過的蘋果和一杯水。當演出完回家後，我總是覺得飢腸轆轆。」

梅爾巴和比徹的做法多麼明智啊！我直到成為一名職業演說家，在飽餐一頓後要做兩個小時的演講之後，才意識到這一點。經驗告訴我：在飽餐牛排、法式炸馬鈴薯、沙拉、蔬菜、甜點心之後的一個小時，人是很難精神奕奕地發表演說的，因為血液大都流到胃裡，幫助消化食物了。帕德雷夫斯基說得對：當他在音樂會前大快朵頤後，他就會覺得那些食物就像一隻動物在身體內翻騰，大大影響了他的表現。

為什麼有的演說者會更具吸引力

不要做任何損傷精力的事情，精力是你的磁石，會引起聽眾對你的興趣，生氣、活力、熱情，這些都是演說者應具備的一流素質。人們往往聚集在精力充沛的演說者周圍，就像野鵝圍繞著豐收的秋麥一樣。

在倫敦海德公園裡常見到這種情景：在大理石砌成的拱門入口附近聚集了各家各派、形形色色的演說者。每個星期天下午，你可以自主選擇聽講的內容：天主教徒宣揚教皇絕對正確的教義；社會主義者提出馬克思的經濟學原理；一位印度人解釋伊斯蘭世界一夫多妻制度的正確性和合理性等。然而，為什麼有的演說者被團團圍住，而其他的人面前則是寥寥無幾呢？是因為演講主題造成這種不同情形嗎？並非如此，而是因為演說者本人：因為他對演講很感興趣，這使他的演講非常有趣。他演講時極富生氣和活力，顯得生動活潑，因此他的演講極具吸引力。

衣著打扮的影響

一位心理學家兼大學校長曾對一大群人做了一份調查，詢問他們衣著對自己的影響。他們一致地認為：當他們精心打扮後，雖然很難解釋為什麼，但他們會不由自主地、清晰地、真實地感到更有自信、更堅定信念、更有自尊。他們還宣稱，如果他們打扮得像成功人士，那麼他們會更渴望成功並最終走向勝利。這就是衣著打扮對人的影響。

那麼，演說者的衣著打扮究竟對觀眾有何影響呢？我不止一次地發現，如果演說者是個男士，他穿著寬鬆下垂的褲子，奇形怪狀的上衣、鞋子，原子筆和鉛筆在上衣口袋裡隨便放著，報紙、菸斗或香菸盒從褲子口袋外露出來——那麼，公眾絕不會對他產生敬意，正如他不重視自己的衣著打扮一樣。因為公眾會不由自主地覺得演說者的思想就如同他們蓬亂的頭髮、骯髒的鞋子一樣齷齪不堪。

格蘭特生命中的一個遺憾

當李將軍率軍到達阿波馬托克斯法庭投降時，他身穿一套整潔的新軍裝，身上掛著一把價值連城的寶劍。然而，格蘭特將軍既沒穿外套，又沒有佩劍，只是穿著自己家常衣褲。他在回憶錄中寫道：「面對著身高六尺，穿著整潔體面的李將軍，我顯得多麼格格不入啊！」由於衣著打扮的不恰當，這一歷史時刻成為了格蘭特生命中的一個遺憾。

華盛頓農業部在試驗農場中養了好幾百箱蜜蜂，每一個蜂巢內都安裝了燈泡，只要輕按按鈕，整個蜂巢都亮如白晝，因此無論是白天還是黑夜，都能對蜜蜂進行最細微的觀察。其實，演說者也大致如此：他在聚光燈照射下成為萬眾矚目的焦點，因此在演講中即使是一丁點的不和諧行為，也會如派克峰矗立在平原之上一樣突兀不已。

在演講前就已經被指責或被讚揚

數年前，我為《美國雜誌》撰寫一位紐約銀行家的生活傳記，就他的成功原因，我請教了他的一位朋友。他的朋友說，他成功的最主要原因是他的微笑。乍聽之下，似乎有點言過其實，但我對此深信不疑。其實，有許許多多人擁有更豐富的經驗、更好的經濟理念。但是，這位銀行家卻擁有了他們沒有的財富——令人喜悅的個性。而熱情、誠摯的笑容正是他個性的體現。這就會迅速贏得人們的信任與支持。我們也很樂於目睹這種人走向成功，並樂於給予我們的支持。

中國有句諺語：「和氣生財。」因此，笑容不但是形象，更是資本。此時，我不由想起了在布魯克林商會舉辦的公開演說班裡的一位學員，每當他一站到公眾面前，就會讓人覺得他很喜愛站在眾人面前演說。他總是面帶笑容表示很喜歡他的聽眾，而大家也馬上對此演說者表示熱烈歡迎與支持。

然而，不幸的是，我曾看過一些演說者帶著冷冰冰的面孔，以敷衍了事的態度走上講臺，表現出被迫與厭倦的神情，好像希望這次任務盡早結束。相對地，聽眾也對他報以同樣冷淡與敷衍的態度，因為情緒是互相感染的。

奧佛斯特里特教授在《影響人的行為》一書中闡述道：

喜愛會生出喜愛。如果我們對聽眾表示出濃厚的興趣，那麼聽眾也會以興奮的情緒回應給我們；如果我們對聽眾怒目視之，那麼他們也會對我們產生反感；如果我們驚慌失措，那麼他們就會對我們失去信心；如果我們誇誇其談、自我吹噓，那麼他們就會對我們不屑一顧。其實通常在演講前，演說者是被指責或是被讚揚，早已決定了。因此，無論如何，爲了營造友好和諧的氣氛，我們都要注意我們的態度。

把聽眾集中起來

作為一個公開演說者，我通常會在下午面對大廳裡稀稀疏疏的聽眾，而在晚上面對小廳中擁擠的人們。然而，講同樣的笑話，晚上人們的笑聲總比下午的更響亮；闡述同一觀點，晚上的喝彩聲總比下午的更熱烈。這到底是為什麼呢？

一方面，下午來聽演講的，一般都是年紀較大的婦女和一些孩子，相對於晚上那些精力更充沛、更有見識的聽眾來說，他們顯得稍微遜色。然而，這只是一部分原因。事實上，稀稀落落分散的聽眾是不容易被感染的。沒有什麼比空曠的空間和空蕩蕩的椅子更能削減熱情。

亨利．沃德．比徹在耶魯大學做關於布道的演說時說道：

人們常問我：「你是否會覺得大型的演講比小型的更能鼓舞人心？」我回答說並非如此。假如把十幾個人集中起來做演講，我也會像面對千人那樣講得好。然而，即使有上千人，他們彼此不緊湊在一起，那麼就會像在空曠的大廳裡那樣毫無效果……因此，把聽眾集中起來會收到事半功倍的效果。

一個人處在一大群人之中時會失去個性，而成為群體中的一員，並出現群眾心理。他們會互相感染，更容易激動和興奮，這種心理在只有幾個人的環境中是不會出現的。

人們在群體中比單獨個人時更容易採取行動。例如，在戰爭中，人們往往會鋌而走險，不計後果；他們此時是團結在一起的。在反法西斯戰爭中，即使彼此被銬著手，德國士兵們仍不時地奮起反抗。

群眾！群眾！群眾！這是令人不可思議的現象。許多偉大的行動和變革，都是在人們精神的匯集下進行。關於這一主題，埃弗里特・迪安・馬丁寫了一本引人注目的書——《群體行為》。

因此，如果要給一小群人做演講，應選擇一間小廳，即使走廊上站滿了人，也總比在一間大廳裡稀稀落落地坐一丁點人好得多。注意，在演講前你一定要把分散的聽眾集中起來，讓他們離你更近一些。

除非有太多聽眾或某個必要原因，演說者應盡量避免站在臺上講，而應打破常規，靠近聽眾，拉近彼此間的距離，營造和諧的氛圍，讓演講像對話。

龐德少校打碎玻璃窗

在演講時要保持空氣清新，因為眾所周知，氧氣對演說者來說就像人體的咽喉那樣重要。如果沒有清新空氣，即使是古羅馬哲學家西塞羅的所有雄辯，或是齊格飛歌舞劇《錦繡天堂》裡的歌舞女郎，也不會讓人提起精神。所以，作為一名演說者，在演講前，我總是打開窗戶，讓聽眾站起來稍微活動兩分鐘。

當亨利・沃德・比徹，這位布魯克林傳道者處於演講事業的頂峰時，作為他的經理人，詹姆斯・龐德在十四年的工作中，走遍了美國與加拿大各地。每到一處，在觀眾到來之前，他總是先到比徹要演講的地方視察一下，並對照明設備、座位、溫度、通風設備等做嚴密的檢查，他像是一名脾氣暴躁的軍官，而且喜歡行使權力。要是他發現室內溫度過高或者通風設備不好，而且窗戶又無法打開，那麼他就會拿起書本擲向窗戶，把玻璃打得粉碎。他相信英國著名浸信會牧師司布真說過的那句話：「對一位傳道者而言，最美好的事物除了上帝的恩澤，就是清新的空氣。」

讓光照亮你的臉

除非你是在一群觀眾面前展示通靈術，否則，在演講時你要盡可能保持室內光線的充足。因為要在暖水瓶似的幽暗房間裡，挑起聽眾的熱情，就如同想把鵪鶉馴化成家禽那樣困難。

要是你讀過美國劇作家大衛．貝拉斯科的關於舞臺效果的文章，你會發現大多數演說者對適當燈光的重要性的看法一致。

你要讓燈光照在臉上，因為聽眾需要看清楚你的臉與表情。你臉上即使是微小的變化也是你個性的體現，而且是真實的體現，是你自我表現的組成部分。有的時候，這些表情變化比你的語言更富有意義。如果你徑直站在燈下，那麼你的臉龐會因陰影而顯得模糊不清。要是你站在燈的正前方，效果更是如此。所以，在演講前，選擇一個恰當的位置來充分利用光線才是明智之舉。

講臺上不要亂放東西

演講時不要置身於桌子背後，因為聽眾們想看到你的全身，他們也常會為此而側身於走道上想要看個清楚。

一些安排周到的工作人員會給你一張桌子、一個水壺和一個杯子。但當你口渴時，一小撮鹽或一小塊檸檬，比茶水更合適。因此，你並不需要那些像水壺、茶杯之類的既無用處又影響美觀、妨礙行動的東西。

百老匯的各個汽車銷售部都非常美觀、整潔，而且令人賞心悅目。巴黎的香水和珠寶商的辦公室，裝飾得既富藝術性又豪華美麗。這都是為什麼呢？其實，這才是真正的商業。當人們看到如此裝飾的門面，一定會產生更多的尊重、信心和讚賞。

基於同樣的道理，演說者也應有令人愉悅的背景來襯托。依我看來，最理想的布置就是在演說者身後或身側都不放置任何東西，以免分散聽眾的注意力，一塊深藍色的天鵝絨就足夠了。

但是，我們通常會在演說者背後看到什麼呢？地圖、標語或是桌子，以及許多布滿塵埃疊在一起的椅子。這會如何呢？這只會造成廉價、馬虎、凌亂的氛圍。因此，要清除一切亂七八糟的東西。

亨利．沃德．比徹曾說過：「公開演說中最重要的是演說者本人。」因此，演說者要醒目地站在講臺上，就像瑞士蔚藍的天空下被白雪覆蓋的少女峰一樣。

不要讓嘉賓同在講臺上

當加拿大總理在倫敦以及安大略演講時，我都在現場。演講時，一位工作人員拿著一根竿子把窗戶一個一個地撐開，以便大廳通風。於是，所有的聽眾都把注意力轉移到工作人員身上，好像那工作人員正表演著驚人的壯舉。

在演講中，聽眾是很難克制自己不去注意移動的事物。因此，演說者只有謹記這一點才能避免一些無謂的影響。

首先，演說者切忌玩弄手帕或衣物，以及做一些表露出緊張的小動作，因為這會減損演講的效果。我記得有個紐約聽眾盯著一位傑出的演說者的雙手長達半小時之久，因為那位演說者在演講時一直玩弄著講壇上的桌布。

其次，如果條件允許，演說者應安排聽眾就座，以免晚到的聽眾影響大家的注意力。

再者，演說者不應把嘉賓留在臺上。幾年前，雷蒙德·羅賓斯在布魯克林做演講時，與一些嘉賓同坐在臺上，我當時也被邀請上去坐。但我知道這對演說者是很不利的，所以拒絕了。在第一場演講中，我注意到有許多嘉賓不停地變換姿勢，而且又不停地蹺起腿、放下腿，他們的每一個動作都吸引著聽眾的注意力。於是第二天，我告訴了羅賓斯這一情況，在接下來的演講中，他都很聰明地讓嘉賓坐到臺下。

戲劇製作人大衛·貝拉斯科拒絕用紅色的花來點綴舞臺，因為這會分散觀眾的注意力。同樣道理，明智的演說者是不該讓那些無所事事的人坐在臺上。

就座的藝術

在演講前，演說者不應該僵硬地坐在那裡面對著聽眾，而且在抵達現場時，應以一種嶄新的面貌出現。

然而，當我們需要坐下來的時候，要注意自己的坐姿。也許你曾見過這樣的情景：一個演說者就像狐狸在晚上尋找睡處那樣四處張望尋找椅子，當他們找到了一把椅子，就彎下腰重重地坐下來，喪失掉自己的最後一點風度。

一位懂得就座藝術的演說者會時時刻刻感到椅子在敲打著他的神經，讓他坐得筆直，使他的整個身體處於完美的自我控制中。

沉著鎮靜

在前文中，我們曾提過不要玩弄自己的衣服和首飾，因為那會分散聽眾的注意力。還有另外一個原因，那就是會給聽眾留下缺乏自制力的不良印象。其實，任何與當時情景不符合的行為，都會轉移聽眾的注意力，而且這些行為毫無個性可言。因此，演說者要控制好自己的肢體，而且這有助於心理上沉著鎮靜。

當你走上講臺準備演講時，不要急於開始講，否則，這只是不成熟的表現。你應該深呼吸一下，環視一下聽眾。要是聽眾中仍有聲響或騷動，你應等待片刻，直到他們安靜下來。

還有，你應該抬頭挺胸。但為何要等到演講時才來做這件事？你應該在日常生活中就保持抬頭挺胸的習慣，如此一來，在公開場合你就會自然而然習慣這樣做。路德．古立克醫師在他的《高品質的生活》一書中，寫道：「生活中少於十分之一人能時刻注意自己的形象……我們應抬起頭，挺直脖子。」在此，我們介紹一下古立克所推薦的日常鍛鍊方法：緩慢地盡可能用力吸氣，同時，脖子盡量靠後挺直，並堅持住。這種訓練方法，即使誇張地去做也不會有什麼害處，其目的是使脖子挺直，這也會使胸脯變得寬厚起來。

那麼，你的雙手該如何做呢？最好是把它們忘記。最理想的是把手自然地垂到身體兩側。如果你感覺它們像兩串香蕉，那麼千萬不要盲目地去聯想到別人正關注著它們，或對它們有一點點感興趣。輕鬆地把雙手垂到身體兩側是最好的，這樣不會分散聽眾的注意力，即使是最挑剔的人也不會對此提出異議，而且必要時，雙手也會很自然地做出相應的手勢。

但是，如果你非常緊張，而且發現自己的雙手放到了背後，或放到了衣兜裡或放到講壇上，你應清楚地意識到你該如何做。其實，你應該根據自己的常識來決定。我曾聽當代許多著名的演說家說過，他們演講中也偶爾會把手插到口袋裡，但是，天空沒有因此而掉下來，如果我沒記錯的話，天氣預報員說過太陽每天都會準時升起。同樣地，如果一個人有什麼值得說的話，並且以帶著信念的感染力說出來，那麼他肢體的動作則是次要的。如果他的頭腦很充實，內心很激動，這些次要的細節會在很大程度上自己照顧自己。畢竟，演講中最重要的還是心理，而不是手和腳的位置。

切忌荒謬可笑的肢體語言

從這個題目，我們會很自然聯想到手勢的濫用問題。我上的第一堂公開演說課程是由美國中西部的一所大學校長講授的。回想起來，這堂課主要講授的是肢體動作的問題。這些動作不但沒有用，而且會誤導聽眾，嚴重影響演講效果。在課堂上，校長教我們要把手自然地放到兩側，掌心向後，手指虛握，拇指貼在腿上。接著，我們被訓練將手臂以優美的曲線向上抬起，並與手腕配合做出經典的擺動動作，然後依次展開食指、中指和小指。當這整個藝術性動作完成後，手臂又恢復優雅的曲線，然後返回到體側。這整個過程顯得既呆板又做作，缺乏真情實感。教授只是想讓我們做出一個與眾不同的動作而已。

在此課程中，我們的個性並沒有被激發融入到手勢中去，我們的感情也沒有被引入其中；在這個過程中沒有企圖努力去獲取生命的真諦，更不用說使之自然化、無意識化和必然化；也沒有催促我放手，隨心所欲，衝破自我矜持，像個人一樣地說話和動作。也就是說，這次令人遺憾的演講就猶如一臺機械打字機，或者被丟棄多時的鳥巢一樣失去了生氣、活力。

在二十世紀，教授這些荒謬可笑的動作看似是不可思議的。然而，就在幾年前，一本關於演講動作的書出版了——這本書完全試圖把人塑造成一個機器人。它告訴人們這句話應做什麼動作，那句話應做什麼動作；一隻手的動作如何，兩隻手的動作如何；哪個動作要高點，哪個動作應該放中間，哪個動作應低點；這個手指要如何，那個手指要如何。我曾見過二十個人同時站到教室前面，同時讀著這本書上的同一段演說指導，並嚴格按照書中的要求邊朗讀邊做動作，顯得非常荒謬可笑。這種既做作又浪費時間的方法影響極深，使好多人深受其害。麻薩諸塞州的一名大學教務長最近宣稱，他沒有開設公開演說課，是因為他並沒有看到此課程的實用性，也沒發現教授如何去演講有何意義。對此，我深有同感。

絕大多數關於演講動作的文章是毫無用處的，反而是浪費紙張筆墨；從文章中模仿出來的演講動作往往矯揉造作。其實真正的演講動作是源自你自身：你的心靈、你的思想、你的興趣、你的欲望以及你的激情。因此，那些瞬間爆發的動作是很有價值的；這種自發性勝過任何動作的規定。

演講動作並不能像晚宴上的無尾禮服那樣形式化，它應該是人的內心的外在表現，就正如人的親吻、疼痛、歡笑和暈船那樣。

演說者的手勢就如同自己的牙刷一樣，應該是非常私人的東西。而且，因為每個人都不同，只要他們都按照自己的風格自然地去做，那麼大家的舉止就會是個人化的。在演講培訓中，我們不能追求千篇一律的演講風格。可以設想一下，如果把林肯遲緩、木訥的演講舉止，改成道格拉斯的敏捷、優雅的風格，一定會十分荒謬可笑。

根據林肯傳記的作者、也是他的律師合夥人赫恩登的介紹說：「林肯頭部動作比手勢多很多。他通常充滿激情不停地做著頭部動作，而這些動作意在強調他演講內容的重要性。有時候，林肯也會像把火花扔進可燃物中一樣，身體忽然猛然一動。他從不會像其他演說家那樣用手勢劃分空間，他從不會設計動作來追求舞臺效果……當林肯在演講中偶爾走動時，他顯得是那樣的優雅自在、自然得體和極富個性。在某種程度上，這讓林肯看上去高貴無比。林肯極其鄙視炫耀、賣弄、做作和虛假……當他將想法灌入聽眾的腦海中時，他右手細長、消瘦的手指展示出一個具有意義和強調作用的世界。有的時候，為了表達喜悅之情，他會舉起雙手，手心向上，與地面幾乎成五十度角，好像在渴望擁抱著他所熱愛的事物。如果要表達厭惡之情，例如痛斥農奴制度時，他會高舉雙臂，緊握雙拳，在空中揮動。他所表達的憎惡之情，是如此的令人備受感染。這就是林肯最經典、最有效的動作之一。由此，你可以看到他要打倒所厭惡的事物，並把它永遠丟棄的堅定決心。林肯總是中規中矩地站著，從不前後腳站著，也從不扶著或依靠任何東西來支撐自己。在演講中，他很少變換位置或姿勢。他從不喧囂，也不在講臺上走來走去。為了放鬆自己的手臂，他經常用左手抓住外套的翻領，保持拇指豎直，讓右手來做動作。」林肯的這個動作被雕塑家刻成了雕像，屹立於芝加哥的林肯公園裡。

以上就是林肯演講時的舉止。相比之下，羅斯福則顯得更精力充沛、激情洋溢和活力四射。他的面部表情極為豐富，雙拳緊握，整個身體都在傳遞著訊息。布萊恩通常張開五指，揮動手臂。格萊斯頓常用拳頭敲桌子或手掌，或者是重重地踏著地板，發出聲響。羅斯伯里勳爵常高舉右臂，然後又重重地落下。無論如何，只有演說者的思想和信念鏗鏘有力時，他的舉止才會堅定有力且自然流暢。

自然、生活化是對演說行為要求的最好描述。剛去世不久的劍橋大學寇松侯爵在國會演說中，說道：「顯而易見，偉大的演說家都有自己的演講動作。而且，即使有的演說家長相醜陋或身形笨拙，但優雅的演講動作卻為他們的演講增色不少。」

多年前，我曾聽過著名的吉普賽．史密斯的布道演說，這位曾讓數萬人歸向基督的演說家的雄辯，深深迷住了我。他使用了許多手勢，但這些手勢是如此的自然，就像呼吸著空氣一樣。這就是演講的理想境界。

如果你也按照以上的原則反覆練習，那麼你會發現自己在使用手勢時，也能達到那樣的境界。在這裡，我無法對演講手勢制定任何規則，因為一切都要依據演說者的性情、準備工作、熱情、個性，以及演講的主題、現場聽眾的情況等因素而定。

一些有用的建議

雖然我無法對演講手勢制定任何規則，但在此，我列舉有限的幾點建議供大家參考：

1. 不要重複同一手直到聽眾感到厭煩。
2. 不要從肘部做一些短促的動作，因為在臺上，肩部動作要好看得多。

3.不要匆忙結束你的手勢。假如你要借助食指來闡明觀點，那麼，要保持這個手勢直到句尾，否則就犯了一個很常見的嚴重錯誤，它會扭曲你要強調的重點，突出了不重要的內容，沖淡了重要的部分。

當你真正面對聽眾做演講時，你的手勢一定要自然。但當你只是練習演講時，如果有必要，你可以強迫自己多使用手勢。強迫自己使用手勢，可以促使你在真正演講中自然地使用手勢。

合上書本吧，從書上是學不到演講動作的。當你演講時，你的自然本能才是最可靠的，這比任何書本所說的都要珍貴。

要是你已忘了我們剛剛談過的關於演講舉止動作的內容，你只要記住這點：如果一個人完全專注在他要說的話，並且渴望傳達他的訊息，那麼，他會忘了自己、自然而然的表達與動作，就算他並未事先研究如何表達與做手勢，他的演講很有可能是無可挑剔的。如果你對此尚有懷疑，你可以走到某個人跟前並把他擊倒，當他站起來後，你會發現他滔滔不絕向你興師問罪的口才，簡直像是一名雄辯家。

下面是我讀過的關於演講的最好闡述：

裝滿木桶，
拔掉木塞，
讓一切自然地發生。

小結

①根據卡內基技術協會所做的測試可知，在促成商業成功的諸多因素中，個性比高智商更重要。其實這也是演講中最重要的因素。然而，個性是一種含糊的、無法表達的、難以觸摸的東西，以至於很難去發展它。但是，本篇中的建議能夠幫助演說者更好地展現自己。

②不要在疲倦的時候演講。在演講前你需要休息，養精蓄銳。

③演講前只稍稍吃點東西。

④不要做任何損傷精力的事情，要充滿活力。人們往往會聚集到精力充沛的演說者周圍，就如一群野鵝圍住豐收的秋麥一樣。

⑤衣著打扮講究才會有吸引力，精心的打扮會增強自尊心和自信心。如果一個男演說者穿著寬鬆下垂的褲子和毫無打理的鞋子，一頭蓬亂的頭髮披散著，原子筆或鉛筆在上衣口袋裡隨便放著，那麼聽眾絕不會對他產生敬意，正如他不重視自己的衣著打扮一樣。

⑥以熱情的微笑面對聽眾，表示你很喜歡他們。斯特里特說過：「喜愛會生出喜愛。如果我們對聽眾表示出濃厚的興趣，那麼聽眾也會以興奮的情緒回應

給我們。」

⑦ 把你的聽眾集中起來，因為分散的聽眾是不容易被感染的。當一個人身處群體之中時，會對如果是單獨跟他講，他可能會質疑或反對的事情，產生從眾心理跟著群體一起笑、鼓掌或贊同。

⑧ 如果你要給一小群人做演講，你應該選擇一間小廳，並避免站在臺上講，而是應該靠近聽眾，並力求演講親切、自然。

⑨ 保持空氣清新。

⑩ 讓燈光照在你的臉上，好讓聽眾看清楚你的臉龐與表情。

⑪ 演講時不要置身於桌子背後，把不需要的桌椅放到一邊，並清理桌子上妨礙視線、影響演講的一切東西。

⑫ 如果你有嘉賓在講臺上，他們偶爾的微小動作也會分散聽眾的注意力。因為任何聽眾都容易被移動的事物所吸引。所以，你為何不明智地把嘉賓請到臺下，好讓自己更好地演講呢？

⑬ 不要一下子栽進椅子裡，有意識地控制自己的坐姿，然後保持上半身挺直地就座。

⑭ 站好，不要亂動。克制自己，不要做出緊張的動作，這會削弱你的氣勢。凡

是不能幫助強化你的存在感的動作，都不要做。

⑮ 讓雙手自然垂放在身體兩側，這是最理想的姿態。然而，如果將雙手背在背後，或是放在口袋裡會讓你比較自在——那也無妨。如果你的腦袋和心都全然投入於你要講述的內容，這些次要的細節通常就會自動到位。

⑯ 不要照本宣科地使用手勢，而是要靠發自內心的本能。放輕鬆，不要太拘謹。自然、生活化是手勢運用的必要條件，絕對不是靠讀書死記，也不是靠一板一眼地遵守規則。

⑰ 運用手勢時，不要一直重複同個動作，這會變得太單調，也不要不自覺地不斷晃動手肘。最重要的是，要控制好手勢動作，讓你的手勢和演說內容同時達到最高潮。

發聲練習——複習

1.以下的練習，是義大利著名聲樂老師蘭佩蒂堅持要求學生每天都要做的練習，那就是呼吸技巧的基礎練習。下巴放鬆，讓其自然微張，感覺喉嚨裡開始想打哈欠。現在，透過嘴巴，反覆進行短促的吸氣、吐氣。逐漸加快吸氣吐氣的頻率，直到你的呼吸聲聽起來像狗兒奔跑後的喘息。喘氣的聲音應該是來自吐出的氣撞擊到口腔硬顎的聲音，而不是喉嚨肌肉緊縮所發出的聲音。那麼，吐氣的力道又該從何而來？答案是橫膈膜。你的橫膈膜此時就像風箱一樣，用短促的力道將空氣擠出去，也可以說就像幫浦一樣。你自然會感受到來自身體中段的動作，可以將手放在胸骨之下，直接感受其運作。

2.放輕鬆，感受一下喉嚨深處即將打哈欠時涼爽、愉悅的感覺，深深吸入一大口空氣，感受肺臟將下肋往兩側推開，將拱型的橫膈膜推擠壓平。現在，讓我們嘗試一下，用橫膈膜來控制吐氣。舉起一支點燃的蠟燭，靠近嘴邊，然後看看你有沒有辦法慢慢地將肺部的空氣均勻地送出，而絲毫不影響靠在嘴邊的燭火明滅。你必須持續不斷地練習，目標就是要能夠穩定持續地送氣三十至四十秒，並且不影響燭火。

不過，要是你綳緊喉嚨肌肉，那麼這項練習就是白費功夫了。你必須靠身體中央的力量來控制吐氣，千萬不要忘記這一點。你必須用和練習喘氣時同樣部位的肌肉，來控制送氣。

重複這項練習三、四次，然後讓橫膈膜用力收縮，擠出一大口氣吹熄蠟燭。

3.最後在文末，我們要引用哈姆雷特給演員們的不朽忠告，這對接受公開演說訓練的學生來說，也是極好的忠告。大聲朗誦它，並把我們目前為止學會的腹式呼吸法、呼吸控制等技巧付諸實行。將音調想像成打哈欠或是哭喊時的感覺，保持喉嚨敞開暢通。記得，要確保肺部隨時都有充足的空氣。靠舌尖用力，將需要強調的語句大力擊出，感受舌尖快速俐落地敲擊門牙後方的上顎處。按照以上指示操作，你一定會對結果感到滿意，你發出的聲調會是如此圓潤而清晰、深入人心。

請你念這段臺詞的時候，要照我剛才念給你聽的那樣子，一個字一個字打舌頭上很輕快地吐出來；要是你也像多數的伶人們一樣，只會拉開了喉嚨嘶吼，那麼我寧願叫那宣布告示的公差來念這幾行詞句。

也不要老是把你的手在空中這麼揮搖，一切動作都要溫文，因爲在如同洪水暴風一樣的感情激發之中，你也必須取得一種節制，免得太過火。啊！我最不願意聽見一個披著滿頭假髮的傢伙在臺上亂吼亂叫，把一段感情片片撕碎，讓那些只愛熱鬧的低級觀眾聽了出神，他們之中大部分是除了欣賞一些莫名其妙的手勢以外，什麼都不懂。這傢伙要給我抓到了，絕對要賞他一頓鞭子，因爲他演起戲來比狂暴之神特馬岡更狂暴，比暴君希律王更殘暴。求求你們，千萬不要這樣。

可是太平淡了也不對，請你自揣摩評估，把動作和言語互相配合起來；務必特別留意的是，千萬不可超過一般人言行的界線：任何過於誇張的舉止都是背離了演戲的初衷，因爲從古至今，戲劇的目的，向來都是要爲自然人性立起一面鏡子，讓美德看見自己的面相，給醜惡看見自己的樣貌，並讓當代形形色色的事物都顯露出原型。因此，誇張或過頭的演出，雖然能讓門外漢看了發笑，但有鑑賞力的觀眾看了卻不禁要嘆息；而單單一個有鑑賞力的觀眾的意見，絕對比整場門外漢的回饋來的重要許多。喔，我曾看過幾個伶人演戲，而且聽過他人對其推崇倍極、捧上了天，但不是我要說褻瀆的話，他們說的話簡直不是個基督徒，走起路來的步伐既不像個基督徒，也不像異教徒，簡直不像人，那樣大搖大擺、大吼大叫的模樣，我幾乎認爲他們是出自大自然造物主的學徒之手，而且是極其粗糙的成品，僅僅是對人類的拙劣模仿品罷了。

第九章

演講如何開場

因為有了汽車、飛機、廣播和電視機等，我們獲取資訊的速度加快了許多。因此，作為演說家也應跟上時代的快速節奏。如果你在演講時要做一段開場白，請相信我，這段話應像看板那樣簡潔。

通常，當你一走上講臺時，毫無疑問，很自然地你就會立即吸引聽眾的注意力。這在開始的前五秒鐘並不難做到，但要自始至終吸引聽眾則是件困難的事情。

我曾向具有豐富演講經驗、西北大學的前任校長雷恩．哈樂德．霍夫博士請教，對演說者來說，什麼是最重要的。略加思考後，雷恩博士回答說：「令人印象深刻的開場白，會很快抓住聽眾的注意力。」事實上，雷恩博士每次演講都會精心設計開頭與結尾。事實上，每位有常識和經驗的演說者都會這樣做。

那麼，演講初學者如何呢？他們很少會這樣做。因為在設計時要花費很長時間，需要腦力和意志力，而動腦則是一個艱辛的過程。愛迪生從英國畫家約書亞．雷諾茲爵士那裡節選了下面這句話，刻在自己工廠的牆壁上：

沒有任何權宜之計可以讓人逃避真正的思考。

演講初學者通常只相信瞬間的靈感，但最後他們往往會發現：自己前進的道路上鋪滿了陷阱，一不小心就會摔下去。

剛剛去世的《每日郵報》創辦人諾斯克里夫勳爵，經過自己的奮鬥，由一個收入低微的窮人變成了英國最富有、最有影響力的報刊巨頭，他曾說過以下引自法國哲學家帕斯卡的話，是使他走向成功的重要因素：

預見意味著成功。

其實，這句話也可以成為你設計演講的最好的座右銘。你應預見一下如何開場白才能給人以新穎的感覺，才能留給聽眾難以磨滅的印象。

自從亞里斯多德時代起，就有許多書籍提及到這一問題，它們把演講分為三部分：開場白、正文和結論。直到近代，演講的開場白就像乘坐馬車那樣令人感到悠閒，那時演說者既是新聞傳播者又是娛樂者。一百年前，演說者在社區的作用就如同今天的報紙、雜誌、廣播、電視、電話、電影一樣。

但是，現在世界已發生了驚人的、翻天覆地的變化，各種發明大大加快了人們的生活節奏，這遠遠超過了自西元前巴比倫王國建立以來的任何時代。因為有了汽車、飛機、廣播和電視機等，我們獲取資訊的速度加快了許多。因此，作為演說家也應跟上時代的快速節奏。如果你在演講時要做一段開場白，請相信我，這段話應像看板那樣簡潔，因為大多數的普通聽眾都會這樣想：「要進行演講了嗎？行，要言簡意賅，不要誇誇其談，快談談一些具體事例。」

當美國總統伍德羅．威爾遜在國會裡就潛艇戰問題演講時，他僅用二十四個字就抓住了聽眾的心並切入主題：

現在，我有責任就當前的國際情勢向在座的各位坦誠相告。

當鋼鐵大王查理斯．施瓦布對紐約的賓夕法尼亞社團發表演講時，他的第二句話就切入正題：

現今美國民眾最關心的問題是：我們的經濟萎靡不振意味著什麼？前景如何？就我個人而言，我持樂觀的態度……

美國國家收銀機公司經理對員工演講時，也是以簡潔的方式開場白，雖然只有三句話，但它們言簡意賅，雄渾有力：

在座的各位所要完成的任務，應如工廠煙囪裡不斷冒出的煙。在過去的兩個月裡，我們的煙囪並沒有排出多少煙。現在，糟糕的日子已經結束了，經濟開始復甦。對此，我們在此簡短而有力地呼籲：我們需要更多煙冒出來。

然而，剛剛涉足演講的初學者能否如此精練有力地開場白呢？絕大部分未經訓練的新手，總是以兩種不良的方式開場白。接下來讓我們分別來討論。

以恰當的幽默開場白

令人啼笑皆非的是，演講初學者往往認為自己應該是一個有趣的人：從本性上講，他覺得自己應像一本百科全書，博大精深；當站起來發表演講時，他設想著自己感到馬克·吐溫的靈魂正降落到他身上；特別在晚宴結束後，他又傾向於以一個幽默的故事作為開場白。結果如何呢？這種演講方式只會讓人感到十分膚淺，並不能吸引聽眾。即使具有哈姆雷特式的雋永語言，也會讓人感到「厭倦、陳腐、平淡、毫無意義」。

要是類似的情形多次發生，那麼聽眾定會對演說者給以噓聲或高喊「滾開」！但是，大部分聽眾雖然深感不悅，他們出於憐憫之心也會給予幾聲附和。這樣的場面我們可見多了。

在演講國度裡，與逗人發笑的能力相比，什麼是更難、更珍貴的呢？幽默只是手段，而個性才是真正重要的問題。

我們要謹記，只有極少數故事本身是非常有趣的，而故事演講的成功在於講述故事的手段。同樣是馬克·吐溫所講的著名故事，讓其他人來講，那麼會有百分之九十九的人遭到失敗。你不妨在家人面前高聲朗讀林肯在伊利諾州小旅館裡所複述的故事，朗讀人們驅車數里去聽的故事，朗讀人們通宵達旦去聽的故事，朗讀那些令人「尖叫並從椅子上滾下來」的故事，看你能否博得家人的一笑。下面是林肯講述過的並獲得巨大成功的一則故事，為何不試著講一下？至少私下在家人面前試試看：

一位晚歸的旅行者，在回家途中經過伊利諾州大草原時，遇到了一場風暴。當時，夜色暗黑如墨，大雨就像天河決口一樣傾盆而下，雷聲就像炸藥爆炸一樣震耳欲聾，接連不斷的閃電映照出四周東倒西歪的樹木。整個草原都籠罩在震撼之中。最終，這場平生僅見的災難，令這位旅行者感到異常恐懼和無助。他雙膝跪地，雖然平日沒有祈禱的習慣，此時卻喘著氣地喃喃自語：「哦，主啊，如果迴不介意的話，請給我們多一點亮光，少一點噪音。」

也許你是個幸運兒，上天賦予了你幽默的個性。要是真的那樣的話，無論如何你也要挖掘培養它，而且你會備受歡迎。但是，要是你是屬於其他風格，而你試圖模仿美國參議員昌西．迪普，那麼，這只是一種愚蠢的行為，因為你背棄了自我。

如果研究過昌西．迪普、林肯的演講，你會驚奇地發現，他們的演講，特別是在開場白時很少使用故事。心理學家愛德溫．詹姆斯．卡特爾曾告訴我，他從不因為追求幽默而講述一個好笑的故事。故事應該與演講相關，應該為論證某個觀點服務。幽默只能是蛋糕上的鮮奶油或蛋糕層與層之間的巧克力，而不能成為蛋糕本身。美國最幽默的演講家之一——美國詩人史斯克蘭．吉利蘭給自己定了一條不成文的規定，在演講開頭的三分鐘從不講述故事。如果他覺得這樣做是明智的，不知道我們是否也應該這樣做？

那麼，演講的開場白應該嚴肅沉悶嗎？其實也不是。你可以談一下當地的新聞、現場的情況或其他演說者的一些評論來活絡一下聽眾的情緒。你還可以誇大地談一些所觀察到的不和諧現象。這些方法比陳舊的開玩笑更富幽默感。

也許營造歡樂氣氛的最簡單方法，就是開自己玩笑，像是描述你自己在一些荒謬和尷尬的情況，而這正是幽默的精髓所在。其實，我們也常會對追著自己飛走的帽子跑，或因踩了香蕉皮而滑倒的人情不自禁地發笑。

通常只要把不相關的事物羅列在一起，都會讓所有聽眾捧腹大笑。例如，一個報刊撰稿人寫過：「我討厭孩子、動物內臟和民主黨人。」

吉卜林在英格蘭做政治演講時，他是何等的聰明，讓聽眾發笑。他並沒有杜撰任何奇聞逸事，只是講述自己的親身經歷，而且很幽默地把不相關的東西連在一起：

女士們，先生們：

我年輕的時候在印度工作，當時我在一家報社負責刑事案例報導。那是一份有趣的工作，因為它讓我接觸到了一些僞證者、盜用公款者、謀殺者，以及具有冒險精神的運動員之類的人（笑聲）。有時候在報導完審判後，我會去拜訪這些正在服刑的朋友（笑聲）。我記得有一個因犯謀殺罪而被判終身監禁的人，他是一個聰明而善談的人，他這樣給我講述他的人生故事：「以我為鑑吧。當一個人歪掉時，一件事會導致另一件事，直到他發現自己不得不把擋路的人移開，才能把自己扳直。」是的，這用來描述目前的內閣是再適合不過了（笑聲和掌聲）。

前美國總統塔夫脫在大都會人壽保險公司年會上，運用同樣方法營造了幽默氣氛，同時，他也向聽眾們致以親切的問候。其演講的精彩部分如下：

尊敬的董事長以及人壽保險公司的各位先生們：

九個月前我回到我的老家，在那裡的一個晚上我聽了一場演講。在演講會中，演說者顯得有些惶恐。他對大家說，他在演講前曾向一位有豐富晚宴演講經驗的朋友請教如何進行晚宴後演講。那位朋友告訴他晚宴演講會上最好的聽眾，是那些聰明的、受過良好教育並適當放鬆的人（笑聲和掌聲）。現在，我可以說，在座各位是我見過的最好的聽眾，因爲你們都具備了那位朋友所說的條件（鼓掌聲）。而我認爲，這正是大都會人壽保險公司的精神（長時間鼓掌）。

不要以過分自謙開始

演講初學者在開場白時通常犯的第二個錯誤，是道歉。如：「我不是一個出色的演說者……我並沒有做什麼準備……我並沒有什麼要說……」千萬、千萬不要這樣開場白！吉卜林在一首詩的開頭部分這樣寫道：「根本沒有必要再說下去。」要是演說者以道歉做開場白，吉卜林的這句詩正好是聽眾們的心理寫照。

其實，即使你真的沒有做好準備，你不說，也只會有一小部分人發現這一點。因此，為何要讓所有的人都意識到這一點呢？為何要讓你的聽眾感到你對演講不屑一顧，而只是用一些陳舊的東西打發他們呢？因此，他們不需要你的道歉，他們只想獲得一些有意義的或感興趣的知識。這一點千萬要記住！

通常，當你一走上講臺時，毫無疑問，很自然地你就會立即吸引聽眾的注意力。這在開始的前五秒鐘並不難做到，但要自始至終吸引聽眾，則是件困難的事情。而且，一旦你中途失去了吸引力，要重新贏得聽眾的注意，並不是輕而易舉的事情。因此，在演講的最初就要激發人們的興趣，從第一句開始就要這樣做，而不是寄望於第二句、第三句。

也許你會問：「應該怎樣去做呢？」坦白說，這是個大問題。在我們積累演講素材的過程中，由於演說者自身、聽眾、演講的主題、演講的素材，以及現場情況等因素不同，都會讓我們經歷曲折而迷惘的道路。然而，希望後面提到的建議能帶給你幫助。

激發好奇心

以下是霍威爾．希利在費城的賓州體育俱樂部演講的開場白，不知你是否會喜歡？也看看他能否迅速激起你的興趣？

八十二年前的這個時候，一本小書在倫敦問世了，而且被認爲是一本不朽的著作。許多人稱它爲「世界上最偉大的小書」。當它出版不久，每當朋友們在斯特蘭德街或帕爾摩街相遇時都會互相問道：「你讀那本書了嗎？」而回答總是：「當然，感謝上帝，我已讀過了。」

這本書在出版當天就賣了一千餘冊。在其後兩個星期內，共售出了一萬五千餘冊。從那以後，這書再版了無數次，而且也被翻譯成各種語言。幾年後，銀行家J. P.摩根以高價收購了原稿，並把它與其他無價的珍藏品放到他在紐約市的收藏館裡。

這本世界名著是什麼？它就是狄更斯的《聖誕頌歌》……

你不覺得這是一個成功的開場白嗎？它是否吸引了你的注意力，是否增加了你的興趣呢？為什麼會這樣呢？難道不是因為它激起了你的好奇心，為你設下懸念嗎？

好奇心！又有誰能抗拒得了它呢？

我曾見過樹林中飛翔的小鳥十分好奇地盯著我；我認識一位獵人，他在阿爾卑斯山上，用床單裹住自己爬來爬去，引起岩羚羊的好奇從而捕捉牠們。狗有好奇心，小貓也有好奇心，各種各樣的動物都有好奇心，包括人類。因此，在開場白的第一句話就要激起聽眾的好奇心，這樣才能吸引他們的注意力。

在演講有關湯瑪斯．勞倫斯上校在阿拉伯的經歷時，我的開場白是這樣的：

英國首相勞合．喬治認爲勞倫斯上校是現代最具浪漫色彩和最感性的人物之一。

這個開場白有兩大優點：首先，一位聲名顯赫的人物總會吸引很多注意力；其次，它激發了人們的好奇心：「為什麼是最具浪漫色彩？」這是個順理成章的問題，以及有「為什麼是最感性？」、「我從未聽說過他這點……他做過了什麼？」

旅行家羅威爾．湯瑪斯在進行關於勞倫斯上校的演講時，是這樣開場白的：

一天，當我走在耶路撒冷的基督教大街上時，我遇見一個身穿象徵東方貴族的華麗衣服的人。在他的身旁，懸掛著一把只有先知穆罕默德的後代才能佩帶的彎刀。但這個人從外表看來絕不是阿拉伯人，因爲他長著藍色的眼睛，而阿拉伯人的眼睛是黑色或棕色的。

這一段開場白肯定會激發你的興趣，不是嗎？聽完後，你會想了解更多。例如，他是誰？他為什麼要打扮成阿拉伯人的樣子呢？他是做什麼的？他長得如何？

有一位學員以下面的問題作為開場白：

你知道當今世界有十七個國家存在著奴隸制度嗎？

它不但會激發聽眾的好奇心，而且會讓他們感到震驚。「奴隸制度？今天？十七個國家？真是令人難以置信。是哪些國家？它們分布在哪裡？」

演說者可以在開場白設置一個結果，這往往會讓聽眾急切想知道事情的原因。例如，一位學員以下面引人注目的文字開始演講：

最近，一位議員在立法會議上提出一項立法草案，要求禁止校舍附近兩英里內的蝌蚪變成青蛙。

你定會忍俊不禁：這位演說者在開什麼玩笑！這是多麼荒唐啊！這項草案被採納並付諸實施了嗎？於是，這位演說者接著解釋下去。

在《星期六晚間郵報》中有一篇名為〈關於歹徒〉的文章，其開頭是這樣的：

歹徒們是否有組織呢？通常是有的。那麼，他們是如何組織的呢？

你會發現，只用寥寥數語，文章的作者已向你講述了他的主題，並告訴你關於主題的內容，而且激發了你的好奇心：歹徒是如何組織起來的？因此，我們可以肯定地說，每位致力於公開演說的人，應研究一下雜誌作者們迅速激發讀者興趣的技巧。從中，你可以獲得比只是研究演說集更多的知識。

以故事開場

暢銷小說家哈羅德·貝爾·萊特曾在一次訪問中透露，他光靠小說，一年可以賺進至少十萬美元的收入。道布爾戴出版社有一臺大型印刷機，十七年來唯一的工作，就是不間斷地印製已故的暢銷女作家吉恩·斯特拉頓－波特所撰寫的小說。斯特拉頓－波特賣出超過一千七百萬本書，光是版稅就讓她賺進超過三百萬美元。你覺得大眾喜歡聽故事嗎？我想，從以上這些數字中就可以看出端倪了，不是嗎？

我們尤其喜歡演說者講述他自身的經歷。羅素．康威爾演講《鑽石就在你家後院》已超過六千次之多，也從中賺取了百萬家產。那麼這篇膾炙人口的演講是如何開頭的呢？

一八七〇年，我們沿著底格里斯河前進。在巴格達，我們雇了一位嚮導，讓他帶我們到波斯波利斯、尼尼微和巴比倫……

顯然，演說者並未直接切入主題，而是以故事開頭來吸引聽眾的注意力。這種開頭幾乎是萬無一失的。隨著故事的發生、發展，聽眾也在不斷揣測接下去會發生的事情。本書的第三章開頭部分，也是採用了以故事開場白的方式。

以下兩段開場白分別節選於同一份《星期六晚間郵報》中的兩個故事。

1.尖銳的槍聲打破了沉寂。

2.七月份的第一個星期天，丹佛市的蒙特維旅館發生了一件似小非小的事情。這引起了其經理高貝爾的關注，於是，他向旅館的所有者史蒂夫．法拉第報告了這一事件。此時，距史蒂夫在仲夏時節的定期巡視只有幾天時間了。

要注意一下，這些開頭是如何發揮作用的。它們總是引出下文，激起你的興趣，讓你閱讀下去，急於知道更多內容，想把一切弄個清楚明白。

要是能運用講故事的手法，並由此激發聽眾的好奇心，那麼，即使是一個沒有經驗的新手也能夠成功地開始一個演講。

對普通聽眾來說，長時間地想要理解抽象的陳述是非常困難的，而故事相對來說要容易理解得多。因此，為何不以具體的故事來做開場白呢？我知道，這對於演說者來說不容易，因為我對此深有體會。許多人會覺得在開頭應總體闡述一下觀點，其實並不然。你應該先以具體故事來開場白來激發聽眾的興趣，然後再輔以一般的論述。要是你想參考一個運用這一方式的範例，不妨翻閱一下本書的第五章和第七章的開頭部分。

現在，你可以領略到這種技巧的作用了吧？

運用展示與提問的方法

也許，世界上最簡單去吸引注意力的方法，就是手持某樣東西向聽眾展示。即使是野人、笨蛋、搖籃裡的嬰兒、商店櫥窗裡的猴子，以及街上的小狗，都會留意這種刺激性手法。當面對著一群高素質的聽眾，這種方法也是很管用的。例如，費城的艾理斯先生在演講開頭用拇指和食指夾著一枚硬幣並高高舉起，自然地，每一位聽眾都看得真真切切。然後，他詢問在座的聽眾：「大家在走路時是否撿到過這種硬幣？幸運撿到這種硬幣的人，將在某某房地產開發中獲得大量免費的資源，他只需要打電話並出示這枚硬幣即可……」隨後，艾理斯對財物獲取過程中錯誤的不道德行為，給予強烈的譴責。

艾理斯先生演講的開頭部分，還有另一個值得稱道的特點，就是以提問方式來開場，這能讓聽眾跟隨著演說者的思路並與之配合。《星期六晚間郵報》上的那篇關於歹徒的文章，在開頭的三句話裡提出了兩個問題：歹徒們是否有組織呢？他們是如何組織起來的？這種方法是最簡單、最保險的方法，它能挑動聽眾的思維，並使其全身心沉浸於演講中。因此，當其他方法不管用時，不妨採用一下這一方法。

以傑出人物的話語做開場

傑出人物的話語具有無比強大的吸引力，因此適當地引用名人話語，是一種精彩的開場白方式。以下節選的，是一篇關於討論商業成功演講的開場白，也許你會喜歡。

作家阿爾伯特·哈伯德說只有一件事世人會給予金錢和榮譽的獎勵。這件事就是創新。那麼，何謂創新呢？就是做沒有先例但正確的事情。

這一演講開場白有幾個值得借鑑的地方：第一句話激發了聽眾的好奇心，它引導著聽眾，使他們迫切想知道下文的內容。如果在第一句話後演說者稍作停頓，那麼他將會引發聽眾一個懸念：「世人會給何種事物獎勵呢？」他們會想：快點告訴我們，也許我們會有不同看法，但我們迫切想知道你的看法……第二句話直接切入主題。第三句話提出一個問題，這能激發聽眾去思考、去討論，使之參與到演講中去，而這正是聽眾們所希望做的事情。第四句話對「創新」做了解釋……這段開場白結束後，演說者接著引用了一個有趣的例子來做進一步證明。僅就這篇演講的結構而言，布道家德懷特．穆迪將其列為三A等級。

根據聽眾的興趣確定演講題目

在開始演講時要根據聽眾的興趣來確定內容，這是最佳開場白的方法之一。毫無疑問，這種方法會吸引聽眾的注意力，因為聽眾會被他們所感興趣的事物深刻地影響。

這不是一個眾所周知的常識嗎？然而，真正能做到這一點卻是非比尋常的。例如，我曾聽過一次關於定期做身體檢查的必要性的演講，演說者是如何開場白的呢？他首先介紹了生命科學學院的歷史、運作以及提供的服務。這真是太荒謬了！因為聽眾對此根本毫無興趣，他們只會對自己關心的事情感興趣。

他為何沒能意識到這一事實呢？為何不談一下生命科學學院與大家的密切關係呢？也許可以這樣來說：「根據預期壽命表，你是否知道人的壽命有多長呢？保險業者計算出，你的預期壽命是現在年齡與八十歲之差的三分之二。比如說，你現在三十五歲，那麼與八十歲相差四十五歲，那麼你的預期壽命是四十五的三分之二，即三十年。這樣的壽命足夠嗎？當然不夠。我們所有人都期盼著能多活幾年。然而，預期壽命表是根據數百萬人的壽命情況而制定的，我們也許希望自己是個例外！如果採取適當的預防措施，這個願望也許能實現。因此，第一步就是要進行全身健康檢查。」

接著，如果我們繼續解釋做定期身體檢查的必要性，那麼聽眾就會對提供此服務的機構感興趣。所以，在一開始就不帶任何感情色彩地去談論某個機構，那簡直是糟糕透了！

再舉一個例子。我曾聽過一位學生做關於保護森林資源的迫切性的演講。「作為美國人，應該以我們國家的豐富資源而自豪……」接下來，他繼續說我們毫無羞恥地濫伐自己的森林。然而，這個開場白太糟糕了，它過於籠統，過於模糊，就像一臺機械印表機，並沒有讓我們感到濫伐森林對我們有生命攸關的影響。其實，破壞森林是會影響到經濟的，假如聽眾中有一位銀行家，演說者就可以對他說濫伐森林會對社會繁榮產生負面影響，從而會影響到他的銀行經營……因此，為何不這樣開場呢：「我所演講的主題能影響到在座各位的生意，實際上從某種意義上講，它會影響到我們的衣食住行，它會動搖整個社會的繁榮和昌盛。」

這樣說是否誇大了保護森林資源的重要性呢？一點也不。這只是遵循了阿爾伯特．哈伯德的訓諭而已：「把圖畫大，然後以吸引人的方式把要展示的事物放在其中。」

令人震驚的事實的吸引力

《麥克盧爾》雜誌創辦人麥克盧爾曾說過：「一篇好的雜誌文章會帶給讀者一連串的震撼。」

這些震撼應出人意料，能把人從白日夢中驚醒，攫取他們的注意力。以下是一些例子：巴爾的摩市的巴蘭坦先生做〈無線電的奇蹟〉演講時，是這樣開場白的：

> 大家可否知道，一隻蒼蠅在玻璃上爬行的聲音可透過無線電從紐約傳到中非，並且發出類似尼加拉大瀑布似的巨響。

紐約市哈利．瓊斯公司的總裁哈利．瓊斯在做〈犯罪情勢〉演講時，是用下文作為開場白：

威廉．霍華德．塔夫脫在擔任美國最高法院首席法官時說：「我們刑法的執行，簡直是對人類文明的踐踏。」

這段演說有兩大優點，它不但語意驚人，而且是引用自法學權威。

費城「樂觀者俱樂部」前任主席保羅．吉本斯對罪犯問題發表演說時，以引人入勝的文字揭開序幕：

美國是世界上犯罪問題最糟糕的國家。雖然這一說法會讓你目瞪口呆，但它卻是眞眞切切的。俄亥俄州的克里夫蘭市的謀殺案是倫敦的六倍，搶劫案是倫敦的一百七十倍。每年，該市愈來愈多人被搶劫或因搶劫而遭襲擊，總數相當於英格蘭、蘇格蘭和威爾斯的案件總和。在路易士大街，每年被謀殺的人數比英格蘭和威爾斯的總和還多。在紐約市，謀殺人數也多於法國、德國、義大利或不列顛群島。然而，令人悲哀的是這些罪犯並未得到懲罰。

如果你犯了謀殺罪，你被判刑的機率少於百分之一。因此，死於癌症的機率是十倍於因謀殺而被處以絞刑的人。

這段開場白非常成功，因為吉本斯先生在他的言詞裡流露著誠摯與力量，而且事實資料也清晰明瞭。然而，我曾聽過一些學生也以類似的例子作為開場白，但卻顯得平庸無奇。這到底是為什麼呢？是語言。雖然他們在構建演講內容方面頗有造詣，但卻缺乏內在的激情，使得他們所說的一切變得軟弱無力。

樸實而有深意的開場白

以下是社會工作先鋒瑪麗．芮治孟在政府立法禁止童婚的數天前，在紐約婦女選舉會的年會上做的演講。你對這段演講有何看法？為什麼呢？

昨天，當火車駛過離這不遠的一座城市時，我想起了幾年前發生在那裡的一樁婚事。現在我們國家裡有許多草率和不幸的婚姻，就正如那樁婚姻一樣。所以在今天，請允許我把那樁婚姻的細節介紹一下。

那天是十二月十二日，城市裡的一個十五歲的高中女孩與附近大學的一位剛成年的男孩首次邂逅。三天後，也就是十二月十五日，他們假稱女孩已十八歲，無須獲得家長同意下領取了結婚證書。離開婚姻登記處之後，他們立即去請一位神父（因爲女孩是天主教徒），但神父巧妙地拒絕了幫他們舉辦婚禮。也許是神父的通知，女孩的母親獲悉一切。然而，當母親找到女孩前，他們已由法律宣布爲夫妻。新郎和新娘在賓館住了兩天兩夜之後，男孩便拋棄了女孩。從此，他們再也沒有一起生活了。

我非常喜歡這樣的開場白方式。第一句非常好，它向大家說明將要敘述一件引人注目的往事，這就使大家迫切想知道其中的細節。於是，大家安靜下來聽故事。而且，這個開場白很自然，並無一絲學究氣，也不拘謹，也不帶有熬夜苦心寫成的痕跡。「昨天，當火車駛過離這不遠的一座城市時，我想起了幾年前發生在那裡的一樁婚事。」這樣的敘述是多麼自然優美，多麼有人情味，就如一個人在向另一個人講述一則有趣的故事。聽眾是很喜歡這類故事的。相反地，他們會排斥過於追求形式、刻意準備的演說。畢竟，我們需要樸實的藝術。

小結

①演講開場白並不是件輕而易舉的事情，但它卻非常重要，因為令人印象深刻的開場白會很快抓住聽眾的注意力。精彩開場白是不會被聽眾遺忘的，因此不能靠運氣，應該要精心的設計。

②開場白應該言簡意賅，一兩句話就夠了。通常，演說者會用最精練的詞句引入後就馬上進入演講的主題，這是所有人都支持的做法。

③演講初學者會傾向以「所謂的幽默故事」或道歉做開場，這兩種方式都是很糟糕的，因為沒有多少人能真正成功講述幽默的故事。要是真的這樣做，不僅無法愉悅聽眾，反倒使他們感到困窘。而故事應該是與演講主題有關，切忌只為講故事而硬扯不相關的故事。幽默只能是蛋糕上的鮮奶油，而不能是蛋糕本身……不要以道歉做開場白，因為它會使聽眾感到厭煩，應該迅速直接切入主題。

④以下方法能夠迅速抓住聽眾的注意力：

1.激發好奇心（例如狄更斯的《聖誕頌歌》）。

2.講述人們感興趣的故事（例如，《鑽石就在你家後院》）。

3.以具體事例開場（參考本書第五章與第七章）。
4.運用展示的方法（例如賦予發現者免費資源的硬幣）。
5.運用提問的方法（例如大家在走路時曾否撿到過這樣的硬幣？）
6.以傑出人物的話語開場（例如阿爾伯特・哈伯德關於創新的演講）。
7.根據聽眾的興趣確定演講題目（例如你的預期壽命是現在年齡與八十歲之差的三分之二。要增加壽命，你應定期做身體健康檢查）。
8.以令人震驚的事實為開場（例如美國是世界上犯罪問題最糟糕的國家）。

⑤開場白不要過於拘謹，或者有很多條條框框，應該盡可能隨意自然。因此，可以講述一下發生了的事情或說過的一些話語（例如，昨天當火車駛過離這不遠的一座城市時，我想起了……）

發聲練習——放鬆下巴

在第三章及第四章中所介紹的發聲練習中，我們特別指出放鬆的必要性，尤其是喉嚨部位的放鬆，然而，下巴也應該放鬆。我們大部分人都習慣緊閉著下顎，這會產生什麼結果呢？聲音必須從縫隙中硬鑽出來，因此又尖又細。在這種情況下所發出的聲音不好聽，也無法深入人心。空氣在我們的嘴巴裡，透過雙唇和舌頭的動作，形塑成字句——其中又以舌頭扮演的角色最為重要。僵硬的下顎會影響嘴巴此一塑形的功能，同時也會影響從中所流洩出的聲音的美妙及精準度。

此外，僵硬的下巴也很容易影響舌頭的表現，而我們要追求的，就是舌頭的速度、力道和靈活度。

試試以下這些運動來放鬆下巴：

1. 讓頭垂在胸前，下巴稍微碰到上衣。然後抬頭，可是要縮下巴。如果你放鬆得夠徹底，地心引力會讓你的下巴持續下垂，就好像雙臂在你放鬆時，也會因為地心引力吸引而自然下垂一般。

2. 讓下巴保持放鬆，像傻子一樣嘴巴微張，雙眼呆滯地坐一陣子，直到你感覺下巴有如身外之物，沉沉地垂掛在頭部下方。

3.將手指放在耳朵下方的下顎骨關節處。將下巴張開，假裝你在咀嚼食物，用指尖感受一下此處關節的活動。現在，把嘴巴閉上，將下巴放鬆，任其依自身的重量垂落。如果你的動作正確，確實放鬆沒有用力，那你的指尖就不會像之前那樣感受到任何關節的活動。

4.如果你想偷聽遠處的對話，但聽不太清楚，你會怎麼做？你會無意識地深吸一口氣，嘴巴微張，全神貫注的聆聽，不是嗎？想像一下你現在就是要這樣專心地聆聽。想像一下，你突然在那遙遠處的對話中，聽到讓你感到訝異的內容。你會怎麼做？你會伸長身子，再次深呼吸，而喉嚨也會在無意識中打開。現在，試著說：「喔，你知道他在說什麼嗎？」這句話是不是很輕鬆、毫不費力的就流洩出來了呢？

請記住，你可以控制下巴的唯一方式就是讓它放鬆。因此，好好練習，直到你的下巴能完全服從於你的意志，而不再是僵硬、頑固、難以駕馭的部位。

第十章

立刻抓住觀眾的注意力

你的一生中，是不是每天都在跟與你意見相左的人打交道？是不是一直都在試圖說服其他人接受你的看法？不管是在家、在辦公室，或是在商場上。你的談判方式有沒有改善的空間呢？

幾年前，科羅拉多州燃料和鋼鐵公司發生了嚴重的勞資糾紛，期間甚至出現槍擊事件以及流血衝突。空氣中瀰漫著尖銳的恨意，洛克斐勒的名號有如過街老鼠。但是，小約翰．洛克斐勒卻執意要和相關員工對話，他想向他們解釋自己的看法，想說服他們，讓他們接受自己的信念。他很清楚，必須在演說的一開頭，就根除所有不滿和敵意，而他也確實在一開場，就以精彩而誠懇的手法達到目的。絕大多數演說者都能從他的演說範本中受益良多：

這是我人生中非常重要的一天。這是我第一次有幸能和公司的勞工代表、主管、高階管理人員等一同會面，我可以很肯定地說，對此，我感到無比的榮幸與驕傲，我很肯定，這次會面一定讓我永生難忘。要是我們在兩週前就召開這次會面，我對你們之中的大多數人來說，應該是個陌生人，認不出幾張面孔。但是，上週我有機會能訪視南方的煤礦場，並一一和當時在場的所有代表進行對談，甚至有幸能到各位家中拜訪，認識各位的妻子及兒女，因此，今天我們在此以朋友而不是陌生人的角色會面。此外，本著此相互共通的友好情誼，我很高興能有機會就我們共同的利益和你們進行討論。

由於這是一場公司主管和勞工代表間的會面，因此，我今天之所以能夠參加，完全是拜你們所賜。但很不幸地，我不屬於任何一方。在此同時，我又感覺到我與你們在座的各位，是如此緊密的連結在一起，因爲在某種程度上來說，我可以說是同時代表了公司的股東以及董事。

這就是圓融——極端的圓融。而這場演說，即使在瀰漫著仇恨的情況下，依舊非常成功地完成了。那些罷工抗議、爭取調高薪水的員工，在洛克斐勒解說了公司當時面臨的情況後，對於抗爭便從此隻字不提。

以一滴蜜收買拽著兩把槍的暴徒

「這句古老的格言確有其道理：用一滴蜜能抓到的蒼蠅，比一加侖膽汁更多。這個原理套用在人身上也一樣有效。要說服一個人加入你的陣營，首先，你必須說服他你是他最誠摯的朋友，而這就是能幫助你抓住他的心的那一滴蜜。無論他怎麼說，心就是通往理性的康莊大道，一旦獲得了他的心，要說服他接受你理念的正當性就非常容易了，只要你的理念確實正當。」

這就是林肯的計畫。一八五八年，在他競選參議員的期間，林肯宣布將到伊利諾州南部一處在當時還相當缺乏文化教養、被稱為「埃及」的地方進行演說。這裡的人相當粗野，他們痛恨「反蓄奴」理念的程度，較諸他們熱愛打鬥和玉米威士忌的程度有過之而無不及。大票的南方人，其中也包括來自肯塔基州和密蘇里州的奴隸主，都跨過密西西比州和俄亥俄州，只為一睹現場的激情和混亂，因為其中最粗暴的人曾發誓，只要林肯一開口，他們就要「把這該死的廢奴派趕出去」，並「把他射成蜂窩」。

林肯聽說了這些威脅，也很清楚當地民眾強烈的敵意，以及此趟行程的危險。「但是，只要他們願意讓我說幾句開場白，」他宣稱，「我就可以扭轉一切情勢。」因此，在演講前，他先請人帶他和對方為首的幾個人打過照面，一一握手寒暄。林肯上臺後的開場白，是我聽過最圓融的演說開場白之一：

南伊利諾州的朋友、肯塔基州的朋友、密蘇里州的朋友——我聽說，在場的有些人想找我麻煩。我不明白爲什麼他們想這麼做。我是個平凡的普通人，就跟你們在場的其他人一樣；爲什麼我不該和你們一樣，享有公開發表言論的自由呢？爲什麼呢？朋友們，我和你們都一樣，我不是外人，我在肯塔基州出生，在伊利諾州成長，就像你們其中大多數人一樣，接著，我靠著自己辛勤苦幹闖出一片天。我很了解肯塔基州人，也很了解南伊利諾州人，而且，我認爲我也很了解密蘇里州人。我是他們之中的一員，我很了解他們，他們也應該很了解我。而要是他們眞的夠了解我，就會知道我今天不是要來找麻煩的。那麼，他們或他們之中的幾個人，又爲什麼會想找我麻煩呢？不要做傻事，我親愛的同胞們。讓我們當朋友，讓我們互相以友相待。我是世界上最卑微、最愛好和平的人之一——我絕不會待人以惡，也絕不會剝奪他人的權利。而我唯一的請求，就是在我有話要說時，你們能仔細聆聽。而做爲伊利諾州、肯塔基州、密蘇里州勇敢的豪情志士，我相信你們一定會成全我。現在，讓我們一起進行理性的討論，就像誠信相待的朋友一般。

他在說這些話時，他的臉龐就是善意的化身，而他的聲音迴響著誠懇和同情。這一串圓融的開場，平息了即將到來的風暴，讓敵人都沉默了。事實上，他靠著這一番開場，把許多敵人都化成了朋友。在場的聽眾無一不為他的演講喝采，甚至這些粗魯無禮的「埃及人」，後來都成了他競選總統時最忠實的支持者。

「很有意思，」你可能會想，「但這和我有什麼關係？我又不是洛克斐勒，我不需要跟挨著餓、一心只想置我於死地的罷工員工對話。我也不是林肯，我不需要面對拽著兩把槍、心中充滿恨意、身上滿是玉米威士忌酒氣的暴徒。」

是的，沒錯。但你的一生中，不是每天都在跟與你意見相左的人打交道嗎？你不是一直都在試圖說服其他人接受你的看法嗎？不管是在家、在辦公室，或是在商場上。你的談判方式有沒有改善的空間呢？你通常都怎麼開場？是表現出林肯一般的圓融嗎？還是像洛克斐勒一樣的圓滑呢？是的話，你確實是難得一見、具有精湛策略和判斷力的人才。大部分講者，並不會先從聽眾的觀點和想望出發，不會從尋找折衷的共通點開始，而是直接一股腦地闡述自己的意見。

比如說，我聽過上百個人針對現在最炙手可熱的禁酒令話題進行演說。而且，幾乎所有講者都有如瓷器店裡的公牛一般橫衝直撞，絲毫不避諱地以直接且挑釁的論述開場。他們總是開宗明義就挑明了自己的立場，揮舞著自家陣營的大旗。他們很清楚地表明自己立場堅定，沒有一丁點改變的可能；但同時，他們卻希望其他人會放棄自己珍貴的信念，轉而支持他的看法。結果呢？就跟所有的爭論結果一樣：誰都沒有被對方說服。打從一開始，他就因為自己唐突、具攻擊性的開場白，而失去了所有意見相左的聽眾的支持和注意力；打從一開始，立場相異的聽眾就已經決定要忽略他所說的一切；打從一開始，他們就大力挑戰他的說法；打從一開始，他們就對講者的意見嗤之以鼻。這個演說所能達到的唯一效果，就是讓這些立場相異的聽眾，更堅定地守在自己陣營的堡壘之中。

因為他打從一開始，就犯下了挑釁聽眾的致命錯誤，使得聽眾個個怒火中燒，並咬牙切齒地說著：「不！不！不！」對於想改變聽眾的態度，讓他們轉而支持自己觀點的人來說，這難道不是個非常嚴峻的情況嗎？針對這一點，心理學作家奧維斯特里特有一段非常精闢的論述：

「不」的回答是最難克服的障礙。當一個人說出了「不」的時候，他必須用盡一切來確保自己言行一致，以維持自己的尊嚴。也許他之後會覺得說「不」是錯誤的決策；但無論如何，他還是必須維持尊嚴！一旦說出口，就要堅持到底。因此，最重要的一件事，就是要讓對方先從肯定的方向開始……熟練的講者會在一開始先爭取到幾個「是」的肯定回答。那麼，他就可以抓住聽眾的心理，讓他們往肯定的方向前進。

這裡我們看到的心理模式很清楚。當一個人眞心地說「不」時，他不只是說了「不」一個字而已。他的全身上下——腺體、神經、肌肉——都團結起來，進入拒絕的情境中。通常只有一分鐘，但有時候會很明顯出現生理上的退縮，或是準備退縮的狀態。簡單來說，就是全身的神經肌肉系統都啓動了防衛機制，防範任何型式的「接受」。相反地，當一個人說「是」的時候，身體不會出現任何退縮，全身上下反而是呈現準備向前、欣然接受、開放的態度。因此，我們要是能在一開始就取得先機，盡可能獲得「是」的回答，就愈有可能成功地吸引聽眾對我們最終提案的接受度。

爭取肯定的答覆，這是個很簡單的技巧。但是，卻總是被人忽略！好像人總要用下馬威來確立自己的重要性和自我價值。一個激進分子和其他保守的同行一起參加會議，這個激進分子絕對會在一開始就激怒大家！說眞的，這對他有什麼好處呢？如果他的目的只是要給自己找點樂子，那倒也沒關係。但如果他眞的想要達成某些目的，那他的心理戰術就太愚蠢了。

如果你讓學生、顧客、孩子、丈夫、妻子一開始就說「不」，那就只有靠天使般的智慧和耐心，才有辦法把這個頑固的否定答覆轉成肯定的了。

那麼，要怎麼在一開場就獲取如此不可多得的「肯定答覆」呢？很簡單。「我在每一場論述中用來開頭並贏得辯論的方法，」林肯說道，「就是先找到雙方的共通點。」即使在討論讓雙方劍拔弩張的蓄奴議題時，林肯也有辦法找到雙方的共通點。「一開始的三十分鐘，」立場中立的《鏡報》在報導林肯其中一場演講時寫到，「他的對手會完全同意他所說的每一字每一句。接著，他開始引導他們，一步一步地，將他們趕入自己建好的羊圈中。」

參議員洛奇的招數

在大戰過後沒多久，已故的參議員洛奇和哈佛大學校長羅威爾雙雙受邀至波士頓，針對國際聯盟的議題進行公開辯論。參議員洛奇知道大多數聽眾對他的觀點都抱持敵意，但他必須說服他們加入自己的陣營。要怎麼做呢？直接對聽眾的信念來個迎頭痛擊嗎？喔，不。參議員可是個精明的心理學家，絕不會用這種魯莽的招數陷自己的抗辯論點於不義。他以極圓滑的精湛手法起頭。下文中會引用參議員的演說開場白。值得注意的是，就算是他最大的反對者，也無法否認他開頭的十幾句話說得頗有道理。他在一開始就訴諸聽眾的愛國心，說道：「我親愛的美國同胞。」從這裡可以看出他將雙方立場的歧異縮到最小，並聰明地突顯出雙方都重視且在乎的事情。

看他如何稱讚他的對手，看他如何強調雙方唯一的差異只在於方法上的小細節，而不在於對美國人的福祉或世界和平這些重大議題的看法。他甚至還說，他贊成類似國際聯盟這樣的組織的成立。因此，總結而言，他和對手的差異只在於：他認為應該要成立一個更理想、更有效率的聯盟組織。

閣下、各位女士先生、我親愛的美國同胞：

我非常感謝羅威爾校長讓我有機會能向如此優秀的聽眾分享我的看法。羅威爾校長和我是多年好友，也同是共和黨人。他是我的母校校長，而這所頂尖大學是美國境內最重要也最具影響力的機構之一。同時，羅威爾校長本身，除了是非常傑出的學生之外，也是優秀的政治和政府歷史學家。此時此刻，在各位面前，他和我也許在處理這一大議題的方法上意見紛歧，但我確信，在維持世界和平和美國人民的福祉上，我們的目標絕對是一致的。

承蒙各位允許，對於我本人的立場，我只有一個字要說。我曾經一而再、再而三地陳述我的論點，也認爲我使用的語言相當淺白，但是卻遭有心人刻意曲解，挑起爭議，導致有些傑出優秀之士，也許因爲沒有親自聽到我所談論的原始內容，就此誤解了我的意見。有人說，我反對有關國際聯盟的一切。我並不反對，事實上，差得遠了。

我非常渴望能看到世界上各個自由國家，一起成立我們所謂的聯盟，或是如法國人所說的協會，無論如何，大家聯合起來，盡其所能的確保全世界未來的和平，並達到全體解除武裝的目標。

無論在此之前，你反對演說者的立場有多堅決，這樣的開場白都會讓你態度軟化，對他心生認同，不是嗎？這難道不會讓你想聽他多說一點嗎？難道不會讓你更願意相信演說者的確大公無私嗎？

要是今天參議員洛奇的手法，是一開場就劈頭數落那些相信國際聯盟的聽眾，指出他們小心呵護著一個幻影，簡直錯到無藥可救，那麼結果又會是如何呢？結果絕對是達不到他想要的效果。以下摘選自詹姆斯·哈維·羅賓森教授極具啟發性且大受好評的著作《思想的來源》，這段引言可以幫助我們從心理學的角度，來了解為什麼這樣的攻擊性言語無法達成效果：

我們偶爾也會在不經抵抗而且沒有什麼情緒波動的情況下改變想法，但是，如果有人說我們的想法是錯的，我們反而會因爲怨恨自己受責難，而更加堅持立場。我們平常對自己的理念總是漫不經心，但是，一旦有人想說服我們放棄時，心頭便會湧起一股不理性的激情。很明顯地，我們在乎的不是理念本身，而是我們的自尊受到了威脅……這小小一個「我的」，便是所有和人相關的事務中最重要的一環，只要正確的認知到這一點，便是智慧的開端。不管是在「我的」晚餐、「我的」狗、「我的」房子，或是「我的」信仰、「我的」國家、「我的」神，這個詞都具有相同的效力。我們不只痛恨別人說我們的錶不準、我們的車子太破舊這類責難，同時也無法忍受我們所相信的火星運河[1]、水楊酸的醫學價值，或是薩爾貢一世[2]在位的日期等想法必須受到檢驗……我們比較傾向於繼續相信我們一直認定的事實，而當這些想法遭受他人質疑，其引起的憤恨之情，就會導致我們竭盡所能地利用各種藉口來堅持自己的信念。結果就是，我們所謂的理性探討，常常僅是努力挖掘所有能讓我們繼續相信同一信念的論點罷了。

最好的論點就是解釋

難道還不夠明顯嗎？試圖和聽眾辯論的講者，只會加倍激起聽眾的頑固心態，讓他們處於防衛狀態，如此一來，要讓他們改變心意幾乎是不可能的。一開場就說「我要向你們證明這個那個」，難道真是明智之舉嗎？難道聽眾不會把你的話當作一種挑戰，然後在心裡說「我就要看看你有什麼能耐」。

在開頭時先強調你和聽眾雙方都相信的事，然後再提出一些大家都會想知道答案的問題，不是更有利的做法嗎？接著，你便可以帶著聽眾和你一起認真地探索解答。在探索的過程中，你只要清楚地陳述你的事實，聽眾就會不自覺地接受你的說法，並將你的結論據為己有。聽眾對於他們認為是自己所得出的結論，會更加有信心。「看起來像是單純做說明和解釋的論述，就是最好的論述。」

無論意見紛歧多麼大，對立多麼嚴重，任何爭議的雙方都一定有其共通點：就是講者可以切入的方向，帶領所有人從這裡出發，去探索講者設定好的事實。舉例來說：即使是共產黨主席對美國銀行家協會進行演講，他也一定能找到雙方共同的信念，找到能和聽眾共享的相似渴望。不相信嗎？讓我們來看看：

> 貧窮一直都是人類社會中最殘酷的問題。身爲美國人，我們對於減輕他人的苦難，無論何時何地，總是當仁不讓。美國是個慷慨的國度。歷史上從

1 在十九世紀末和二十世紀初，人們錯誤地認為火星上存在「運河」。

2 薩爾貢一世（西元前二三五四年—西元前二二七九年），是古代阿卡德王國的開創者，是世界上第一個建立常備軍的君主，是美索不達米亞兩河流域最早的統一者。

來沒有一個國家像我們一樣無私，對於幫助弱者總是慷慨解囊。現在，抱著和我們過去大方付出的同等慷慨、無私的精神，讓我們一起來檢視工業化時代的生活，看看我們是否能找到公平、公正且能爲所有人接受的方法，來幫助我們免除或減輕貧窮之惡。

誰能拒絕這個論點呢？不太可能有人能否定。我們現在所說的，和第五章中大肆宣揚的力量、活力、熱忱有什麼相牴觸的地方嗎？不太可能。做事要適時，而演說的開場往往不需要太大的力道，此時所需的是圓融。

派屈克・亨利如何展開他熱血沸騰的演說

全美國任何一個小學生都對一七七五年美國開國元勳派屈克・亨利在維吉尼亞議會演說時情緒澎湃的結尾非常熟悉：「不自由，毋寧死。」但卻只有極少數人知道亨利在該次演說中，是以相對冷靜、圓融的手法，展開這場熱血沸騰、情緒激昂的歷史性演說。美洲殖民地該不該追求獨立，並向英國宣戰呢？這是當時眾人激烈辯論的主題，且雙方的激情都有如白熱化的烈焰燃燒；然而，亨利卻以讚美和頌揚對手的才能和愛國心來展開這場演說。請注意看，在第二段的演說中，他如何以不斷地提問，來促使聽眾和他一同思考，並得到各自的結論：

主席先生：沒有人比我更崇拜剛才上臺發言的諸位先進的愛國情操和才能。但是，不同人往往會從不同角度切入同一主題，因此，希望各位先進不要覺得冒犯，如承蒙各位允許，讓我扮演一個抱持相反意見的角色，並以此來娛樂大家，那我將盡情提出我的想法，將其毫無保留地與各位分享。現在不是講究禮節的時刻，議會現在所面臨的問題，是國家空前的苦難。對我來說，我拉高層級，將之定調爲自由或受奴役的問題，而面對這樣大的問題，需要拿出與之相符的辯論之自由。而且唯有如此，我們才能獲得眞理，並確實盡到我們對上帝及母國的重責大任。在這樣的關鍵時刻，若我因爲害怕冒犯他人而噤聲，我認爲與叛國罪無異，也等同於對上天不忠，而全能的上帝是我在世上最敬畏的存在。

主席先生，人類的天性就是容易陷入希望的幻象之中。我們選擇在難以忍受的事實前閉上雙眼，並聽著海妖的美妙歌聲，直到我們被海妖施法變成猛獸。這是正在艱困中爲自由而戰的智者所扮演的角色嗎？我們難道自甘墮落，要遮住雙眼，摀住雙耳，對那些與我們來生的救贖息息相關的事物視而不見、充耳不聞嗎？對我來說，無論會對我的靈魂帶來多大苦難，我都願意去了解一切眞相，去了解最糟的情況，並想辦法伸出援手。

莎士比亞最出色的演說稿

莎士比亞曾為其筆下人物所撰寫的演說稿中，最著名的一場——馬克安東尼在凱撒的葬禮上所發表的演說——就是極盡圓融的經典範例。

事情是這樣的。凱撒成了獨裁統治者，因此很自然地，他一大票的政敵不免感到醋意大發，等不及要把他拉下臺、鬥倒他，把他手上的權力據為己有。在布魯圖斯和卡西烏斯的領導下，一共有二十三人參與共謀，以匕首刺殺凱撒……馬克安東尼是凱撒主政時的國務大臣，他是個英俊的年輕人，文筆出眾的作家，更是辯才無礙的演說家。他在公開場合代表政府發言總是可圈可點，凱撒將其視為左右手，也是其來有自。而在凱撒殞落之後，這些謀反者又對馬克安東尼有什麼安排呢？免去他的職位？殺了他？已經流了太多血，謀反者的目的也已經達到了，那麼，何不將安東尼拉攏到自己的陣營？何不好好利用他的影響力、他令人動容的口才來庇護自己，甚至更進一步取得更多利益？聽起來是很安全又合理的做法，因此他們便試著這麼做。他們接見了他，並同意他在這個戰功彪炳、只差沒有統治世界的男人的葬禮上「說幾句話」。

安東尼走上羅馬廣場的演說臺，被刺殺身亡的凱撒遺體躺在他面前，一群和布魯圖斯及卡西烏斯等一幫謀反者友好的暴徒對著安東尼發出喧囂的威脅，而安東尼的目標，是要將這番激昂的情緒，轉成激烈的恨意，要煽動平民百姓發動叛變，殺了那些刺殺凱撒的叛徒。他舉起雙手，群眾的喧譁停了下來，他開始說話。請注意看，他多麼靈活巧妙地以頌揚布魯圖斯等人開場：

因為布魯圖斯是個高尚的人；因此他們全部，也都是高尚之人。

請注意，他並沒有和聽眾辯論，而是慢慢地、偷偷地列出有關凱撒的幾項事實，回顧當初凱撒靠四處出征、俘虜人質、索求的贖金填滿了共和國的國庫，回想凱撒如何苦民所苦、如何拒絕稱帝、如何用盡心力為人民捍衛共和。他陳述了事實，向臺下的暴徒提問，讓他們自己做結論。相關證據一一浮現，但卻不是新聞，只是眾人一時忘記的舊事罷了：

我只是陳述一些你們早已清楚的事實。

靠著巧舌如簧，他成功鼓動了百姓的情感，煽動了大眾的情緒，激發了人民的同情心，在其怒火之上添材提油。安東尼的圓滑和辯才無礙的本事在此展露無遺。任你在任何文學或演說的領域裡探尋，能與這場演說相提並論的，我保證，就是打著燈籠也找不到半打。這場演說，值得任何意欲在影響人性的藝術中精益求精之人，進行仔細的探究。除此之外，我認為商務人士都應該一再反覆閱讀莎士比亞的原因還有一個，那就是因為莎士比亞作品中的字彙量之大，史上難有作家能出其右，他的用字遣詞特別有魔力，特別美。讀了馬克白、哈姆雷特、凱撒大帝，人人都會不自覺地在措詞用語上變得更靈巧、更廣博、更精緻。

小結

① 從共通點起頭，讓大家從一開始就同意你說的話。

② 你選擇的論述方式不能讓聽眾一開始就有「不、不對」的反應。一旦人說了「不」，他的自尊心就會迫使他堅持下去。「我們要是能在一開始就取得先機，盡可能獲得『是』的回答，就愈有可能成功地吸引聽眾對我們最終提案的接受度。」

③ 不要一開場就說我要來證明這個或是證明那個，這很容易引起對立。聽眾可能會想說，「我就要看看你有什麼能耐。」先提出一些相關的提問，讓聽眾跟著你一起找答案……「看起來像是單純做說明和解釋的論述，就是最好的論述。」

④ 莎士比亞曾寫過的最著名的演說，就是馬克安東尼在凱撒的葬禮上所發表的演說。這是非常圓融的經典範例。羅馬人民和密謀刺殺凱撒的叛徒非常友好，而馬克安東尼的演說則巧妙的將這股友好之情，一下轉變成熊熊怒火。而且，整場演說沒有任何論述，他只不過是逐一陳述事實，讓聽眾自己下定論。

發聲練習——靈活的嘴唇

因為緊張而肌肉緊繃，是新手演說者最常碰到的問題，尤其是在每次演講一開始的時候。此外，緊張情緒最常見的表現方式就是喉嚨肌肉緊繃，以及下巴和雙唇僵硬。在前幾章的練習中，我們已經討論過了放鬆喉嚨和下巴的方式，現在，讓我們將目光轉向僵硬、不靈活的嘴唇——這是缺點，也是累贅。嘴唇應該要能自由、靈活地活動，以幫助你塑造清晰而優美的音調。只要你願意付出心力，勤加練習，就可以讓音調變得更吸引人、更具說服力。我們能做的只有幫忙開藥方，確實配合吃藥治療還是得靠你自己。

用英文「no man」這句話來練習嘴唇的靈度度。當你說「no」的時候，將嘴唇形成一個圓並且稍稍地嘟起來。接下來，再說「man」這個字，說的時候，把嘴唇盡可能地往左右兩邊拉回來；盡量誇大動作，把嘴唇變成咧嘴笑的樣子；想像一下，你正在為牙膏廣告中看到的那種微笑擺姿勢。現在一遍又一遍地快速說：no man、no man、no man、no man……

複習：

1.下巴放鬆，讓下巴像失重一般垂掛在頭的下方。深吸一口氣，像是要把空氣直接吞進肚子裡一般，然後輕輕地、不要用力，哼出「啊」的音來。

2.再深呼吸一次，然後大幅度揮動雙手並且說：「我很放鬆，我的下巴很放鬆，我的喉嚨打開了，而且沒有一處肌肉是緊繃的。」

3.深吸一口氣，然後，運用到我們目前為止所學到的有關腹式呼吸、放鬆、呼吸控制等技巧，在一口氣之內依序數數，看能數到多少。記得要用橫膈膜去控制送氣，這是唯一可以控制送氣而不影響聲音的方式。

4.用假音（見第七章發聲練習）覆述以下引自伊莉莎白．巴雷特．白朗寧的詞句。雖然用的是聽起來很荒謬的假音，但請你試圖在朗誦時放入感情，試想一下這位著名詩人在寫下這些詞語時的心情。請不斷重複朗誦，直到你認為自己已經完全掌握其意涵為止。

一切都不渺小！
埋首百合的夏日蜂鳴無不和閃爍的星光相互輝映；
腳下的鵝卵石無不自成一個星球；

眼前的蒼頭燕雀無不揭示了智天使的存在。
地球無處不是天堂，
每一叢尋常灌木都有神蹟，
只有看透一切的人選擇赤腳而行。

第十一章

如何結束演講

在即席演講時，由於現場情況的要求，使內容有所變更，或是中途被打斷，或發生了意外的情況，也或許為適應聽眾的口味，演說者應準備二至三個演講結尾以備不時之需。
在各種各樣的演講結尾中，幽默和詩歌更受歡迎。事實上，如果你能找到合適的詩句作為結尾，那是再理想不過了。它會讓你的演講充滿特色、高雅、個性以及美感。

你知道演講中的哪一部分最能反映演說者的程度嗎？是開場白部分與結尾部分。劇院裡有一句關於演員的老話：「透過他們的出場和退場，你便可以了解演員的水準了。」

的確如此，幾乎在所有活動中，開頭與結尾都是最難處理的。例如，在重大的社會活動中，開始與結束不都是力求宏偉嗎？在商業會晤中，最難做到的不是營造成功開始的氛圍和圓滿結束的場面嗎？

在演講中，結尾也是相當重要的一個環節，因為演說者的結束語將會長久地留在聽眾的心裡。然而，演講初學者很少會意識到這一環節的重要性，他們的演講結尾仍需要加強。

那麼，演講新手通常會犯哪些錯誤呢？讓我們試著分析並找出相應的對策。

首先，有的演說者會在結尾說：「這就是我要說的，我想我該停下來了。」這不能算是一個結尾，而是一個錯誤，這恰恰反映了一個新手的不成熟，是不可原諒的錯誤。其實，要是你要說的內容已全部說完，為何不馬上結束演講而坐回原位呢？其實，這樣的舉動已使聽眾知曉你的演講結束了。

其次，有些演說者雖然知道自己的觀點已陳述完，但卻又不知該如何中止。幽默作家喬許·比林斯建議人們如果要使牛停下來，不是去抓牛角，而是要拽牛尾巴，因為這樣會更容易。然而，那些演說者就像是抓著牛角的人，雖然費了九牛二虎之力，但總不能奏效。於是只得原地轉圈，給聽眾留下了極不好的印象……

對此，我們該採取什麼對策呢？毫無疑問，我們要對演講結尾進行精心準備。那麼，是在演講中時刻小心翼翼地注意自己措詞的緊張過程中準備呢？還是在演講前就備好萬全之策呢？

其實，即使是出色的演說家，雖然他們已具備了高超的語言技巧，但他們也會把結尾一字不漏地寫下來並熟記於心上。

如果初學者能像這些出色的演說家那樣，那麼他們在演講結尾就不會感到遺憾。但為了確保萬無一失，初學者應明確知道自己結尾要說的話，並進行多次練習。當然，這並不是要求每次練習的措詞完全一致，但至少要保持意思的準確、完整。

在即席演講時，為了因應現場情況，有時必須更動演講內容，或是中斷、適度刪減，以適應聽眾的需求。因此，演說者應準備二至三個演講結尾以備不時之需。然而，有些演說者並未真正做過一次完整的演講。在演講的過程中，他們語無倫次，不知所云，就像一臺快要耗盡燃油的機器，經過一番掙扎後，只好草草收場。因此，像機器需要更多的燃油一樣，這些演說者需要更充分的準備和更勤奮的練習。

還有許多演講初學者結束演講過於突然，不夠流暢和幹練。更確切地說，他們並沒有真正結束演講，只是突然停了下來，給人突兀感，顯得很不專業。這就好似朋友在談話中突然停止說話，然後不告而別一樣。

林肯在第一次就職演說的草稿中，就犯了同樣的錯誤，沒有真正的結尾。當時，意見分歧和憎恨情緒占據了人們的心中，幾星期後，血雨腥風就要降臨到這個國度。林肯要向美國南部各州所做的演講以這樣的內容做結尾：

充滿怒氣的朋友們，是否發動內戰不是掌握在我們手中，而是由你們來決定。只要你們不侵略我們，我們是不會向你們發動進攻。我們具有最高的權力來維護、保護、捍衛我們的國家，而你們是沒有權利來破壞這一政府的。你們可以把戰爭的災難強加於她，但在維護她的戰爭中我們決不會退縮。現在是由你們而不是我們來決定「是戰爭還是和平」了。

林肯把這份演說稿交給了國務卿西華德。西華德在閱讀草稿後，恰如其分地指出了草稿結尾部分過於草率、唐突和具有挑釁性。於是，西華德自己動手寫了兩個結尾，林肯採用了其中的一個，並稍微做了修改，把它替代了原草稿的最後一段。這樣一來，林肯的首次就職演說不再充滿唐突與挑釁性，取而代之的是無比友好、至純至美的詩一般的語言。

我必須結束我的演說了。但我要衷心地說，我們不是敵人，而是朋友，我們絕不能成爲敵人。雖然我們的熱情有所消滅，但我們之間的血肉之情是無法被割捨的。今天，這一歷史時刻的神聖呼聲正響徹每一個戰場、每一個烈士的墳墓，以及生活在這一偉大國度裡的每一户人家。明天，在美國人民美德的指引下，這種團結和睦將會爲我們再次所擁有。

對於初學者而言，怎樣才能找到結束演講的正確感覺呢？這有技巧嗎？當然沒有，就如文化，由於它微妙複雜，很難有掌握它的固定方法。因此，演說者要靠感覺，可說是一種直覺，而這就要演說者熟練而機敏地演講才能獲得。然而，這些感覺又是可以培養的。透過研究一些成功演說者的方法，我們可以從中獲得一定的經驗。以下節選的是前威爾斯王子，在多倫多的帝國俱樂部所做演講的結尾部分，供大家參考：

先生們，恐怕我今天的演説離題太遠了，因爲我講了太多關於自己的事情。但我想説的是，這是我到加拿大以來面對最多聽眾的演講，我深感責任重大。我可以向大家保證，我會極盡全力，不辜負大家對我的信任與期望。

對於這段話，任何人都能聽出演講已結束了。因為它並沒有給人丟三落四、欲言又止的感覺，而是圓圓滿滿地結束了。

知名牧師哈利．愛默生．福斯迪克博士，在日內瓦聖彼得大教堂舉行的第六次國際聯盟會議的開幕式之後的那個星期天，做了題為〈收刀入鞘吧！凡動刀的，必死在刀下〉的演講。以下是該演講的結尾部分，那文筆是多麼的優美、高尚、有力。

我們是無法使耶穌基督與戰爭協調一致的——這就是問題的本質所在。這也是具有良知的基督徒所要面對的挑戰。對人類而言，戰爭其實是最大的毀滅性社會罪惡，它是一種徹底的、無可挽回的野蠻行徑。它的方式與結果並非天主之意，它完全背棄基督教義。我們熱切地盼望基督教的神聖殿堂重拾其偉大之精神，並使之發揚光大，重築一道防線與異教徒作不屈不撓的爭戰，不再逃避自己的責任並招撫好戰的國家，堅定地把上帝賦予人類的自由置於國家主義之上。這並不是對愛國主義的否定，而是對崇高的愛國主義的發揚。

今天在這裡，作爲一名美國人和基督徒，洋溢在這歡樂祥和的氛圍中，我不能代表政府發言，但我要代表我的同胞們重述，我們熱切盼望著基督教會擔起神聖的使命，這是我們所崇拜、嚮往、確信它定會成功的使命。我們從事不同的工作，也是爲了這一使命，讓世界安享太平。這就是我們努力奮鬥的最終目標。任何對之的篡改都將是人類的一場巨大災難。就如萬有引力在物理學中的地位一樣，上帝的旨意也是不變的：擁有軍權的人要愼用自己的權力。

然而，如果這段結束語缺乏莊嚴的語調和風琴般的音調來表達，那麼它就不能算是完美了。已故的牛津大學校長、凱德爾斯頓的寇松侯爵，曾稱讚這段林肯第二次就職演說摘選為「人類的榮譽與財富……是人類演說史上最純正、璀璨的寶物」：

一直以來，我們都天眞地期盼著這場巨大的戰爭災難能早日結束。然而，上帝則認爲：只要已存在二百五十年的農奴制仍延續，只要窮苦大眾的血汗仍被榨取，那麼，我們的願望就不能實現。這就如三千年前《聖經》中所說：「我們仍要稱頌上帝的判決是公允合理的。」

胸懷慈善的愛、憐憫的心、堅定的信念以及上帝賦予我們的權利，讓我們奮鬥在我們的事業上，癒合我們的傷口，關愛飽經戰爭磨難的人們。總之，爲了全人類的和平，我們甘願付出一切。

我可以這樣說，以上這一出自於凡人之口的結束語，是你讀過的最好的一篇……我的想法對嗎？要是你不認同，在眾多的演講中，你能找到另外一個更富人性、更動人、更有感染力的結尾嗎？

威廉·巴頓在《林肯的一生》中評述說：「蓋茨堡演講雖然很卓越，然而此演講比蓋茨堡演講更為甚之……這是林肯眾多演講中最為出色的一個，它標誌著亞伯拉罕·林肯的智慧與精神，已達到了最高的境界。」

政治家卡爾．舒爾茨也曾寫道：「這段演講就像一首鄭重、莊嚴的詩歌，在此之前，並沒有哪一位總統向民眾發表如此精彩的演講，也沒有哪一位總統的演講是如此深刻，深入民心。」

然而，你並不需要像美國總統或加拿大、澳大利亞的總理那樣發表流芳百世的演講，你的問題在於如何在一群社會工作者面前結束演講。那麼，你如何著手呢？讓我們共同探討一下，看看能否得出一些有用的建議。

總結演講要點

即使是三、五分鐘的演講，演說者也要注意在結尾總結一下演講的要點，因為聽眾仍會不太清楚演講的主要內容。只有極少數演說者會注意到這一點，因為他們誤認為自己對內容一清二楚，那麼聽眾也理應如此，但其實不然。演說者已對他的內容深思熟慮了，而對聽眾來說，這些要點是那麼陌生、新奇，它們就像一把子彈射向了聽眾，有的人會意識到某些東西，但大部分會在困惑中淡然逝去。就像《奧賽羅》中反派人物伊阿苟，「迷迷糊糊知道一大堆東西，但什麼都不確切、不清楚」。

有位不知名的愛爾蘭政治家對演講提出了自己的看法：「首先告訴聽眾你打算講的內容，然後開始演講，最後再重述一下你演講的主要觀點。」要知道，這個辦法頗有可取之處，而且實際上，「重述自己演講的內容」是很明智的做法。當然，總結時要簡潔、迅速，重述一下綱要就可以了。

下列引文是一個很好的範例，演說者是芝加哥鐵路運營公司的經理。

總而言之，先生們，這種制動裝置在我們的部門用過，在東、西、北部的鐵路支線上也用過。由於在操作中運用了完美的操作原理和方法，一年來，我們避免了多起事故，挽回了大量的經濟損失。這一切深深地震撼了我，促使我急切推薦南部鐵路支線也安裝這種制動裝置。

閱讀了這段演說，你就可以對整篇演講的內容一覽無餘，因為演說者把整篇文章的內容都濃縮到這幾句話中。

現在，你感受到總結的有效性了嗎？要是那樣的話，不妨去掌握一下這一技巧吧。

呼籲採取行動

以上引用的演講結尾也是一個呼籲採取行動的精彩例子。那位演說者想推動某種行動：在南部鐵路支線上安裝一種制動裝置。為了說服聽眾，演說者列舉了採取措施後將能避免事故的發生和經濟損失的例證。其實，這並不僅僅是應用性內容的演講，而且它是在鐵路公司的董事會上所做的。最終，演說者呼籲安裝制動裝置的要求，得到了圓滿的實施。

第十五章將詳細討論發言者在採取行動時所面臨的問題，以及如何解決這些問題。

簡潔誠摯的讚美

偉大的賓夕法尼亞州應站在邁向新征程的最前沿。賓夕法尼亞擁有無比強大的鋼鐵業，孕育了當今世界最大的鐵路運輸公司，而且是全美第三大農業產地——她是我們商業大廈的基石。她的前景將會更加宏偉，她的領航機遇將更光輝燦爛。

查理斯．施瓦布把這段文字做為在紐約的賓夕法尼亞協會聚會上演講的結束部分，這段文字讓聽眾們沉浸在歡樂、幸福、樂觀的氛圍之中。毫無疑問，這是一個值得讚歎的結尾；但演說者演講時必須充滿真誠，而不是誇大地奉承才能取得完美的效果。然而，一旦這一結尾方式失敗，那麼它就是徹底的慘敗，到時聽眾將一無所獲。

幽默結尾

劇作家喬治．科漢說過：「當你結束演講時，你應讓聽眾繼續笑個不停。」如果你有這樣的能力，也有這樣的材料，那你已萬事俱備。那麼應該如何做呢？就如哈姆雷特所說的，這是一個值得思考的問題，而每一位演說者都應有各自的方式。

沒有人會預料到勞合．喬治對約翰．衛斯理的墓碑這一無比莊重的主題發表演說時，會逗得在場的衛理公會派教徒笑得前仰後合。但他真的以無與倫比的智慧做到了，而且那結尾是如此的優美流暢：

我很高興能夠看到大家著手修理約翰．衛斯理的墳墓，你們的義舉是會得到尊重的。衛斯理先生特別喜愛整潔，我清楚地記得他說過：「作為一個衛理公會派教徒不應該以衣衫襤褸示人。」因此，我們到目前仍未見過一個衣衫襤褸的衛理公會派教徒（笑聲）。因此，如果我們對這墳墓不做任何修理，那麼，這就是對衛斯理的極其不尊重。大家還記得，一次，衛斯理先生路過德貝郡的一位女孩家時，那女孩跑到門口喊道：「衛斯理先生，願上帝保佑您！」衛斯理回答道：「年輕女孩，如果妳的臉和圍裙再乾淨點，那麼妳的祝福將會更加珍貴。」（笑聲）這就是他對不整潔的態度。因此，為了讓他在天堂中俯視其墓時不再受到傷害，我們要好好維護它，讓它保持整潔。它是一個值得紀念的、聖潔的神龕，修理它是我們的義務（掌聲）。

運用詩歌形式的結尾

在各種各樣的演講結尾中，幽默和詩歌更受歡迎。事實上，如果你能在結尾能找到合適的韻腳，那麼這樣的結尾就再理想不過了。它會讓你的演講充滿特色、高雅、個性，以及美感。

扶輪社成員哈利．勞德在愛丁堡年會上對美國扶輪成員代表團做了演講，以下是他的演講結尾：

當你們回家後，其中一些人會給我寄來明信片。如果你寄給我，我也會寄給你一張。你會很容易識別出我寄的那張明信片，因爲上面沒有貼郵票（笑聲）。但是我會在上面寫這樣的話：

一年四季交替變更，
你知道，世界萬物生息不停，
然而有一件事是亙古不變的，
那就是我對你的深深愛戀。

這首小詩既符合了哈利．勞德的個性，又貼切他的演講內容，因此這可謂是點睛之筆。但如果是一些嚴肅、刻板的扶輪社成員在演講時也採用這個結尾，那麼就會顯得荒謬可笑。隨著教授公開演說的時間增長，我愈來愈清晰而且強烈地感受到：沒有一條通用的方法能應用到所有不同的演講場合中去。因為，這要根據演講的主題、時間、地點，以及演說者等因素而定。就如聖保羅所說的，每一個演說者都必須「找到自己的方法」。

一次，我參加了為某個來自紐約的專業人士舉行的惜別晚會。席間許多人輪流發表演說，抒發了自己對這位專業人士的讚美之情，並祝願他在新的領域取得成功。雖然有很多人發言，但只有一篇演講令人難以忘懷。那是因為那篇演講運用了詩歌來結尾，那演說者徑直走到要離開的專業人士面前，深情地說道：「現在，我們將要分離了，我們祝你好運！」

正如東方人那樣，我手捧心窩，心潮澎湃；
願眞主安拉賜予的平安與你同在。
無論你來自哪裡，又走向何方，
願眞主安拉的美麗手掌護著你。
日夜的辛勞令人難忘，
願眞主安拉的愛在你心頭蕩漾。
正如東方人那樣，我手捧心窩，心潮澎湃；

願真主安拉賜予的平安與你同在。

布魯克林的L. A. D.汽車公司的副總裁亞伯特曾對其員工發表關於「忠誠與合作」的演講。在演講結尾部分，他引用了吉卜林的《叢林之書》的一段韻文：

這就是森林王國的規律——遠久且眞實，就如藍天一樣；
生活在其中的狼群能遵守這一規律就能興旺，否則就會導致滅亡。
就如藤條永遠纏繞樹幹，森林王國的規律也會源遠流長——
因爲獵犬和野狼的爭鬥永無休止，永不相讓。

如果你想在演講中引用一段詩文，那麼你可以到所在城鎮的圖書館，並告訴圖書管理員你的需要，他就會幫你找出一些有用的參考書。

引用聖言

如果你能引用一段《聖經》來支持你的演講，那是再好不過了，因為一段精選的聖言會有令聽眾印象深刻的效果。著名的金融家弗蘭克·范德里普對美國的同盟債務國發表演講時，也是用這種方法做演講結尾的：

如果我們堅持信中的要求，那麼這些要求很可能無法實現。如果我們自私自利地堅持，那麼我們只會招惹仇恨，而不是獲得金錢。如果我們寬宏大量，明智地慷慨大方，那麼我們的要求最終會實現，而且收穫會超出最初所願。「凡要救自己生命的，必喪掉生命；凡爲我和福音喪掉生命的，必救了生命。」

推向更高境界

在結尾把演講推向更高境界是很受歡迎的做法，然而這種方法並不容易操作，而且也不適合所有的演說者或演講主題。不過，這方法一旦運用成功了，就會精彩無比。透過一句話一句話地遞進，演講也會一層一層地推向更高境界。本書第三章中關於費城的那篇獲獎的演講，就是運用這一方法很好的例子。

林肯曾以此方法為結尾做了一次關於尼加拉大瀑布的演講。在閱讀中請注意他是如何把尼加拉大瀑布的歷史與哥倫布、耶穌、摩西、亞當等存在的歷史相比較的，而且他的這些比較是如何一浪高過一浪，層層遞進的。

尼加拉大瀑布喚醒了沉睡的歷史。當哥倫布首次發現這一美洲大陸，當耶穌在十字架上飽受折磨，當摩西帶領猶太民族穿越紅海，甚至當人類的祖先亞當誕生的時候，尼加拉早已像現在那樣奔騰不息了。就像我們現在所目睹的那樣，那些早已埋在我們腳下的物種也目睹了它的風采。從遠古到現在，今天的尼加拉仍像數萬年前那樣壯美。雖然許多物種已消失，但它們的靈魂仍在凝視著尼加拉，這就是尼加拉的風采，它從未停息、從未乾涸、從未冰凍、從未睡去、從未休止。

改革家溫德爾．菲利普斯在做關於海地國父杜桑．盧維杜爾的演講時，也使用了相同的技巧。以下是結尾部分的節選，這個節選經常在許多公開演說中被引用。雖然在這個重視實用的年代裡，它的詞藻顯得過於華麗，但卻充滿活力、生動有趣。這篇講稿是在半個多世紀前寫的，講稿中溫德爾．菲利普斯評價廢奴主義者約翰．布朗和杜桑．盧維杜爾的歷史價值時，預言「五十年後，他們的真知灼見才可能被世人所認識」。這種語言不是很荒謬嗎？其實，預言歷史就如同預測明年股票市場或油價一樣困難。

我本想稱他為拿破崙，但拿破崙背棄誓言，建立了法蘭西第一帝國，並使世界血流成河。然而，我們今天講述的這個人是以「絕不報復」為座右銘和生活準則的。在彌留之際，他用法語對其兒子說：「孩子，當你有一天重返聖多明哥時，不要記恨法國謀害了你的父親。」我想稱他為克倫威爾，但克倫威爾只是一名鬥士，他所建立的國家與他一起走進了墳墓；我想稱他為華盛頓，但他卻容許維吉尼亞州保留著農奴制。但我們今天講述的這個人寧願廢棄國度，也不允許在最貧窮的村莊裡有農奴制的存在。

也許你們會認為我今晚的看法有些狂熱，但我要說，你們並沒有獨立自主地看歷史，而是帶著一定的偏見。五十年後，這些眞理將會被認可。那時，繆斯女神將會把福基翁賜給希臘，把布魯特斯賜給羅馬，把漢普登賜給英國，把拉法葉賜給法國，把華盛頓視為近代文明的一朵奇葩，把廢奴主義者約翰．布朗視為如日中天的豐碩果實。然後，她用蘸滿陽光之筆，在這些名字上寫下那位鬥士、政治家、烈士的英名——杜桑．盧維杜爾。

適時結束演講

我們要反覆鍾鍊、修改演講的開場和結尾，一旦達到滿意的效果，就要把它們完美地結合起來。現在的演說者如果不能適應快節奏的時代旋律，那麼，他們的演講就會令人反感，至少是不受歡迎。

在這方面，大數的掃羅所鑄成的錯誤是無人能比的。一次，他滔滔不絕地演講個不停，大家都無法忍受。其中一個叫猶推古的年輕人起身離開回房間睡覺，但他不小心從窗戶上摔下來一件東西，差點打斷了掃羅的脖子。可是，即使這樣，掃羅仍不肯結束演講。我們是否遇到過類似的情形呢？我曾記得有一次，在布魯克林的大學俱樂部舉行了一次宴會。那宴會延續了很長時間，許多人在席間都發表了演說。凌晨兩點時，輪到一位博士先生講話。要是他夠敏感、有洞察力，他就應該只說寥寥數語，好讓大家早點回家休息。那麼，事實如何呢？非常遺憾，他並沒有那樣做。他做了長達四十五分鐘關於動物解剖實驗的長篇大論。其實，早在他演講未到一半時，聽眾就已經受不了了，他們多麼希望有人像猶推古那樣，也失手從窗戶上掉下什麼東西，以早些結束這場演講。

洛里默先生在擔任《星期六晚間郵報》的編輯時曾告訴我：當郵報上的連載文章令人意猶未盡時，他就會停止這些文章的刊載。「為什麼要停止刊載呢？」「而且為什麼要選在那個時機呢？」洛里默先生這樣說：「因為人們最為青睞的時刻，標誌著厭惡膩煩的心理即將到來。」這樣的道理對演講同樣適用，因此當聽眾仍是興致高漲的時候，你的演講應該要結束了。

基督耶穌曾做過的最偉大的演講《登山寶訓》只用了五分鐘，林肯的〈蓋茨堡演說〉只有十句話，人們在閱讀《人類起源》的整個故事所用的時間，比閱讀早報上的社會新聞要少得多……因此，演講時一定要精簡，精練！

尼亞薩市阿克迪肯鎮的詹森博士，曾寫了一本關於非洲原始人類的書。為了寫這本書，他曾與這些人共同生活了四十九年之久，積累了第一手資料。在書中，他提到如果演說者在村落會議上占用太多時間，那麼，聽眾就會大喊「夠了！」「夠了！」

據說，在另一個部落裡，演說者的演講時間只有單腳能站立的時間。他抬起的腳一旦碰著地，他的演講就得結束。而對於普通聽眾而言，雖然他們會更禮貌，更有涵養，但他們不喜歡長篇大論。

因此，要從別人的失敗中吸取教訓，不斷提升自己的演說水準。

小結

① 演講的結尾是最具戲劇色彩的，因為最後的部分才是聽眾記得最長久的。

② 在演講結尾時，千萬不要把「結束」二字說出來。

③ 要精心準備演講結尾，然後反覆練習，明確知道自己結尾要說的話。要圓滿地結束演講，不要突然停止或丟三落四。

④ 七種有效的結尾方法：

1. 總結演講要點
2. 呼籲採取行動
3. 簡潔誠摯的讚美
4. 幽默結尾
5. 運用詩歌形式的結尾
6. 引用聖言
7. 推向更高境界

⑤ 把好的開場和結尾完美地結合起來，注意適時地結束演講，謹記：「人們最為青睞的時刻，標誌著厭惡膩煩的心理即將到來。」

發聲練習——訓練共鳴

發出優美聲調的三大原則，是呼吸控制、放鬆，以及共鳴。我們已經談過了前兩項原則，現在讓我們來聊聊第三項：共鳴。什麼東西能放大或美化收音機和留聲機的聲音？那就是喇叭花筒，以及揚聲器。

你的身體就是聲音的共鳴板，其角色功能就像小提琴或鋼琴的琴身一樣，可以放大並美化演奏家所製造的聲音。說話時最初的聲調是由聲帶所製造出來的，但這個聲音接著反射到胸部的骨頭上，然後往上反射到臉部其他堅硬的部位如牙齒、上顎、鼻腔等。這一連串的反射，造就了聲音最重要的特質。把你的聲音想像成一個火箭，從橫膈膜發射出來之後，往上穿越黑暗而放鬆的喉嚨，然後碎裂成無數的聲音碎片，撞擊著鼻腔和頭部其他堅硬的部分。

問題不在於靠共鳴說話，因為你一直都是這樣說話的，要是沒有共鳴，你的聲音傳不過十英尺遠。我們現在的任務，是要增強你說話時的共鳴。要怎麼做？且容我引述一段非常有意思的文字，是來自傅希多和畢爾的著作《卡羅素與歌唱的藝術》中的段落。

有關哼唱做爲發聲練習的好處，已經有許多人討論過了……哼唱，若是操作得當，可以培養聲音的共鳴。大多數人哼唱的聲音，聽起來像貓叫聲，因爲他們的下巴、嘴唇、舌頭、聲帶等，都極度僵硬。事實上，就算在哼唱時，所有的發聲器官都應該像要發出優美音調時一般運作：臉部肌肉、下巴、舌頭完全放鬆，就像在休息或睡覺時一樣；嘴唇只要稍微輕輕碰在一起即可。如此一來，聲音的振動既不會因肌肉的阻擋而消失，也不會被迫穿過鼻子；相反地，你的聲音便會在鼻腔內產生共鳴，使音調更飽滿、更優美。

現在，放鬆你的舌頭、喉嚨、嘴唇和下巴，讓我們一起哼唱這首〈我的肯塔基老家〉：

陽光照耀在我的肯塔基老家，
夏日裡，青年愉悅歡笑，
玉米成熟飽滿，草地繁花盛開，
鳥兒亦終日歡樂歌唱。

年輕人在木屋中打滾笑鬧，
如此快樂、歡欣又開朗，
但好壞聚散總有時，
我的肯塔基老家啊，晚安！

（副歌）
擦乾眼淚，親愛的女士，
喔！今天起別再哭泣！
讓我們爲肯塔基老家再高歌一曲，
爲遠方的肯塔基老家歌唱。

第一次哼唱時，請將一隻手的掌心放在頭頂上，感受此處的振動。

最重要的是，在進行任何共鳴練習之前，請確保你的第一步都是利用腹式呼吸法深呼吸，並放鬆胸部，感受身體跟著空氣的吸吐而起伏。特別留心注意當你吸氣時，在臉部、鼻子、頭部所感受到的開闊感。在你開始哼歌並吐氣時，不要多想吐氣的細節，相反地，請想像你還在吸氣，持續感受頭部的開闊感，如此一來，就可以保持頭腔的開闊，以強化並增強聲音的共鳴。在整場演說中，也請記得持續培養這種吸氣的感覺。

現在，再哼唱一次這首歌，並改將手放在頭的後面，感受此處的振動。

再哼唱第三次，留意你鼻子裡的聲音。感覺一下，想像聲音往上流動進入鼻腔——就像在吸氣時的感覺。用大拇指和食指扶著眼睛下方的鼻骨處，感受一下你哼唱時，此處的振動。

為了增加練習的豐富度，讓我們換成哼唱這首〈家鄉老友〉：

在史旺尼河的下游，
遙遠之處，
是我心的永恆歸屬，
那是老友的所在之處。
走遍天涯，
我的腳步沉重，
我還是掛念著那片農地，
以及我家鄉的老友。

（副歌）

世間滿是憂傷與恐懼，

我所到之處，

喔！好友啊，我的新是如此疲憊，

家鄉老友卻在千里之外。

這一次，把注意力放在嘴唇上。把食指放在嘴唇上，感受其振動。你應該會感覺到有點癢癢的。

現在，再哼唱一次，盡可能用你最低沉的聲音哼唱。然後，將手張開，手掌心貼在胸口，感受此處的振動。

再哼唱一次，讓右手保持貼在胸口，然後將左手放在頭部和臉部的不同地方，感受一下全身的振動，這就會產生共鳴。我知道有些歌唱家，當他們哼唱時，甚至連手指頭和腳指頭都會振動。

唱歌本身就是非常棒的發聲練習，因此，讓我們運用這幾章節中所教導的發聲方式，一起大聲唱出我們剛才哼唱的兩首老歌吧。

第十二章

如何讓你的演講表達清楚

許多人之所以表達不清楚，原因是顯而易見的，他們對自己要表達的意思也模糊不清。如此晦澀不清的表達，又怎能讓聽眾聽明白呢？

那些演說者完全沒有意識到，一般大眾對他們的專業知識一無所知。因此，儘管他們滔滔不絕，滿嘴生香，但對普通聽眾而言，就如六月雨後的密蘇里河水沖上了愛荷華州和堪薩斯州新犁過的棉花田一樣，一場糊塗。

一戰期間，知名英國主教在長島厄普頓營區面對著一群目不識丁的士兵發表演說。這群士兵即將開赴前線戰場，但當被問及為何而戰時，他們絕大多數人都不太清楚。然而，這位主教卻跟他們大講特講「國際友好」、「塞爾維亞要主權獨立」之類的內容，殊不知，多半聽眾根本不清楚塞爾維亞是何事物。因此，對士兵來說，演講好像是主教在大聲地頌揚天文「星雲假說」，對他們毫無效果。然而，沒有一個士兵中途離開演講大廳，因為在大廳四周早已站滿了荷槍實彈來維持演講秩序的軍警。

在此，我並不是有意貶低這位主教。如果他面對的是一群大學生，那麼定會獲得成功；然而，面對著這群士兵，他的演講則是徹底的失敗。因為他根本不了解他的聽眾，而且他對自己演講的目的，以及應採用的表達方式也不清楚。

那麼，在此所說的演講目的意味著什麼呢？其實無論演說者是否意識到，每一個演講都有一個目的，這個目的不外乎以下四個方面：

1. 向人們闡釋什麼。
2. 讓人們銘記或相信什麼。
3. 呼籲人們行動。
4. 提供人們娛樂休閒。

下面，讓我們舉一些具體例子來加以說明。

林肯一直都對機械學很感興趣，有一次，他發明了一項裝置，能把擱淺的船隻移離障礙物，而且他也為這項裝置申請了專利。接著，他就在他的律師事務所附近的一家機械製造廠製造他的裝置模型。雖然這項工作並未取得成功，但林肯對這次探索投入了巨大的熱情，當他的朋友到他的辦公室觀看那裝置時，林肯都會不厭其煩地做詳細解說。很明顯，這些解說的目的就是向人們闡述某些東西。

當林肯在蓋茨堡發表他的不朽演說時，當他做兩次就職演說時，當他在國務卿亨利．克雷逝世後做悼念詞時——所有這些演說，林肯的講話目的就是要讓人們銘記什麼。當然，要讓人們留下深刻印象，首先要讓人們清楚知道要銘記的東西，但是在這些情況下，讓人們清楚知道什麼並不是林肯的主要意圖。

當林肯面對著陪審團侃侃而談時，他是力圖贏得有利的判決。當他進行政治演講時，他是為了獲得選票。在這些情況下，林肯的演講目的是呼籲人們做出行動。

在當選為總統的兩年前，林肯做了一次關於發明的演講，其目的在於供人們娛樂消遣，至少這是他的主要目的。但是他並沒有取得成功，因為在一個小鎮演講時，沒有一個人來捧場。這對於一個著名的演說家而言，是一次巨大的打擊。

然而，林肯在其他的演講中確實都取得了成功，這是為什麼呢?因為在那些演講中，林肯明確地知道自己的目的，知道自己如何去實現它。然而，有許多演說者正是因為沒有做到這一點，而慘遭失敗。

我曾親眼目睹一名國會議員，被聽眾的噓聲趕下紐約劇院舞臺，原因是他無意識地、不明智地把闡述問題做為他的演講目的。

當時正值戰爭時期，這位議員就向聽眾講述國家是如何備戰的。但是，聽眾們想要的不是教導，而是娛樂。出於禮貌，聽眾們還是很耐心地聽著。然而，十分鐘過去了，十五分鐘過去了，聽眾們愈來愈希望演講馬上結束，可是演說者仍繼續地絮叨著。終於，聽眾們忍不下去了，一些人開始喝倒彩，另一些人也跟著附和起來。不一會兒，成百上千的人吹起了口哨、喊叫著。而那位遲鈍的演說者雖然也意識到聽眾的煩躁情緒，但他仍艱難地堅持下去。這無疑是火上澆油，聽眾的煩躁變成了怒火，他們決定要讓演說者停止演講。於是，抗議聲愈來愈大，匯成了一股怒濤，這怒濤吞沒了演說者的發言，使他幾乎聽不清自己的話。終於，演說者被迫放棄演說，在羞辱中接受自己的失敗，黯然退下舞臺。

以上的例子啟示我們一定要明確知道自己的目的。在演講前要明智地確定好目的，並弄清達到這一目的的方法，然後巧妙地、科學地把它們貫穿到演講中。

運用比喻使意思表達清楚

對於清楚表達這點，不要低估其重要性和難度。我曾聽過一位愛爾蘭詩人做專場的詩歌朗誦會，但當時百分之九十的聽眾在絕大多數時間裡不知其所云。其實，許多演說者無論是在公眾場合還是在私下場合，都與這位詩人的狀況極為相似。

我曾與傑出的演說家奧利弗·洛奇先生討論過公開演說的要素，洛奇先生在大學生和公眾面前演說已有四十年之久。他強調，在演講的重要因素中，首屈一指的是知識儲備和準備，其次是要「不遺餘力地表達清楚」。

德國總參謀長毛奇將軍在普法戰爭爆發時，曾對他的部下說：「先生們，你們要謹記，任何可以令人誤解的命令，都會被誤解。」

拿破崙也意識到了這一點，他對他的副手反覆強調說：「表達一定要清楚！再清楚些！」

當耶穌的門徒問耶穌為何用寓言來教授人們時，耶穌說：「因為人們在看、聽、理解時都會產生誤差。」

當你跟聽眾講述一個陌生的主題，那你能指望他們非常容易去理解你的話嗎？顯然不能，這正如人們通常很難理解學者所做的報告。

那麼，我們應該如何去做呢？而耶穌如何面對這種情形呢？他是借助最簡單、最自然的方法：把人們不知道的東西比喻為世人皆知的東西。如天國是什麼樣子的？未受過教育的巴勒斯坦人怎樣才能認識它？於是，耶穌借助廣為人知的事物來描述它：

> 天國就如家庭主婦手中的酵母，一日三餐都蘊含其中，直到全部發酵；天國就如一艘商船正尋覓美好的珠寶；天國就如一張漁網，被拋撒在大海中……

這些描述都是通俗易懂的，人們很容易理解它。聽眾中的家庭主婦每週都會用到酵母，企業人士們每天都會進行珠寶交易，漁民們每天都會撒網捕魚。

讓我們再來看看大衛是如何清晰地描述耶和華的小心警惕與和藹可親的：

> 如果我是一隻羊，我的上帝耶和華就是牧羊人。祂使我無憂無慮，祂讓

我躺在綠油油的草地上，他引導我走向寧靜的湖邊……

貧瘠的國度裡鋪著泛光澤的綠草地……羊兒喝著平靜的湖水，那是牧羊人的英明之舉……

以下的事例既令人震撼又略顯詼諧，它同樣運用了上面的方法：一些傳教士在非洲赤道附近的村落傳教，他們把《聖經》翻譯成當地語言。在《聖經》中，有句經文是這樣的：「你們的罪雖像硃紅，必變成雪白。」這句經文應如何翻譯才貼切呢？是從文意上嗎？要是那樣的話，就會顯得毫無意義且荒謬。因為當地人從未在二月早晨清理街道上的積雪。其實，「雪」這個詞他們根本用不上。對於雪和焦炭，他們肯定無法區分出來。但他們對椰子再熟悉不過了，因為他們常爬椰樹摘下椰子來當作午餐。於是，那些傳教士把他們不熟悉的雪，換成了他們熟知的椰子。於是《聖經》裡的那句子也就被改成了：「你們的罪雖像硃紅，必變成如椰肉般潔白。」

在這種情況下，如此的改編是多麼完美啊！

在密蘇里州的沃倫斯堡州立師範學院，我聽了一場關於阿拉斯加的演說，但這場演講失敗了。其實，演說者在許多地方所做的演講，情況大致如此。那是因為他的演講既不清晰，又沒有趣味，他不像非洲的傳教士那樣從聽眾出發，而是忽視了聽眾所了解的知識。例如，他告訴我們阿拉斯加總面積為五十九萬零八百零四平方英里，人口為六萬四千三百五十六人。

五十萬平方英里對普通人來說意味著什麼？很明顯，並無多大意義。因為人們並不習慣使用平方英里。他們無法在頭腦中構建一幅圖畫。其實，演說者也不清楚五十萬平方英里是否相當於緬因州或德克薩斯州的面積。但如果演說者這樣告訴聽眾，阿拉斯加及其島嶼的海岸線比赤道還要長，它的面積比佛蒙特州、新罕布夏州、緬因州、麻薩諸塞州、羅德島州、康乃狄克州、紐約州、紐澤西州、賓夕法尼亞州、德拉瓦州、馬里蘭州、西維吉尼亞州、北卡羅萊納州、南卡羅萊納州、喬治亞州、佛羅里達州、密西西比州和田納西州的總面積還要大。那麼，這不就給聽眾們一個關於阿拉斯加面積更清晰的概念了嗎？

演說者說阿拉斯加有人口六萬四千三百五十六，能夠記得住這一數字長達五分鐘之久的只有極少數的聽眾，即使記住一分鐘都是很困難的事情。為什麼會這樣呢？因為數字快速地從演說者口中滑過，並沒有給聽眾留下清晰的印象，反而像寫在沙灘上的數字，既不確切又不可靠。而且接下去的內容會分散聽眾的注意力，也會把他們對數字最後一點的記憶抹殺掉。因此，借助一些人們熟悉的事物來表達這一人口數字，不是更好嗎？例如，約瑟夫大街離大多數聽眾所住的密蘇里州的這一小鎮不遠，而且大多數人都去過約瑟夫大街。在那時，阿拉斯加人口比約瑟夫大街少一萬。因此，把阿拉斯加與這一城鎮相比較，不是更好嗎？所以，演說者可以清晰明瞭地說：「阿拉斯加面積是密蘇里州的八倍，但人口只有你們沃倫斯堡的十三倍。」

在以下的例子中，大家不妨比較一下，1.段與2.段，看哪一段表達得更清楚明白。

1.離我們最近的星體也有三十五萬億英里遠。

2.如果一列火車以每分鐘一英里的速度行駛，那麼它到達離我們最近的星體要用四千八百萬年；如果在那星體上唱歌，而且歌聲能傳到這裡的話，那麼我們要等上三百八十萬年；如果一條蜘蛛絲能延伸到那個星球，那麼這根蜘蛛絲將重達五百噸。

1.聖彼得大教堂是世界上最大的教堂，它有二百三十二碼長，三百六十四英尺寬。

2.聖彼得大教堂是世界上最大的教堂，它相當於兩座白宮重疊起來那麼大。

奧利弗·洛奇在闡釋原子的大小和性質時，很喜歡使用以上的方法。在對歐洲朋友演講時，他曾這樣說：「一滴水中所包含的原子個數相當於地中海中所包含的水滴數。」要知道，當時乘船從直布羅陀抵達蘇伊士運河，需要一個星期的時間，很多聽眾都有這樣的經驗。為了使表達更貼近生活，他又比較說：「一滴水中的原子數就相當於地球上的小草葉子那麼多。」

作家理查·哈丁·戴維斯向一群紐約聽眾講述聖索菲亞大教堂時說：「它相當於第五大街劇院裡的觀眾席那麼大。」他形容義大利布林迪西海港時說：「從海港港尾進入，它看起來就跟長島市一個模樣。」

因此，在以後的演講中，要多使用這樣闡釋的方法。比如，你要描述偉大的金字塔，首先你要告訴聽眾它有四百五十一英尺高，然後你可以根據日常所看到的建築物與其做對比。如果你要說它的面積，可以形容一下它覆蓋多少個街區。又如在說到房間的大小時，千萬不要只是列舉數字，倒不如說一下能裝得下多少水。再如，要講某物有二十英尺高，不妨形容為地板到天花板距離的一點五倍。如果要講距離有多少英里，不妨用從所在地到車站或到某街道的距離進行比較。

避免使用專業術語

如果你所從事的職業是技術性的，比如律師、內科醫師、工程師，或類似具有高度專業性的工作，那麼在對外演講時，你要倍加注意表達清楚你的術語，必要的時候要給予詳細的解釋。

之所以要大家倍加注意，是因為我曾聽過成百上千的演講都因術語的晦澀難懂而慘遭失敗。顯然，那些演說者完全沒有意識到，一般大眾對他們的專業知識一無所知，儘管他們講得滔滔不絕，滿嘴生香，但對一般聽眾而言，就如六月雨後的密蘇里河水沖上了愛荷華州和堪薩斯州新犁過的棉花田一樣，聽得一塌糊塗。

那麼，這些演說者怎樣做才正確呢？以下是印第安那州前參議員所提出的寶貴建議，演說者要認真體味：

在演講中找一個看上去最普通的聽眾作爲演講對象，然後用通俗易懂的事例和淺顯的邏輯吸引他的興趣。或者把家長所帶來的孩子作爲演講對象，用最簡單的語言向孩子講述問題，讓孩子能夠明白你的意思，如果他能夠記得住並複述你的演講，那你的演講就會是簡單明瞭了。

我曾記得一位內科醫師在課程上演講道：「利用膈膜呼吸有利於腸部蠕動和身體健康。」說完這句話，他就轉到另一個話題去了。

於是，我只好打斷他，詢問大家是否知道膈膜呼吸與其他呼吸有什麼區別，為什麼它對身體健康有益，什麼叫腸部蠕動。詢問結果令醫師感到詫異，因為知道的人寥寥無幾。於是，醫師又回頭進一步詳細解說橫膈膜的位置及作用。

林肯表達清晰的奧妙

為了讓自己的演講更容易被聽眾理解，林肯非常樂意聽取別人的意見和建議。他在國會的首次演說中用了「粉飾」這個詞，他的私人好友、印刷局局長德弗里斯向他建議說，這個詞在伊利諾州進行政治演說是沒有什麼問題，但對於一次歷史性的發言就顯得不夠莊重了。林肯回答說：「德弗里斯，如果你認為人們會無法理解『粉飾』這個詞，那麼我就修改一下，否則我就不做變更了。」

曾經有一次，林肯向諾克斯大學的校長格列佛博士解釋他為何愈來愈鍾愛通俗易懂的文字。他說道：

記得當我還是個小孩的時候，如果他人的話使我無法理解，我會變得很煩躁，我想再沒有什麼別的比這更能影響我的情緒了。但從那時起，這種情形經常影響我的情緒。有一次，鄰居到我家與父親聊了整整一個晚上。送走鄰居後，我回到臥室卻輾轉難眠。因爲我怎麼也弄不清鄰居與父親的一些話的意思，於是我來回踱步想把意思弄個明白。當弄明白後，我並不滿意，我會反覆地用更淺顯易懂的文字把這個意思表達出來，直到任何孩子都能聽明白我的話。這就是我追求通俗易懂文字的原因，而且也是我持之以恆的動力所在。

林肯的確有這樣的熱情。新塞勒姆小學校長門特．格雷厄姆證實：「我知道，如果一個意思有三種表達方法，那麼林肯就會花上數小時去反覆思考哪種表達最好。」

許多人之所以表達不清楚，原因顯而易見，他們對自己要表達的意思也是模糊不清的。如此晦澀不清的表達又怎能讓聽眾聽明白呢？這正如在大霧天氣裡拍不出好照片那樣。因此，這些演說者應該像林肯那樣不斷推敲含糊不清、模稜兩可的內容，並用通俗易懂的語言表達出來。

充分利用視覺效果

正如我們在本書第四章所提到的，從眼睛到大腦的神經功能要比從耳朵到大腦的神經強得多。科學知識告訴我們，視覺功能是聽覺功能的二十五倍。

中國有句古老諺語「百聞不如一見」，也表達了同樣的道理。

因此，如果你要表達清楚，不妨勾畫出你的要點，把你的觀點形象化。這也是已故的著名全美現金出納機公司的總經理約翰．派特森經常用來演講的方法。他曾為《系統》雜誌寫過一篇文章，向他的工人和銷售部門介紹這一演講方法：

我認爲，只憑演講措詞就讓聽眾理解你或接受你，是不可能的。因此，演講時還要有其他輔助手段，利用圖畫說明正確與錯誤是個很好的方法。圖表比單純的文字更有說服力，但圖畫的說服力更勝於圖表。這種理想的表達方法就是把各要點用圖畫表示出來，而它們之間就用文字連接。很早以前我就發現了用圖畫說明遠勝於我的口頭表達。

事實上，運用奇形怪狀的圖畫反而有驚人的效果。但最有效的圖畫並不一定是最漂亮的，而是能夠表達觀點或進行對比的那些。例如，你的畫裡將一大袋錢幣與一小袋錢幣並放一起，那麼它們很容易被聯想成有著相對思想的兩顆頭，一個多拿一點錢，一個少拿一點錢。要是你邊演講邊迅速畫出這一幅畫，那麼，聽眾就會跟著你的指引，一步步地理解你的意思。同時，聽眾們也從中感受到幽默感。

有幻燈機之後，我馬上買了一臺，利用它，我可以把圖畫投到螢幕上，這樣，比起畫在紙上更有效果。後來，動畫問世了。我想我是首批產品的使用者。現在，我的動畫片子已裝滿了一大房間，幻燈片也有六萬張了。

當然，並不是任何的演講主題或場合都適合借助圖畫的，但我們可以在適當時機使用這一方法。因為圖畫能吸引聽眾的注意力，激發他們的興趣，並使我們的表達更清楚易懂。

洛克斐勒抽取硬幣

洛克斐勒先生曾在《系統》雜誌上闡釋如何利用視覺來清晰地說明科羅拉多燃料和鋼鐵公司的財務狀況：

我發現科羅拉多燃料和鋼鐵公司的員工們都認爲我們洛克斐勒家族透過股息從公司獲得巨額利潤，而且是很多人都這樣說。我告訴他們實際情況，我們與其合作的十四年裡，並沒有透過股票獲得即使是一分錢的分紅。

在一次會議上，我特意對公司的財務狀況做了實質說明。我先把一些硬幣放在桌面上，然後拿掉其中一部分代表員工的工資——這是最基本的一部分。接著，再拿掉一部分表示行政官員的薪水，而剩下的部分則代表各董事的費用股東並沒有得到任何一分錢。於是，我問大家：「在公司裡，我們都是夥伴，然而其他三方都或多或少得到了收入，而股票持有者卻一無所獲，這難道是公平的嗎？」

我們應充分利用明確而且特定的畫面來產生視覺效應，因為鮮明的畫面能令人過目不忘。例如，「狗」這詞可以讓人的頭腦中或多或少浮現出一些狗的特定圖片——也許是一隻可卡犬，一隻蘇格蘭梗狗，一隻聖伯納犬，或者是一隻波美拉尼亞品種的小狗。假如我說「鬥牛犬」，那麼你頭腦裡的圖片就會變得更清晰，包含的內容少而精。同樣，「一隻有斑紋的鬥牛犬」就更明晰了。那麼，「一匹黑色的設德蘭矮種馬」與「一匹馬」相比，「一隻白色的斷了一條腿的雄性矮腳雞」與「家禽」相比，前者比後者更能讓人構想一幅更明確、鮮明、生動的圖畫。

運用不同詞語重述要點

拿破崙認為，「重述」是修辭學中最重要的原則。因為他知道一個觀點對演說者來說很清楚，但這並不意味著聽眾一聽就馬上能接受。畢竟，人們接受一個新思想是需要時間的，而且還需要人們對之持久的思考。簡而言之，在演講中，要點是需要多次重述的。當然，不要使用同樣的詞句，否則聽眾會十分厭煩。要是能夠在重述觀點中不斷變換措詞，那麼，聽眾根本不會意識到你是在重述觀點。

讓我們看看一個具體的例子。已故的布萊恩先生曾說過：

在演講中，如果你對主題都不甚了解，那麼聽眾也不能理解。而如果你對主題理解得愈深刻，那麼聽眾也會理解得愈明白。

在這段話中，後一句是對前一句話的重複。但在演講中，聽眾無暇去顧及它是否重複，反而會感到更清楚明白。

在教授這一課程時我多次提出這一點。因為有部分演說者本應可以使用重述的方法講得更清晰、更深刻的，但他們卻沒有這樣做，尤其是初學者會忽視這一點。這是多麼令人扼腕啊！

運用說明和具體事例

能夠使要點表達清楚的最可靠且最容易的方法，莫過於運用一般的說明和具體事例。那麼，一般的說明與具體事例，這兩點有何區別呢？顧名思義，前者是一般性的，後者是具體的。

讓我們透過一個具體例子來闡述它們的區別及用法。假設我們要說：「有些職業人士的收入大得驚人。」這句話的表達清楚嗎？讀完後，你是否能懂得說話者要真正表達的意思？當然不能。而且即使是說話者也不能確定你是如何理解這句話的。它可能會讓居住在奧索卡山區的醫師想到居住在小城市的家庭醫師年收入為五千美元，它也可能會讓一位成功的礦業工程師聯想到他的同行每年有十萬美元收入。因此，這句話的表達是非常含糊和不確切的。它需要更嚴密的表達。而且，內容需要做詳細的說明，比如是哪些職業，何謂「大得驚人」。

這些職業人士有律師、職業拳擊手、作曲家、小說家、劇作家、畫家、演員、歌手等，他們的年收入比總統還要多。

那麼，現在這個表達不是更清楚了嗎？然而，這個表達並未足夠具體，仍然是泛泛而談。比如，說「歌手」，並沒有具體到哪位歌手，是二十世紀最偉大女高音歌手之一的羅莎·龐塞利、挪威女高音弗拉格史塔德，還是歌劇演唱家莉莉·龐斯？

因此，以上那段話仍顯得模糊。那麼，假如演說者借助一些具體例子是否會講得更清楚明白呢？讓我們一起來看看以下的這段話：

國際律師恩特麥爾和麥克斯・施托伊爾每年賺一百萬美元。傑克・田普西的年收入為五十萬美元。喬・路易士作為一名未受過教育的黑人拳擊手，在二十幾歲時年薪已超五十萬美元。歷史上最偉大的詞曲作家歐文・柏林的爵士樂，據說也為他每年賺取五十萬美元。劇作家西德尼・金斯利每週演出可賺一萬美元。英國著名小說家赫伯特・喬治・威爾斯坦言，他的自傳為他帶來了三百萬美元的收益。墨西哥壁畫之父迪亞哥・里維拉每年透過他的畫，賺取五十萬美元。據報導，男中音勞倫斯・提貝特和女演員葛麗絲・摩兒年收入約二十五萬美元。

至此，演說者的本意終於得到了清晰、生動、具體、確切的表達了。因此，在演講中表述要具體、明確、確定。這不但使內容顯得更清晰，而且給人以深刻的印象，更有說服力和吸引力。

不要仿效山上的山羊

威廉・詹姆斯教授在一場對教師的演講中停下來評論說，演說者在一個演講中應只設一個要點，然後他用了約一個小時來舉一個範例。最近，我聽了一場限時三分鐘的演講，其中有一個演說者在開始時就告訴我們他要講十一個要點，也就是說，十六點五秒講一個要點，多麼不可思議啊。這簡直是聰明人在做荒謬的嘗試。也許，我在這裡選擇了一個較極端的例子，但即使沒有那樣荒謬，這種類似的錯誤也會阻礙許多初學者前進的步伐。這樣的演說者就如旅遊鼻祖湯瑪士·庫克的導遊，力圖用一天時間遍遊巴黎，或用三十分鐘參觀美國自然歷史博物館。這也許能做得到，但並不能給人留下清晰的印象，也無法獲得愉悅的體驗。其實，有許多演說者在有限的時間內涵蓋太多內容，致使表達不清楚而導致失敗。他從一個要點匆匆忙忙跳到下一個要點，就像山上亂竄的山羊。

其實，許多演講應短小精悍。因此你應當量體裁衣，把演講的旁枝蔓節做相應修剪。例如，假如你要做關於工會的演講，千萬不要面面俱到，例如它的由來、運轉方式、成員、不足以及如何解決勞資糾紛等。要是你仍堅持那樣做，沒有人能清楚掌握你所說的內容，那麼你的演講就會變得一塌糊塗。

因此，只是抓住一個要點，然後充分而深刻地進行闡述不是更好嗎？而且，這樣的演講會給聽眾留下深刻的印象，讓聽眾理解透徹，易於記憶。

然而，如果你一定要涵蓋主題的幾個方面要點，那麼最好在結束部分做簡要的總結。那麼應該如何總結呢？以下是本篇的總結，看看這些總結是否能幫助你更清楚、明白地理解本篇內容。

小結

① 演講時，清楚的表達具有重要的意義，但這點並不容易做到。耶穌宣稱他之所以用寓言來教導人們，是「因為人們在看、聽、理解時都會產生誤差」。

② 對於人們不認知的事物，耶穌會把它們比喻為世人皆知的東西，如他把天國比作家庭主婦手中的酵母、大海中的漁網以及正尋覓珠寶的商船。類似地，如果你要介紹阿拉斯加的面積，千萬不要只是引用數字，而應借助其他州的面積來進行比較。而對於人口數，應借助你演講所在地的人口數進行比較。

③ 當面對著一群非專業人士演講時，應避免使用專業術語，而且應像林肯那樣，盡力做到讓每一個孩子都能聽懂你的演講。

④ 你一定要確保你對演講內容清楚明白，就如正午的太陽在你頭腦中清晰明瞭那樣。

⑤ 要充分利用視覺效果，可以適當利用展示、圖畫、例子等，但一定要確切。比如，你要說「一隻右眼有一塊黑斑的獵狐梗狗」，而不要只是用「狗」這一詞來含糊闡述。

⑥ 重述你的要點。但不要用相同的文字單純地重複，而應運用不同的詞句讓你

的聽眾沒有意識到你在重述要點。

⑦ 運用一般的說明，或者最好運用具體的事例對你的抽象內容做闡釋，使其清晰、易懂。

⑧ 在演講中不要包含太多的要點。在一篇短小的演講中，一兩個要點已足以做充分的闡述。

⑨ 在演講結尾時應對你的要點做簡要的總結。

第十三章

如何讓人印象深刻又有說服力

「暗示」，是演說者在公開演說時最有力的影響工具，私下談話時也適用。

那些最擅長影響他人的人，最常用的手法都是暗示，而非辯論。推銷術和現代廣告主要都是基於暗示的功能的。

以下是一項意義重大的心理學發現：「進入腦中的每一個想法、概念或結論，」西北大學校長華特．迪爾．史考特說道，「都會被認定為事實，除非出現其他足以反駁該想法的論點……當我們給別人一個想法時，不一定要想辦法說服他該想法的真實性，只要避免讓他腦中出現與之相違背的想法即可。如果我要你念這句話：『美國輪胎出產好輪胎』，只要你腦中沒有出現任何可以反駁的想法，就算我不提供任何實質的證明，你也會相信他們確實生產好輪胎。」

史考特博士這裡指的是「暗示」，也是演說者在公開演說時最有影響力的工具，私下談話時也適用。

在耶穌誕生，東方三博士追尋伯利恆之星來到其跟前的三個世紀前，亞里斯多德就曾說過，人類是理性的動物——也就是說，人類會依據邏輯行動。他實在太高估我們了，純粹理性的行為，就像早餐前的柔情一般稀有。我們絕大多數的行為，都是受到暗示的結果。

暗示是指在沒有提供任何證明或展示的情況下，讓大腦接受某個想法。如果我只是說「皇家泡打粉成分最純」，卻沒有提出任何證據來證明，這就是暗示。如果我提出產品成分分析，以及知名廚師的相關說詞，我就是在試圖證明我的主張。

那些最擅長影響他人的人，最常用的手法都是暗示，而非辯論。推銷術和現代廣告主要都是基於暗示的功能的。

相信很容易，懷疑則比較困難。經驗、知識和思考，是明智的人提出懷疑和質問的必備條件。告訴小孩子聖誕老人從煙囪爬進來，或是告訴原始人打雷是神祇發怒的表現，他們馬上就會接受你的說法，直到他們自己獲得了足夠的知識，才會提出異議。印度有上百萬的人都相信恆河的水是神聖的，蛇是神祇的化身，殺牛的罪惡等同殺人——而吃烤牛肉……基本上可以視為食人族的行為。他們相信這樣的荒謬言論，不是因為有人向他們提出什麼證明，而是因為暗示的作用深深烙印在他們的腦中，而他們卻沒有足夠的才智、知識、經驗來提出質疑。

我們笑著……愚昧無知的可憐蟲！然而，反觀你我，如果我們仔細觀察，就會發現我們絕大多數的意見，我們最看重的信念、教條，以及我們生活最基本的行為準則，都是受到暗示的結果，而非出於理性思考。以商業上的實際案例來說，我們現在認為襯衫窄領、皇家泡打粉、亨氏酸黃瓜、金牌麵粉、象牙牌肥皂等品牌，是各產品中的龍頭，或至少是數一數二的，為什麼呢？我們有足夠的理由去相信這個推論嗎？有任何理由嗎？大多數人都沒有。我們曾經仔細比較過這些品牌和其他公司產品的品質嗎？沒有！我們在沒有任何證據的情況下就相信了。我們的信念建築於刻板印象、偏見、反覆提出的主張，而不是邏輯。

我們是容易受暗示影響的生物，這是無可否認的。要是我們在六個月大時，被人從美國帶走，並被居住在布拉馬普特拉河邊的印度教家庭撫養長大，我們也會從嬰兒時期就被教導說牛是神聖的；因此，我們也一樣在貝那拉斯的街上看到牛時，會停下來親吻牠；我們也一樣會對吃牛排的人投以驚懼的眼光；甚至，我們也一樣會對猴子神、大象神、木頭和石頭的神靈等鞠躬。也就是說，我們的信念極少是透過理性思辨而來，絕大多數都是受到暗示以及環境的影響。

讓我們描繪一個尋常的例子，讓你看看我們在日常生活中，如何受到暗示的影響：

> 人們常說咖啡對身體不好，讓我們假設一下，你決定要戒掉咖啡。你來到平時最愛的餐廳吃晚餐，要是服務生對微妙的銷售技術還不太熟悉，她會問，「你要喝咖啡嗎？」如果她這麼問，你心中就會短暫出現要喝或不喝的天人交戰，最後，你的自制力或許會勝出，選擇照顧好自己的消化系統，而不是味蕾一時的滿足。然而，若是她以反問的方式，說「你不要咖啡，是嗎？」你就能比較輕易的說出「不要」。她在你腦中埋下拒絕的暗示，能馬

上兑現成行動。（你難道沒聽過許多未受過訓練、感覺遲頓的售貨員，都以這樣的反問法和潛在的客户説話嗎？）不過，要是她問道，「你的咖啡要現在上還是晚一點？」這又會怎麼樣呢？她已經偷偷地假設了你要喝咖啡，她將你的注意力放在「什麼時候要喝」，而排除了你腦中的其他考量，使得反駁的想法更難浮現，而點一杯咖啡的想法，便輕而易舉的化爲行動了。結果呢？你順著回答「現在上」，但事實上你根本不打算點咖啡。這是我自己的親身經歷，我相信也曾發生在許多讀者身上。這個例子，以及成千上萬相似的例子，每天都在發生。百貨公司教導售貨員說，「您要直接帶走嗎？」因爲他們發現，如果問顧客「需不需要幫您宅配？」會大幅增加運費支出。

進入腦中的想法不僅會自動被當作事實，甚至也比較容易化成行動，這已經是眾所皆知的心理學現象。比如說，你想到某個字母的時候，無可避免會下意識地動一下念出該字母時會用到的肌肉；當你想到吞嚥地動作時，相關的肌肉便會不自覺地動作。儘管你自己可能不會察覺到這些動作，但有精密的科學儀器可以偵測這些肌肉的動作。你之所以不會將腦中出現的所有想法都付諸行動，僅僅是因為有另一個與之抗衡的想法——沒有用、太昂貴、太麻煩、太荒謬、太危險——阻擋了你的衝動。

在上述的分析中，我們唯一的問題是要利用暗示的力量，來讓他人接受我們的信念，或是按照我們所說的去做，僅此而已：在他人的腦中植入一個想法，並避免任何與之抗衡或相反的想法產生。能夠確實掌握這一技巧的人，其言語將更有力，也更能得到商業上的利益。

心理學能提供的幫助

心理學研究是否能在這方面提供對你有所幫助的建議呢？當然可以。讓我們一起來看看。

首先，你有沒有注意過，當他人以豐富的情感和具感染力的熱忱向你提出一個想法時，你腦中比較少浮現反駁的想法？我說「具感染力的」，是因為熱忱的特性便是如此，它會弱化重要機能的運作，可以像消滅老鼠一樣消滅一切異議、負面、反駁的意見。如果你的目標是要讓人印象深刻，請記得，激起他人的情緒比激發他的想法更有效。要激起他人的情緒，最重要的便是極度的真誠，虛偽會扼殺話語的生命力。不論一個人可以造出多優美的句子，描繪出多生動的畫面，無論他的聲音多麼動聽，手勢姿態多麼優雅：要是他說起話來不真誠，以上這些都只是金玉其外的浮誇裝飾罷了。如果你想讓聽眾印象深刻，先讓自己感到驚豔。你的靈魂，會透過發光的雙眼，在你的聲音中閃耀，在你的姿態中顯現，並自然而然傳達給聽眾。

把你想讓聽眾接受的事，當作他們已經相信的事

一名無神論者曾當著英國牧師威廉・裴利的面，宣稱世上沒有神，並向他下戰帖，來推翻自己的主張。裴利馬上掏出懷錶，打開錶蓋，拿給這個人看，然後說：「如果我跟你說，裡面的指針、齒輪、彈簧等等零件，自己把自己製造出來，然後自己組裝好，自己開始走，你難道不會懷疑我的智商嗎？當然會。抬頭看那滿天星斗，個個都有各自固定的軌道和動作——地球和其他星球繞著太陽轉，而整個太陽系每天也跟著移動一百多萬英里。每一顆星星都是一個太陽，且自成一個星系，和我們的太陽系一樣在宇宙中奔走。但是，它們之間居然沒有碰撞，彼此不互相干擾，沒有造成混淆。一切都很安靜、有效率，且在掌控之中。相信這一切就這麼自發性的發生了比較容易，還是相信有人使其如此比較容易

呢？」

很精彩，不是嗎？講者用了什麼技巧呢？讓我們一起來看看。他從雙方的共通點開始，讓對方說出「是的」，從一開頭就同意自己的論點，一如我們在第十章所提的建議。然後，講者接著繼續闡述，說明相信神的存在，就像相信有鐘錶匠的存在一樣簡單，一樣理所當然。

要是他一開始就直接反駁對手，說：「沒有神嗎？別傻了，你根本不知道自己在說什麼。」那又會怎麼樣呢？毫無疑問，雙方會開始一陣唇槍舌戰，隨即展開一陣激烈卻徒勞無功的針鋒相對。無神論者內心會湧上一股強烈的激情，讓他拿出蘇丹士兵般的狂暴來捍衛自己的意見。為什麼？因為，正如羅賓森教授所指出的，這是他的意見，因此，他珍貴、不可或缺的自尊也同樣受到威脅；也就是說，他的自尊心岌岌可危。

由於自尊心是人性中最具爆炸性的特質，讓他人的自尊心和我們站在同一陣線，而不與我們相對抗，豈不也是有智慧的做法嗎？那要怎麼做呢？可以像裴利一樣，指出我們的論點其實和對方相信的某個論點是非常相似的。這可以讓對方更容易接受你的意見，而不會一味的拒絕。此外，還可以避免對方腦中浮現相反的意見，並否決我們的論述。

裴利的作為，顯示出他對人類心理運作的深刻理解。但是，大多數人都缺乏此一能力，無法深入他人信念的中心，與對方一同潛入安放此一信念的城池。他們總有個錯誤的認知，認為要拿下這個城池，就必須攻城掠地，與之正面交鋒。如此一來又會如何呢？一旦雙方之間產生了敵意，吊橋便升起了，關閉城門，拉上門拴，全副武裝的弓箭手拉開長弓——唇槍舌戰一觸即發，流血受傷也不可避免。這類衝突往往只能以平手收場，誰也沒有說服誰。

聖保羅的智慧

我們接下來要介紹的做法更理性，不過，這不是什麼新穎的方法，早在很久很久以前，聖保羅就曾使用過。他在戰神山丘對雅典人的著名講道中，就使用了這個手法，其手法之靈巧精湛，使我們在十九個世紀後的今日，都還佩服不已。聖保羅學富五車，而在他改信基督之後，他出色的口才使他自然成為基督教的主要辯士。一天，他來到雅典城——那是後伯里克里斯時代的雅典，也就是已經過了其最輝煌時代，開始走下坡的雅典。根據《聖經》記載，那個時代是這樣的：

所有的雅典人，以及來到此地的外邦人，都將全副心力放在兩件事上，那就是傳布以及探聽新事物。

沒有廣播，沒有電報，沒有美聯社派報，那個時候的雅典人，一定窮盡了心力和時間，才能在每天下午挖出一些新鮮事。然後，保羅出現了，帶來了新穎的消息。他們簇擁著他，饒富興味、充滿好奇、興趣滿點。他們帶著他來到亞略巴古，說道：

「你所講的這新道，我們也可以知道嗎？」

「因爲你把一切新奇的事，傳到我們耳中，我們願意知道這些事是什麼意思。」

也就是說，他們主動要求保羅進行演說，而沒有一絲厭惡，因此，保羅答應了。事實上，這本來就是他來雅典的目的。他或許就站在一塊木頭或石頭上，而且，和所有出色的演說家在上場前一樣，感到一絲絲緊張，他或許搓了搓雙手，並在開口前清了清喉嚨。

然而，他卻不完全同意這些雅典人在邀請中的措詞：「新興宗教」、「新奇之事」等等，這是毒瘤，他必須根除這些想法，這些是能讓對立及反駁的想法快速生長的沃土。他並不想將自己的信仰描繪成新奇、怪異的事情，他想將之定調，類比為當地人的宗教信仰，這麼做可以扼殺聽眾的反駁意見。但要怎麼做呢？他想了一下，擬定了一個高超計畫，開始了這場不朽的演說：

「雅典市民，我注意到你們在許多事上都相當迷信。」

有些版本將這句話翻成：「你們非常虔誠。」我覺得這個翻譯比較好，比較正確。他們崇拜很多神靈，他們非常虔誠，而且他們對此引以為傲。他先讚美他們，取悅他們，讓他們對自己放下戒心。公開演說的藝術中，其中一條規則，就是用實例來佐證自己的論點，而他也確實這麼做了：

「因爲我在過來的路上，看了一下你們的宗教奉獻，發現有一座祭壇上刻道『獻給未知的神』。」

看吧，這就證明了他們確實非常虔誠。他們擔心會冒犯到任何神明，因此特地立了一座祭壇，獻給未知的神，算是非常全面的保險策略，讓他們免於任何在無意間或因一時疏忽而造成的冒犯。藉由提起這座祭壇，保羅表明了自己的讚美不是空穴來風，證明了自己的評論，確實是透過自己的觀察而來的由衷讚美。

接著，來到他完美的開場白：

「因此，就讓我來告訴你們，你們如此盲目敬拜的神究竟是何方神聖吧。」

「新興宗教……新奇之事」？絕非如此。他只是要向他們揭露有關這個神的幾件事情，這個他們在不知情的情況下所敬拜的神。看吧，將他們所不相信的事，和他們全心接受的事做類比——這就是他高超的技巧。

他布達了有關救贖和復活的教條，然後引用了當地幾位希臘詩人的詩句，就完成了。他的演說前後不到兩分鐘，有些聽眾譏笑他，而其他聽眾則說道：

「我們要再聽聽你講這件事！」

順帶一提，請各位注意到這類兩分鐘簡短演說的優點：聽眾可能會邀請你再次演講，就像保羅的經歷一樣。一名來自費城的政治家曾對我說，演講時最重要的原則就是：保持簡短、有力。而聖保羅這次的演講，兩者兼具。

聖保羅在雅典所使用的這個技巧，現在被許多傑出的商務人士拿來運用在他們的廣告和推銷話術中。例如，我最近收到的一封推銷信就如此寫道：

老漢普夏紙品公司信紙，一張比市面上最便宜的紙張只貴上不到半美分。如果你一年給顧客或潛在顧客寫十封信，使用老漢普夏紙品公司信紙，則增加的費用不到一趟車資的錢——也比每五年給顧客送一次高級雪茄來的便宜。

誰會在意每年幫客戶付一趟車資，或是十年送兩次哈瓦那雪茄的花費呢？當然沒有。而使用老漢普夏紙品公司信紙所增加的花費，甚至還不及這些？這麼一來，不就能先發制人，避免對方對這些衍生費用產生反抗心理了嗎？

將小事化大，大事化小

我們可以用上述範例中的手法，將一大筆數目分散在長時間來看，再拿日常生活中每天的支出的小額花費來比較，就能變成小數目。以下的範例，就是一名保險公司老闆對銷售部門員工的談話，他運用這個手法讓保險費看來相當低廉：

一個不到三十歲的男人，可以在死後留給家人一千塊的遺產，只要他自己動手，省下一天五美分的擦鞋費，並將這些錢拿去買保險即可。而一名三十四歲，每天花二十五美分買菸的男人，要是把這些錢拿去買保險，不只可以陪伴家人更久，還能在身後多留下三千美元的遺產。

另一方面，只要逆向操作——也就是靠加總，就能讓小數目變得龐大。一名電話公司的主管就把一堆微不足道的小數字加起來，來向聽眾展現紐約人不立刻接電話的行為，浪費了多少寶貴的時間：

每一百通電話中，就有七通電話要等一分鐘以上，才會被對方接起來，每一天，就有二十八萬分鐘被這樣浪費掉了。六個月下來，光在紐約，被遲接電話所耗費掉的時間，相當於自哥倫布發現美洲以來的所有工作天的總和。

如何把數字說得使人印象深刻

光是數字和數量本身，很難讓人印象深刻。你必須多加描繪，如果可能，最好拿來和人們的自身經驗做比較，近期的或是情感上的經驗等等。比如說，地方官員蘭貝斯在倫敦自治市委員會發表有關勞動條件的演說時，就使用了這一技巧。他在演說途中突然停下來，拿出懷錶，然後不發一語，靜靜看著臺下聽眾長達一分十二秒。而在場的其他委員呢？在座位上不安地蠢蠢欲動，疑惑地看著講者，然後再轉向彼此，面面相覷。發生了什麼事？蘭貝斯忽然失去理智了嗎？然後，他才又重新開口，說道：「你們剛剛坐立難安地度過彷彿永恆的七十秒，就是一般工匠鋪一塊磚所需的時間。」

這個方法有效嗎？非常有效，有效到被寫成電報傳到世界各地，還被登載海內外的各大報上。有效到建築業工會聯合會甚至曾發起罷工，「抗議此有辱工匠尊嚴的發言」。

以下哪種說法比較震撼人心？

1. 梵諦岡一共有一萬五千間房間。

2. 梵諦岡的房間數之多，你如果每天睡不同房間，花四十年也還沒辦法全部睡過一輪。

以下關於英國在大戰中的花費的描述，哪一個說法會讓你對這個驚人的數字感到更印象深刻呢？

1. 英國在大戰中花了大約七十億英鎊，相當於三百四十億美元。

2. 如果我告訴你，英國在四年半的大戰中，花掉了相當於自我們的清教徒祖先登陸普利茅斯岩以來，每分鐘三十四美元的總和，你會覺得訝異嗎？實際的數字比這個更驚人：英國在大戰中，花掉了相當於自哥倫布發現美洲以來，每分鐘三十四美元的總和；實際的數字比這個更龐大：英國在大戰中，花掉了相當於自諾曼第公爵威廉在一〇六六年征服英格蘭以來，每分鐘三十四美元的總和；實際數字比這個更精彩：英國在大戰中，花掉了相當於自耶穌基督誕生以來，每分鐘三十四美元的總和。換句話說，英國總共花費了三百四十億美元；而自耶穌誕生至今，也不過才過了十億分鐘而已。

重述的功能是什麼？

重述又是另外一個武器，讓你可以阻擋聽眾腦中產生其他反駁或相抗衡的意見，以免我們的主張遭到挑戰。著名的愛爾蘭演說家丹尼爾·歐康諾指出：「要讓大眾接受一項政治觀點，靠的不只是重複推論一次、兩次，甚至十次。」歐康諾面對聽眾和一般大眾的經驗豐富，他的說法必有其值得思量之處。「不停歇的重複，」他繼續說道，「才能將政治觀點烙印在聽眾腦海中。人啊，只要不斷聽到相同的論述，就會不自覺地將其視為真理。最終，這些想法會靜靜歇憩於腦中，人們就不再對其多加懷疑，一如對待自己的宗教信仰一般。」

政治家海勒姆·詹森深知歐康諾所指出的道理，這也是為什麼他願意花七個月的時間，積極奔走於加州南北，並在每一場演說的結尾都加上這句話：

請記得，朋友們，我將成為下一任加州州長，而在我當上加州州長後，我就會把威廉．赫林以及南太平洋鐵路公司逐出政府之外。晚安！

基督教神學家約翰．衛斯理的媽媽也深知歐康諾所提的道理，因此，當她的丈夫問她，為什麼要把同樣的道理對孩子重複說二十次？她回答道：「因為他們在我重複第十九次的時候，還沒學會這個道理。」

伍德羅．威爾遜同樣深知歐康諾所說的道理，因此他時常運用在自己的演說中。請注意下面的引文，他的第二和第三句話，僅僅是重述第一句的論述，並將其換句話說罷了。

你知道，過去幾十年來，學院中的學生都未受到良好教育。你知道，我們大量的教學卻沒有訓練任何學生。你知道，我們眾多的指導卻沒有教育任何人。

然而，儘管我們在此提出了重述論點的種種好處，但必須在此提出警告，這個技巧在初階講者手中，恐怕是個危險的工具。除非他的字彙量非常龐大，否則，他的複述和重述，恐怕會變成劣質而太過直白的重複，而這將是其演說的致命傷。一旦聽眾察覺了，他們便會開始不安於室，不耐煩地看錶。

一般性的描繪和實際案例

不過，只要懂得運用一般性的描繪，加上實際案例，就很難讓聽眾感到無聊。這樣的內容不僅有趣，也很容易讓人專注，如果你的目標是要讓人印象深刻，並說服聽眾的話，這是非常重要的，可以避免相抗衡的想法產生。

比如，紐維爾．德懷特．希利斯牧師在某次演說中說道：「反抗是奴役；服從是自由。」他認為這樣的論述若沒有搭配進一步的闡釋，恐怕不夠清楚，也不夠震撼，因此他繼續說道：「違抗火、水、酸類的法則是死路一條。服從色彩的法則賦予藝術家以技巧；服從演說的法則賦予演說家以力量；服從鋼鐵的法則賦予發明家以工具。」

這樣的描繪很有幫助，可以讓人印象深刻，不是嗎？我們能不能再舉一些實際的案例，來讓他的論述更有生命力、更活靈活現呢？讓我們來看看。「服從色彩的法則讓達文西畫出了最後的晚餐；服從演說的法則讓亨利．沃德．比徹完成了著名的利物浦演說；服從鋼鐵的法則讓麥考密克發明出機械收割機。」

這是不是又更棒了呢？

人們喜歡聽講者說出人名、日期——讓他們若有興趣可以去查證的資料。這樣的演說顯得很誠實、誠懇，可以贏得聽眾的信任，讓聽眾印象深刻。舉例來說，要是我說「許多有錢人都過著簡單的生活」。這並不讓人印象深刻，這個論述太模糊了，對吧？這句話並沒有從紙上躍然你眼前，相反地，還會很快就被遺忘。這句話既不清楚也不有趣，更無法說服人。你記憶中曾讀過的某篇新聞報導內容，就會讓你浮現出許多質疑。

如果我相信許多有錢人都過著簡單的生活，我又是怎麼得出這個結論的呢？是透過對實際案例的觀察。因此，要讓你相信我所相信的論點，就要向你展示這些實際的案例。如果我可以讓你看到我所看到的，你可能也會和我得出一樣的結論，而且可能完全不需要我在一旁煽風點火。

我提出實際案例和證據讓你自己得出的結論，會比我端給你一個現成的結論來得有力，而且可能是兩倍、三倍、五倍的力道。舉例來說：

老約翰・洛克斐勒在他位於百老匯街二十六號的辦公室裡放了一張皮沙發，每天中午就在那沙發上休息午睡。

已故的肉品包裝業大亨奧格登．阿莫爾總是晚上九點就寢，早上六點起床。
已故的約翰．派特森，全美現金出納機公司總裁，不菸不酒。
法蘭克．范德利普，曾任全美最大銀行總裁，一天只吃兩餐。
牛奶和古早味薑汁威化餅就是舉重冠軍海曼每天的午餐。
銀行家雅各布．希夫只喝牛奶當午餐。
鋼鐵大王安德魯．卡內基最喜歡的食物是燕麥和奶油。
賽勒斯．柯提斯，是《星期六晚郵報》和《婦女家庭期刊》的老闆，他最愛的食物是烤豆子。

這些實際案例在你腦中產生了什麼作用呢？這是否讓剛才那句有錢人往往過著簡單生活的論述，變得更生動？這些事實是否讓你印象深刻呢？你在聽這些案例的時候，腦中是不是很難浮現出相反的例子呢？

堆疊的原則

菲利普斯教授在《有效說話》一書中，說道，「一定要有一連串的案例，來強調最一開始的論述。大腦必須一而再、再而三地接收相同資訊；一則又一則經驗必須不斷堆疊，直到該想法深深陷入聽眾的腦中，壓出一個痕跡。如此一來，這個想法便成了他們的一部分，無論時間或其他事件都不能將其抹去。這個原則就叫做堆疊。」

請注意我們在前文整理出多項實例來證明有錢人的生活往往很簡單時，就使用了這項堆疊原則。此外，也請注意在前文我們試圖證明費城是「巨型世界廠房」時，同樣也運用了這個原則。在以下的段落中，參議員瑟斯頓也是運用了這項原則，來證明人類唯有靠武力，才能導正是非，解除壓迫。要是他所列舉的案例被刪去了三分之二，又會造成什麼什麼結果呢？

以人性和自由為名的戰役，何曾不靠武力便取勝？不義、不公、壓迫的路障，何曾不靠武力便能突破？

武力迫使不情願的貴族簽下英國《大憲章》；武力賦予美國《獨立宣言》和《解放奴隸宣言》生命；武力赤手空拳地打在巴士底監獄的鐵門上，並在僅僅一小時內，就報復了幾世紀以來由王室所犯下的罪刑；武力在邦克山上揮舞革命的大旗，並在福吉谷的雪地上留下血腳印；武力守住了夏羅的戰線，攀上了查塔努加被烈焰吞噬的山坡，衝破陸奧高地的雲霧；武力和謝爾曼一起行到大海，和謝立丹在雪倫多亞河谷並肩作戰，並在阿玻馬透斯贏得最終勝利；武力保護了聯邦，保住了國旗上的星星，解放了黑奴。

鮮明的對比

許多年前，一名在YMCA布魯克林中心修習此課程的學生，在一次演說中提到，過去一年，祝融之禍毀損了為數眾多的房子。他進一步說道，要是把這些被燒毀的房子排成一列，其長度可以從紐約排到芝加哥，而其中，要是我們把因這些火災而喪生的人，以半英里的間隔一一排列，這條長龍則可以從芝加哥再排回布魯克林。

他給的數字我差不多當場就忘了，但十年過去了，我還是可以毫不費力地想像他所說的那條長龍，一整排被熊熊大火吞噬的房子串連起來，從曼哈頓島一路綿延至伊利諾州的庫克郡。

為什麼會這樣呢？因為聽覺的印象很難留住，就像夾帶雪片的細雨打在山毛櫸光滑的樹幹上一般。而視覺的印象呢？幾年前，我曾在多瑙河河畔，看到一間房子裡，嵌著一顆砲彈——那是一顆拿破崙的軍隊在烏爾姆戰役中所發射的砲彈。視覺的印象就像這顆砲彈一樣：會產生非常驚人的衝擊。視覺印象會嵌入你腦中，固守於此，它們很輕易就能將所有反駁的想法趕走，就像拿破崙大軍打跑奧地利軍隊一般。

裴利對無神論者的回應之所以有力，其中一部分的原因，也在於他利用了視覺的輔助。議員伯克在譴責美洲殖民地稅制的演說中，也使用了相同的技巧，他說了一句極富寓意的話：「我們不是在剃羊毛，而是狼毛。」

找專家來背書

當我小的時候，在中西部的農場上，閒來沒事就會拿根棍子架在羊群要通過的門上。在前面幾隻羊接連跳過棍子之後，我就會把棍子拿走，但是在這之後，羊群依舊接連著用跳的穿過這道門，以避開某個隱形的障礙物。牠們會這樣做的原因無他，就是因為前面的幾隻羊都這麼做。綿羊並非唯一有這種傾向的動物，幾乎所有人也都傾向去做其他人在做的事，相信其他人所相信的事，且不疑有他地接受名人顯貴的說法。

我在美國銀行業學會紐約分會的一個學生，他在有關儲蓄的演說中以下面的方式開場，這給了他相當大的優勢：

詹姆斯．希爾曾說：「如果你想知道自己是否會成功，有個很簡單的測驗——你有辦法存錢嗎？不行的話，就放棄吧，你一定會失敗的。你也許不以爲然，但你注定要失敗，就如你現在活著一樣無可辯駁。」

這麼做的效果，只比請到鐵路大王希爾本人蒞臨現場差了一點點。他的論述讓人印象深刻，可以達到阻斷聽眾產生相反的想法。

不過，在引用專家說法的同時，也別忘了注意以下四大要點：

1.引文明確

以下哪個論述比較讓人印象深刻，且具說服力？

A.統計顯示，西雅圖是全世界最健康的城市。

B.「根據聯邦政府的官方死亡率統計數字，西雅圖在過去十五年間，每年的死亡率是九．七八／千人；芝加哥是十四．六五／千人；紐約是十五．八三／千人；紐奧良則是二十一．〇二／千人。」

請謹慎使用「統計數據顯示……」這樣的開頭。是什麼的統計數據？誰統計的？為什麼要統計這個數據？請務必小心！因為「數字不會說謊，但騙子懂得計算。」常見的「許多專家都宣稱……」這樣的句子，是極度模糊的。這些專家是誰？請列出一位到兩位。如果你不知道他們是誰，怎麼有辦法確定他們說了什麼？說話要明確，才能讓聽眾有信心，讓他們知道你知道自己在說什麼。就連羅斯福都深信自己絕不可模稜兩可。他在威爾遜總統當政期間，在肯塔基州路易維爾發表演說時，就說道：

威爾遜先生在選前所做的承諾，不管是他本人在演說中所做的承諾，或是競選團隊提出的承諾，全部都跳了票，無一倖免，而這一現象甚至在他自己的朋友圈中，也成了玩笑話。就連威爾遜先生在國會中最出名的民主黨支持者，也曾以罕見的誠實，提到有關威爾遜先生本人及其競選團隊在選前的承諾跳票一事。甚至在被問到這件事時，威爾遜先生回答道：「我們的競選團隊目標是入主白宮——而我們也贏得了選戰。」這段話被記載在第六十二屆國會第三次會議的國會紀錄第四六一八頁。

2.引用受歡迎的人物

個人的喜惡對我們是否相信他人的影響，其程度超乎我們的想像。我曾看到著名國際律師山繆·恩特麥爾在一場有關社會主義的辯論中，讓紐約卡內基音樂廳內的聽眾噓聲四起。他的言談相當彬彬有禮，而且在我看來，說實話，相當平和、無傷大雅。但是，在座的聽眾絕大多數都是社會主義者，他們對他深惡痛絕。就算他今天引用的是九九乘法表，他們恐怕都會站出來挑戰其真實性。但前面所提到的，在美國銀行業學會的分會演講時引用希爾的名言，則是非常妥當的做法。因為這名留著大鬍子的鐵路大亨，和銀行界的同僚彼此交好。

3.引用當地的專家名人

如果你在底特律演講，就引用一個底特律人的言論。如此一來，聽眾可以去打探這個人，可以進一步研究。他們對這個人的言論，會更加有印象，其效力絕對大過於某個名不見經傳的人物。

4.引用一個夠格的人

先問問自己以下的問題：這個人是否普遍被視為該主題的專家？他的論點是否有偏見？他在其中是否有私人利益的牽涉？

布魯克林商會的學生在有關專業化的演說中，引用安德魯·卡內基的言論，就是非常聰明的選擇。為什麼？因為在場的聽眾都是生意人，他們對這位鋼鐵巨擘有著無限的尊敬。此外，卡內基先生很常被引用在和商業成就相關的主題上，他畢生的經驗和在產業中的觀察，讓他成為非常夠格的專家。

> 我相信，在各行各業中，通往卓越成就的唯一道路，就是讓你成爲單一項目的專家。我對於分散資源的做法完全沒有信心。我的個人經驗是很少，可以說幾乎沒有遇過一個成功賺大錢的人，是同時投入多個項目的，至少在製造業是沒有遇過。成功的人，都是選定了單一專業，然後全心投入的人。

小結

「進入腦中的每一個想法、概念或結論，都會被認定為事實，除非出現其他足以反駁該想法的論點。」因此，若是我們的演說目的是要讓人印象深刻，或是說服他人，那麼我們所面對的挑戰，就有兩個面向：第一，闡述我們的想法；第二，避免對方產生反駁的想法，以免自己的論述失效，淪為空話。以下有八項建議，可以幫助你實現這個目標：

① 在嘗試說服他人之前，先說服自己。開口時必須流露出具感染力的熱忱。

② 讓對方看到，你想讓他們接受的論述，其實和他們所相信的事實非常相近。（範例：裴利與無神論者的對談、聖保羅在雅典的演說、老漢普夏紙品公司的文宣。）

③ 反覆陳述你的主張。（範例：詹森的「我將成為下一任加州州長……」、威爾遜的「我們沒有教育任何人……」。）當你反覆提到數字的時候，請記得將它們具體化。比如說，英國在世界大戰中花費了三百四十億美元——相當於自耶穌誕生以來，不分晝夜，每分鐘花三十四美元的總和。

④ 使用大眾化的譬喻。（範例：希利斯牧師的「服從色彩的法則賦予藝術家以技巧……」。）

⑤ 使用實際案例，引用明確的例子。（範例：「許多有錢人的生活都很簡單……法蘭克．范德利普一天只吃兩餐。」等等）

⑥ 善用堆疊的原則，「一則又一則經驗必須不斷堆疊，直到該想法深深陷入聽眾的腦中，壓出一個痕跡。」（範例：「武力迫使不情願的貴族簽下英國《大憲章》……」等句。）

⑦ 多用鮮明的對比。聽覺的印象很容易被沖淡，視覺的印象則能像顆砲彈一樣深深嵌在腦中。（範例：被烈火吞噬的房子，一路從布魯克林排到芝加哥。）

⑧ 利用公正的專家來為你的論點背書。要像羅斯福的引言一樣明確，並引用受歡迎的人，引用當地專家名人，引用夠資格的人的言論。

發聲練習——鼻腔共鳴

羅斯福在第一次參與競選活動時發現，激烈的巡迴演說開始沒多久後，他的嗓子就不行了。於是，他聘請了一位聲音教練，陪他在火車上練習。在站與站之間，羅斯福不斷練習「叮噹、叮咚」等的鼻音，讓這些聲音在鼻腔中繚繞，訓練鼻腔共鳴。鼻腔共鳴可以讓聲音更響亮，也更有力，對於需要讓聲音傳到遠處的講者來說，非常有幫助。

練習一下羅斯福所用的方法，然後大聲念出以下愛倫坡的詩句〈鐘聲〉，不要只念一次，而是要每天念一次。我要你念這首詩的原因如下：

1. 用它來練習鼻腔共鳴。讓叮噹叮噹響叮噹的鐘聲傳遍鼻腔，事實上，不只如此，還要傳遍頭部各部位的腔穴中。如同我們在前幾章中所提到的，深呼吸，然後在朗讀和送氣時，感受一下在頭腔內和吸氣時相同的開闊感。
2. 在朗讀時，也用這個機會來訓練舌尖的力量和靈活度。
3. 請用朗誦這些詩句來訓練你的聲音，訓練出明亮、快樂的聲調。（請見第七章的發聲訓練）
4. 請用假音來朗誦第一段詩句。（請見第七章）

聽聽雪橇上的鈴鐺響——
銀鈴鐺——
銀鈴鐺響預告著世界的歡愉！
銀鈴鐺叮叮噹噹響叮噹，
響徹寒夜的冷風！
星光點點布滿天
抬頭一片閃光耀眼
水晶般的燦爛；
守時守時，
押著北歐古文的盧恩韻
叮噹鈴響湧出美妙樂曲
來自叮噹叮噹響叮噹，
鈴鐺叮噹響叮噹——
鈴鐺叮叮噹噹地響叮噹。

聽聽溫潤的婚禮鐘響——
金鐘敲！
鐘聲預示著未來的幸福和諧！
響徹夜晚宜人的晚風
帶來愉悅的聲響！
鐘響音符亦鑄金，
聲響和諧不走音，
流暢的小調悠揚
歐斑鳩邊聽邊注視著
月亮！
喔！喧鬧的小巢室，
傳來和諧鐘聲宣告世界的幸福！
成長！
生活！
在未來！述說著
驅動著的狂喜

搖擺敲鐘

叮噹叮噹響叮噹

金鐘叮噹響叮噹

叮叮噹噹響叮噹

敲響金鐘叮噹響叮噹！

第十四章

如何激發聽眾的興趣

一個聽眾能理解演說者的話，說明在他的頭腦裡已創造出相對應的圖景。因此，要是演說者使用模糊的、陳腐的、毫不鮮明的措詞，那麼只能讓聽眾打起瞌睡。

在演講中，如果你講一些理論或抽象的觀點，會讓聽眾感到厭煩，但如果你對他們講一些關於人的東西，那麼他們就會提起注意力。

在舊時代的某些國家，當你受邀到有錢人家吃飯時，把雞骨頭和橄欖籽隨意往後扔到地上是合乎禮節的。這對主人來說是種讚美，因為這個行為表現出你深知主人非常富有，家中有許多幫傭能在飯後打掃收拾。他們喜歡這種感覺。

你在有錢人家的奢華餐宴上，殘羹剩飯可以隨意處置，但在某些地方，窮人連洗澡水都得小心保存。因為自己在家煮熱水的花費非常高昂，窮人家只能去專賣店買熱水回家洗澡。而且洗完後，還能再把這些洗過澡的水拿回去，當二手貨賣給老闆。甚至，第二個客人用完這些二手洗澡水後，還可以再留起來繼續賣，只是價格當然又更低廉了。

你覺得這些民風習俗有趣嗎？是的話，你知道為什麼嗎？因為這是從不尋常的角度來探討尋常事物，是有關吃飯、洗澡等日常瑣事的一些奇聞軼事。

這些事總會引起我們的興趣——關於舊事物的新鮮事。

現在，你正在讀的這一頁書，擺在你面前的這一張紙，是如此的普通，對嗎？也許你已見過無數張類似的紙了，它們是那樣的枯燥乏味，但如果我要告訴你關於它的奇妙事實，你一定會感到興致盎然。那麼，讓我們一起來看看：這張紙看起來像一個固體，但事實上它是一個蜘蛛網狀的東西。物理學家知道這張紙由原子構成，而原子是多麼小啊！在前文中我們提及過，一滴水中的原子數就相當於地中海裡的水滴數或整個世界的小草葉片數目。那麼，組成這張紙的原子是否包含更小的微粒呢？答案是肯定的，它們是電子和質子。電子圍繞著中心的質子做高速旋轉，這就相當於月亮圍繞地球轉一樣。電子的旋轉速度相當驚人，約每秒一萬英里，也就是說，擺在你面前的這張紙中的電子，在你閱讀的一瞬間已經越過了紐約到東京之間的距離。

兩分鐘前，你可能認為這張紙是靜止而乏味的，但事實上它包含了大自然的奧妙，是一場真正的能量颶風。

如果你現在對它產生了興趣，那是因為你獲得了新奇的知識，而這正是激發人們興趣的祕訣所在。要是你在每天的交際中都運用這一技巧，那麼你將會獲益匪淺。然而，人們對一無所知的新知識跟耳熟能詳的舊知識一樣都不感興趣，他們想獲得的是關於舊事物的新知識。例如，你對著伊利諾州的農民談布爾日大教堂或蒙娜麗莎，是無法激起他們的興趣的，因為農民們對此根本不認識，與他們的興趣沒有關聯。但如果你跟他們講述荷蘭的農民在低於海平面的地方耕作、修堤造橋，定會讓他們備感興趣；而如果你再告訴他們荷蘭農民在冬天與自家的牛同住一屋，在大雪紛飛的日子裡，奶牛會怡然地透過花邊窗簾欣賞外面的景色，那麼，他們定會驚訝得張大嘴巴，因為這是他們熟悉但又新鮮的事情。於是，他們會驚叫道：「花邊窗簾，為了一頭奶牛！真無法想像！」隨後，他們會把這個故事講給他們的朋友聽。

以下是一篇演講稿，當你閱讀時，看看它能否激發你的興趣。要是可以，想想為什麼。

硫酸對我們的影響

大部分液體是以品脫、夸脫、加侖或桶爲計量單位，我們通常會説幾夸脱酒、幾加侖牛奶、幾桶糖蜜。當發現一口新油井時，我們會説它日產量是多少桶。然而，有一種液體由於其產量與消耗量巨大，因此它是以噸爲計量單位，這種液體就是硫酸。

硫酸在我們的日常生活中無處不在，如果沒有硫酸，那我們得回到古老的馬車時代。因爲我們的煤油和汽油都要用硫酸來提煉，我們的辦公室裡、餐桌前、寢室內的電燈都不能離開硫酸的作用。

當你早上起床洗浴時，你所使用的鍍鎳水龍頭的生產是離不開硫酸的。你的搪瓷浴缸也同樣要以硫酸爲生產要素。肥皂是以油脂或石油爲原料的，而油脂和石油是要通過硫酸來加工的……還有你的毛巾、毛刷上的刷毛、賽璐珞質地的梳子、剃鬚刀等，它們的生產都離不開硫酸。

當你穿上內衣，扣好外套時，你是否想過，衣服在漂洗和染色的過程離不開硫酸，鈕釦的製作需要硫酸，皮鞋上的皮革與硫酸打過交道，擦皮鞋的油也含有硫酸。

當你下樓來吃飯時，如果茶杯跟茶托不夠潔白，那麼它們需要用硫酸來清洗，硫酸也用來清洗鍍金屬物品。如你的湯匙、小刀、叉子，如果它們是鍍銀的，那麼它們肯定泡過「硫酸浴」。

你早餐所吃的麵包或蛋捲是以小麥爲原料的，小麥在生長過程中需要磷酸鹽做肥料，而磷酸鹽的製作需要硫酸。你所服用的糖漿藥劑也與硫酸發生過關係……

總之，在一整天中，硫酸每時每刻都影響著你，無論你走到哪裡，無論是在戰爭年代還是和平年代，你都無法擺脫它的影響。雖然我們很少會看到硫酸的樣子，我們也不熟悉它，但它卻是我們生活中不可缺少的原料……這就是硫酸在我們生活中所扮演的角色。

世界上最令人感興趣的三樣事物

你認為世界上最令人感興趣的三樣事物是什麼呢？依我看是性愛、財富和信仰。我們可以透性愛繁衍人類，透過財富來保障生活，並透過信仰寄希望於明天。但這必須是我們自己的性愛、自己的財富、自己的信仰，因為只有自己的東西才會引起我們的興趣。

我們不會對如何形成祕魯人民的民族意識感興趣，但我們會對如何形成我國的民族意識饒有興趣；我們對印度的信仰不會有什麼熱情，除非是出於好奇心，但我們會十分關心給予我們無限希望的自己的信仰。

當已故的諾斯克里夫勳爵被問及人們對什麼感興趣時，他只用了四個字回答：「他們自己。」作為大不列顛最富有的報紙業主，諾斯克里夫勳爵是有資格這樣說的。

那麼，你想知道你是屬於哪種類型的人嗎？啊，現在我們要來談論一個有趣的話題，我們要談論你。它就像一面鏡子，讓你照看一下你自己，認清一下你自己，觀察一下你自己的幻想。那麼，幻想是指什麼呢？讓詹姆斯·哈維·羅賓森為我們闡述一下吧。下文節選自《思想的來源》：

在清醒的時候，我們的大腦一直在運轉著，而絕大部分人也會認爲即使在我們休息的時候，大腦也會在不停地思考，雖然此時的思考不大理性。當不被外界干擾的時候，我們處於一種幻想狀態，是一種自發的，但又備受自身歡迎的狀態。在這種狀態下，我們的思想隨著我們的願望與恐懼，隨著我們的成功與失敗，隨著我們的喜好厭惡以及不滿而自由地發展，因爲沒有比我們自身的東西更能吸引我們自己了。

雖然思想是無意識的，但它又在這無意識中不斷地圍繞著我們。在自己和別人身上覺察到這一點，眞令人感到有些可笑與可歎。平時，我們會對此置之不理。但一旦我們對此認眞思考，就會發現它正如正午的太陽一樣耀眼。

其實，幻想是形成我們性格的前提，是我們人生經歷的反映……而這些幻想勿庸置疑地會影響我們對自我定位和自我判斷的思考，而這些思考又主要是以幻想爲出發點。

因此，你要謹記，當人們不再為家務或工作操勞時，他們的大多數時間會用來反省自己或欣賞自己。對普通人而言，與其關心義大利還清對美的債務，倒不如關心自家的生活垃圾；他們寧願多看看鈍了的刮鬍刀，而對南美洲革命不屑一顧。對女人而言，牙痛會比造成五十萬人死亡的亞洲大地震更令她們沮喪，她們寧願聽別人誇獎自己，而對歷史上最偉大的十位人物毫無興趣。

許多人在交談中不能成為優秀的交談者，是因為他們只顧談些自己感興趣、而對別人來說則是厭煩的東西。其實，在交談過程中，你應讓別人談些他們自己的事情，如他們的愛好、他們的工作、他們的高爾夫球技、他們的成就。如果你的談話對象是一位母親，那麼就讓她談談自己的孩子等，而你在一旁專心聽講，不時給予愉悅的反應，即使你很少發言，你也會被認為是一位優秀的交談對象。

來自費城的哈樂德．德懷特先生在公開演說課程的期末考試中發表了一次演講。而這場演講是在一次晚宴上進行的，結果取得了很大的成功。在演講中，德懷特先生談及了宴會桌上的每一個人，講述了他們是如何開始演講的，又如何取得進步，並列舉了他們的演講題目、他們討論過的問題。前後，他還模仿了一些演說者，誇張地再現了他們的特點。結果，在座的各位開懷大笑，興致盎然。這樣的演講素材無疑是水到渠成，非常理想的。天底下沒有其他的素材更能引起當晚的聽眾如此大的興致，而德懷特先生是深刻知道如何去迎合眾人的心理的。

贏得二百萬人認可的思想

數年前，《美國雜誌》獲得了驚人的發展，它突飛猛進的發行量轟動了整個出版界。其中的奧妙是什麼呢？那是由於已故的約翰·西達爾以及他的思想。我初次見到西達爾先生時，他負責雜誌裡〈有趣的人〉的欄目，我為此欄目寫過幾篇文章。有一天，他坐下來跟我聊了很久：

要知道，公眾是自私的，他們只對自己的事情感興趣。他們對政府是否擁有鐵路的權利毫無興趣，但他們都希望知曉如何取得成功，如何賺更多的錢，如何保持身體健康等。如果我是雜誌的編輯，我一定會告訴他們如何保持牙齒健康、如何洗澡、如何在炎熱的夏季保持涼爽、如何獲得工作、如何管理員工、如何買房、如何記憶東西、如何避免語法錯誤等。讀者對人物故事是很感興趣的。因此，我會邀請一些富人講述如何在房地產業賺大錢，我也會邀請傑出的銀行家或各大公司的董事長，講述自己是如何在激烈的競爭中取得成功的。

這次談話後不久，西達爾真的擔任了編輯一職，但在其後的一段時間裡，發行量相對少了一點。然而，西達爾仍然堅持按照他所說的去做。結果如何呢？出人意料地，雜誌銷售量猛增到二十萬、三十萬、四十萬、五十萬份……因為公眾想知道的東西都在雜誌裡。不久，雜誌又發展到每日銷售一百萬份，接著是一百五十萬份，最後到二百萬份。然而，發展並沒有到此停止，在隨後的數年裡，銷售數字仍在不斷增長。這一切，正是因為西達爾滿足了讀者的個人興趣。

康威爾牧師如何引起上百位聽眾的興趣

全世界最受歡迎的演說《鑽石就在你家後院》，其成功的祕訣是什麼？答案就藏在我們一直在討論的內容中。約翰．西達爾在我剛剛提到的談話中，探討了這個演說，而我認為該演說的成功之處，正好和西達爾所提到的辦雜誌的原則相似。

這場演說並非一成不變，康威爾牧師會根據他所在的城鎮，對演說內容進行微調，這點非常重要。以貼近當地生活的事物做例子，不只讓每場演說都很新鮮，還能讓該城鎮及當地聽眾感覺受到重視。以下是他自己對這項做法的詮釋：

當我造訪一個鄉鎮或城市時，總會試圖提早一點到，讓我有足夠的時間去拜訪當地郵局局長、理髮師、旅社老闆、學校校長、教區牧師，甚至到當地的工廠或商店，和當地人談話，培養對當地現況的同情心，認識當地歷史，了解他們成就了什麼事，又在哪些方面失敗了——任何地方都有其失敗之處，然後才開始進行演說，並將演說內容調整到能在當地適用。但《鑽石就在你家後院》的核心價值，一直保持不變。

這個核心價值就是，在我們的國家，每個人都有機會能在既有的環境中，利用自己的技能、自己的體力，和自己的朋友一起，創造更多價值。

能吸引注意力的演講素材

在演講中，如果你講一些理論或抽象的觀點會讓聽眾感到厭煩，但如果你對他們講一些關於人的東西，那麼他們就會提起注意力。其實，在大街小巷、茶餘飯後的眾多議論中，人們最關注的是什麼問題呢？是人。比如，有的人會說某某太太做了啥事，他看見某某人做各種各樣的事情，某個人突然間賺了筆大錢等等。

我曾給加拿大和美國的在校學生做過多次演講，在演講中我發現，如果要讓孩子們對我的演講感興趣，我不得不講一些人物故事給他們聽。一旦我涉及一些抽象的觀點或泛泛而談，他們就會坐立不安、抓耳撓腮，甚至交頭接耳。

沒錯，這邊的聽眾都是小孩子，但是根據美軍在戰時所進行的智力測驗顯示，美國人口中，有高達四十九%的人，其心智年齡僅僅相當於十三歲孩子。因此，大量使用和人有關的趣聞故事，絕對錯不了。擁有百萬讀者的報章雜誌，如《美國人》、《柯夢波丹》、《星期六晚郵報》等，裡面就充斥著這樣的故事。

有一次在巴黎，我讓一群美國企業人士談談「如何取得成功」。他們大多數都是稱讚家庭美德，歌功頌德，這都讓聽眾感到很厭煩。

因此，在演講課程上，我會中止演講而說：「我們不想聽人說教，沒有人會喜歡這樣。要記住，你們要激起聽眾的興趣，否則大家是不會注意你所講的內容的。而且要記住，世界上最能吸引人的東西莫過於經過美化後的傳說。因此，你不妨給大家講講你認識的兩個人的故事，為什麼一個會取得成功，一個會走向失敗。大家對此是很樂意去聽的，而且也容易讓人記憶，並從中獲得收益。而且，講這些故事比起抽象的、冗長的說教要容易得多。」

在本課程中，確實有一個學員常常覺得很難去愉悅自己或者其他人。然而，他接受了我的建議，在一天晚上的演講中，他給我們講述了他大學裡的兩位同學的故事。其中一位同學非常儉樸，即使是買一件襯衫，他也要在鎮上的不同商店裡反覆挑選，比較其洗熨效果、耐穿程度，以保證每分錢都花得最有價值。他的腦子裡總是裝著一分一分的錢；然而，當他從工學院畢業後，他又對自己定位頗高，不願意像其他同學那樣從底層做起。即使是到畢業三年後的同學聚會，他仍保持著以前買衣服的習慣，而且時刻盼望著幸運之神會降臨他身上。當然，那幸運之神從未來過。從那時起，二十年又過去了，而這位從不滿足、終日悶悶不樂的人仍然一事無成。

接著，演說者又舉了另一位同學的例子，其取得的成就超出了同學們的預料，與前一位同學形成了鮮明的對比。這位特殊的小夥子是個善於交際的人，每一個人都喜歡他。雖然他抱有遠大理想，但他甘願從小事做起，成為一名製圖員。但同時他又總是在尋找機遇，機遇終於來了：泛美博覽會將在水牛城舉行。他知道自己的工程學知識將會派上用場，於是他辭去了費城的工作來到水牛城。

由於他討人喜歡的性格，使他結識了一位在當地極富政治影響力的人物。接著，他們兩人結成了合作關係，迅速訂立了商業合同，共同為電信公司提供相當多的服務。由此，小夥子最終領得了高額薪水，成為一名千萬富翁，並成為西部工會的主要負責人。

在這裡，我們只對這位學員的演講擇其大概，事實上，在演講中，這位學員妙語生輝，使聽眾興致勃勃，並深受啟發……平時，這位學員經常為翻找三分鐘的演講素材而煩惱；而這次，他不停地講，在不知不覺中已過了半個多小時。由於這場演講精彩無比，以至於聽眾都覺得只是一瞬間罷了。這次演講真可謂是這一學員首次真正的成功。

從這件事中，我們每個人都受益良多，要是善於充分利用人們的有趣故事，即使是普通的演講也會極富吸引力。因此，演說者應適當減少要點，不要苛求面面俱到，並借助具體的事例做深刻的闡述。這種方法能夠吸引聽眾的注意力，而且屢試不爽。

如果可以，我們所舉的事例應盡量講述人們為勝利所做奮鬥的內容，因為人們總是對努力爭取和戰鬥充滿興趣。有一句老話說「戀愛中的人惹人愛」，而我並不這樣認為，應該是「世界喜歡爭奪」，因為人們熱衷於看到兩個男人為了一個女人而爭奪不休的情景。要是想看看具體事例的話，你不妨去讀一下小說或雜誌裡的故事，或看看電影。每當英雄男主角克服重重困難獲得了女主角的垂愛時，人們就會歡呼雀躍，甩衣扔帽，五分鐘後，清潔工人只好邊拿著掃把，邊喋喋不休。

其實，幾乎所有的雜誌都遵循這樣的公式：讓讀者喜歡故事中的男主角或女主角。其中，故事闡述了男、女主角的強烈願望，編造一些必須要克服非常艱難的阻礙才能得到的東西，然後展示男、女主角為實現願望而英勇爭奪，最後實現理想。

因此，關於一個人如何在工作中戰勝艱難險阻，最後走向成功的故事是非常鼓舞人心的，也是挺吸引人的。一位雜誌編輯曾告訴我，任何個人生活中的真實故事都是很受歡迎的。如果一個人不斷地爭取與奮進——恐怕沒有人不是這樣——那麼，只要他的故事被恰當地表達出來，就一定會極富吸引力。這一點已是不容置疑的了。

要使演講具體化

在同一次公開演說班中，曾有兩個學員：一個是哲學博士，另一個是曾在英國海軍度過三十年青春，看起來粗魯但實際十分友好的男人。當時，那個優雅的學者是一所大學裡的教授，而後者則是一家小型運貨公司的業主。然而，令人驚訝的是，小型運貨公司業主的演講比大學教授的演講更受歡迎。

這是為什麼呢？雖然大學教授的演講詞句優美、富有邏輯、表達透徹，而且舉止溫文爾雅，但卻缺少了演說中的一個重要因素——具體化，而顯得籠統、模糊。然而，小型運貨公司業主在演講中徑入主題，而且內容生動具體，加之他本身的活力以及令人耳目一新的措詞，使他的演講獲得了成功。

我之所以在此引用這兩個例子，並不是因為它們很特殊，或者是要對來自不同職業的演說者進行比較，而是力圖說明：不管演說者是否接受過正規教育，只要他的演講具體生動，就會產生強大的吸引力。

這一原則非常重要。為了讓你對此有充分的認識，我在此舉幾個例子，好讓你把此重要性銘記於心，不會忘記。

假如要描述馬丁．路德，一種說法是他是一個「固執而倔強」的孩子，而另一個說法是他坦言在一個上午被老師「打了十五次之多」。那麼，哪一種說法會更吸引人呢？顯然，「固執而倔強」不足以給人以強烈的吸引力，而「打了十五次之多」則讓聽眾更容易去理解。

以前，人們寫自傳的時候總要借助於一些普遍性原則，這正如亞里斯多德所稱的「不靈活頭腦的避難所」。現在，人們寫自傳時則會借助自身的具體事例。運用舊方法的傳記作者會說「約翰的父母貧窮但誠實」，而按照新的方法就會是，「約翰的父親沒錢給自己買一雙套鞋。當大雪紛飛的日子來臨時，他不得不用黃麻袋布把鞋子裹起來，以保持雙腿乾燥與暖和。但是，儘管家境貧困，他從不在牛奶中摻水，絕不把患病的馬當作健康馬來出售。」這樣，後者不是同樣表達了「貧窮但誠實」嗎？而且，這樣的表達不是更生動有趣嗎？

既然現代自傳如此，那麼現代的演講也不例外。

讓我們再來看看另一個例子吧。假設你要告訴人們尼加拉河每天都在浪費其潛在的巨大的水力能源，而且你也這樣表達了，同時你又補充說，對這些水能的利用會對我們的生活有很大的幫助。那麼，這種表達是否會激起聽眾的興趣呢？絕對不會。以下是引自科普作家愛德溫．斯洛森發表在《科學資訊日報》上的文章，你不妨對照一下，他的表達是否更精彩呢？

我們知道，在我們國家裡仍有數百萬人遭受貧困和營養不良的折磨，但尼加拉河每小時浪費的水能折合成經濟價值，就相當於二十五萬個麵包或六十萬個新鮮雞蛋掉到懸崖下，或製成超巨型的煎蛋捲。要是用印花布來計算，這些水能的損失就相當於尼加拉河四百英尺寬的河面上鋪上的印花布的價值。如果要折算成書籍的價值，那麼，一兩個小時內它就可以抵得上一座卡內基圖書館了。或者我們還可以把它想像成每天從伊利湖那邊沖下一間大超市，然後所有的物品被一百六十英尺下的石頭撞碎所造成的損失。

無疑，這種表達氣勢恢宏，極富情趣。它沒有多餘詞句，所有的表達都吸引著讀者。而且，它極富啟發性，不但激起了人們反對浪費水能的意識，也讓人們意識到平時的浪費的不對。

使用能在人們頭腦中創造圖景的措詞

在組織一篇極富吸引力的演講中，有一種技巧很重要、但總是被人們所忽視，而且普通的演說者對此一無所知，他們在意識裡根本沒考慮過這一技巧——這種技巧就是使用能在人們頭腦中創造圖景的措詞。通常，一個聽眾能理解演說者的話，說明在他的頭腦裡已創造出相對應的圖景。因此，要是演說者使用模糊的、陳腐的、毫不鮮明的措詞，那麼只能讓聽眾打起瞌睡。

創造圖景，就像你呼吸空氣那樣輕快自在。因此，把它運用到你的演講中、你的交談中，那麼你的話語將會更有趣，更富影響力。

那麼，讓我們以《科學資訊日報》中，關於尼加拉河的摘錄為例子來闡述一下。請大家看看這些圖景文字，它們就像蹦蹦跳跳的澳大利亞的兔子，蹦跳於每一句話之中。「二十五萬個麵包或六十萬個雞蛋掉到懸崖下，或製成超巨型的煎蛋捲」、「四百英尺寬的河面上鋪上的印花布」、「一座卡內基圖書館」、「水流下的一間大超市，物品被石頭撞碎」。

這樣的演講是很難被聽眾忘懷的，就正如電影院放映的動作片的精彩片段一樣令人過目不忘。

赫伯特·斯賓塞在他的著名小品文《經典哲學》中，早已指出能激發大腦構圖的措詞的卓越之處：

我們在思考問題時，通常不是從一般意義上出發，而是從特殊問題上進行……因此，我們應該避免使用類似於下面的句子：

與禮儀相比，一個國家的風俗和消遣通常是殘酷且野蠻的，其刑律也同樣是嚴厲的。

我們應該採用以下的表達：

與以戰爭、鬥牛和格鬥爲樂相對應，人們還用絞刑、火刑和肢刑作爲懲罰方式。

正如蜜蜂常可以在蘋果汁製造廠周圍尋覓到蜜汁一樣，能構建圖景的措詞在《聖經》和莎士比亞的著作中，也是處處可見的。例如，莎士比亞以這句戲劇名言：「給金子鍍金，給百合著色，給紫羅蘭灑香水。」的圖景措詞來形容多此一舉。

你曾否留意過歷代相傳的格言絕大部分都是形象化的語言？例如：「手中一隻鳥勝過林中一對鳥。」「福無雙至，禍不單行。」「強摘的瓜不甜。」同樣，經歷數百年且長久被使用的比喻也有類似的情形：「像狐狸一樣狡猾」、「像門釘（木樁）一樣死板」、「像烙餅一樣扁平」、「像石頭一樣堅硬」。

林肯亦從不間斷使用形象化的語言，在白宮期間，當面對著冗長、煩瑣、公式化的報告時，他會感到厭煩，但他不採用一般性的批評，而是用形象的語言讓人不容易忘記：「當我派人去買馬時，我不想知道馬尾巴上有多少根毛，而想知道這匹馬有何特點。」

透過對比激發聽眾興趣並互相影響

以下是麥考利對查理斯一世的宣判。大家可以注意到麥考利不僅運用了形象化的語言，還運用了並列句。另外，強烈的對比引起了大家的注意，這強烈的對比，就如磚與石灰泥對牆的功效一樣：

我們控告查理斯，是因爲他違背了他的就職誓言，而且他對婚姻亦是如此！我們控告他，是因爲他把人民拋棄給了頭腦發熱的教士們，使人們飽受痛苦，而他的唯一對策就是抱著自己的小孩親吻。我們控告他，是因爲他曾承諾遵守《權利法案》，而現在又違反它，我們還得知他現在已習慣每天早晨聽禱文！基於這一些考慮，又加上他那范戴克式的衣著、英俊的臉龐、尖尖的鬍子，我們一致認爲，他已在當代公眾心目中威望掃地。

我們對能激起聽眾興趣的素材已談論了很多。然而，正如庫克所說的，如果你機械地照搬這些方法，那麼演講仍會是枯燥乏味的。激發並保持聽眾的興趣是一件很微妙的事情，實際上是一種感覺和心理。它並不像操縱一臺蒸汽機那樣有章可循，可以說這是沒有什麼規則的。

但要記住，興趣是可以互相影響的。當你自身有過不愉快的經歷時，聽眾是可以感受到並理解的。不久前，在巴爾的摩市的公開演說課程中，一名學員在課間警告大家說，目前如果不停止在切薩皮克灣大肆捕獲岩石魚，那麼這種魚很快就會滅絕。對於這個問題，他已思考了好幾年，並深知其重要性。他的言行舉止表明他對此事件持非常認真的態度。當他演講之前，我對切薩皮克灣的岩石魚一無所知，可以想像，許多聽眾也應該和我一樣對其一無所知，並不感興趣。但演講還沒結束，我們所有人就已深深理解了他的觀點，都一致同意向立法機關遞交申請，請求立法保護岩石魚。

當理查．沃斯波恩．查爾德擔任美國駐義大利大使時，我曾向他請教成為備受歡迎的成功作家的祕訣。他回答我說：「我對生活充滿了熱情，因此我就把自己的感想告訴了讀者。」對於這樣的作家或演說者，有誰不會被迷住呢？

我曾在倫敦聽過一次演講，當演講結束時，著名英國小說家愛德華．弗雷德里克．本森評論說，他更喜歡演講的後半部分，我問他原因時，他說：「這位演說者好像對後半部分興趣更濃，而我通常會被演說者的熱情與興趣所左右。」

任何一個人都是如此，要謹記這一點。

小結

①我們會對平凡事物中的不平凡之處感興趣。

②我們最感興趣的是我們自己。

③如果你能夠引導別人談他們自己的事情、興趣，而自己則在一旁專心聽講，即使很少發言，你也會被認為是一位優秀的交談對象。

④美好的傳說以及人們的故事，都會贏得聽眾的注意力。因此，演說者應精簡要點，並借助有趣的事例對要點進行闡述。

⑤演講要具體確切，並列舉事實，這樣的表述才會更清晰、有趣，給人以深刻的印象。

⑥在你的演講中運用形象的措詞，使人們能在腦中創造圖景。

⑦如果可以的話應使用並列句和對比手法。

⑧興趣可以互相影響，聽眾是完全能理解演說者自身的不愉快經歷的。但是，只是機械地照搬方法是無法吸引聽眾的。

發聲練習——如何讓聲音傳得更遠

在大禮堂或是室外場地，要讓大家聽見你的聲音，不一定要大吼大叫，只需要正確地發聲即可。即使是輕聲細語，只要用力的方式對了，也可以傳到大戲院裡最遠的角落。

以下是可以幫助你把聲音傳得更遠的幾個建議：

1. 眼睛不要老盯著地板，這太外行了，而且也會讓聽眾感到很不舒服。講者雙眼盯著地板會切斷溝通的橋梁，影響講者和聽眾間的來往交流。此外，這麼做還會讓聲音直接撞到地板上，而無法順利地傳達到聽眾之間。

2. 「呼吸，」舒曼—海因克女士說道，「就是聲音的動力。要是沒辦法聽明地控制呼吸，那就什麼都做不了。想要不靠呼吸來唱歌，就跟想要開動一臺沒有汽油的車子一樣。」沒錯，而不靠呼吸來說話也是一樣徒勞。呼吸之於言詞，就像火藥之於子彈一般。你必須確保肺裡無時無刻都保有一口氣，可以像跳板或投石車一樣，把你要說的話給投射出去。不管是在商店櫥窗，或是射擊遊戲場，你一定有看過一種靠水柱讓小球上下跳動的裝置。說話的時候，也該像這樣子讓空氣推動你的一字一句。你的話語應該要像風箏一樣，乘著空氣飛翔。因此，讓我們深呼吸，感受一下肺臟在下肋處往外擴張，並將呈拱型的橫膈膜向下壓平。開口說話時，不要一次把氣全部用完，盡量用愈少愈好，請運用第五章中講述的方法來控制送氣。

3.放鬆喉嚨、嘴唇、下巴（請見第四、九、十章節）。受壓迫的聲音沒辦法傳得很遠，因為它們的震幅過低。

4.拿鎚子敲打鐵塊時，會發出震耳欲聾的惱人噪音；但這個聲音卻傳不遠。相反地，交響樂團或是其他樂隊所演奏的音樂，即使在嘈雜的宴會或是喧鬧聲中也可以被聽見。為什麼會有這麼大的差別？原因很簡單：樂隊所演奏的樂器，發出的是純粹且和諧的聲音，具有共鳴的聲音；但是，鎚打鐵塊所發出的聲音，卻是沉悶而難聽的鏗鏘聲，而且沒有共鳴。幾天前，我站在一名正吹響著號角的軍號手旁邊。要是他把同樣的一口氣，拿來喊叫，聲音絕對傳不遠；但他這一口氣吹進了軍號，在管身產生共鳴振動，製造出能傳得非常遠的音波。

現在我們明白了，為什麼有些看似很大聲的聲音，卻傳不遠：因為缺乏共鳴。而共鳴正是讓聲音傳得遠的祕密——共鳴、開闊、保留空氣。

因此，請勤加練習第四、九、十章節中，專為此目的而設計的發聲練習。

在聽廣播的時候，跟著音樂一起哼唱，用手掌感受一下頭頂和後腦處的振動，以及鼻腔中、嘴唇上、臉頰、胸腔所產生的振動。為了充分運用你天生的共鳴，記得在說話時，也讓頭部保持吸氣時的開闊感，這是最重要的一點。

5.你說話的音高應該要富有變化，要能隨著演說的內容，隨意調高或變低。演說的原則我們在第七章中已經討論過了。而改變音高，則可以讓每個字都更有各自的特色，讓它們更獨樹一格。

6.為了要讓聲音傳得遠，我們必須要有足夠的聲量。不要以為這就是大聲的意思。說話虛偽，或是對自己的演說內容漠不關心的人，跟誠心誠意，認真投入演說的人相比，即使在其他條件都相同的情況下，其聲音也無法傳得那麼遠。空話無法深入人心，豐沛的情感才能。

醫師進到病房時注意的第一件事，就是聲音，聲音反應出一個人的生命力。生病的或是疲倦的人，絕對發不出穩健且深入人心的聲音。因此，在演說前請務必充分休息，保持良好的生活作息。

「使用得當的美妙嗓音，」梅爾芭女士提醒道，「只有可能來自於健康的身體……完善的健康是成就任何大事業的關鍵……大量呼吸新鮮空氣，攝取天然、營養的食物，加上每天八到九小時的睡眠，這些都是歌唱家必須做到的，因為他們的身體狀況都會反應在歌喉上。」

第十五章

如何敦促他人採取行動

要贏得聽眾信賴的最好方法，就是靠實力。

贏得聽眾信賴的第二個方法，就是引用親身經驗。

第三步，就是要闡述事實，要教導聽眾你的論點有何優勢。

第四步，就是要訴諸於刺激人們行動的動機。

要是你可以讓自己現有的任一才能精進兩倍，或甚至三倍好了，你會選擇讓哪一項才能突飛猛進呢？你難道不會想提升自己對他人的影響力，提升敦促他人採取行動的能力嗎？如此一來，你會變得更強大、獲得更多收益、享受更多樂趣。

難道這項對於取得成功至關重要的技能，對我們絕大多數人來說，都只能靠碰運氣嗎？難道我們只能靠本能反應，靠經驗法則，一路跌跌撞撞嗎？還是說，有其他更聰明的方法呢？

是的，的確有，而且我們馬上就要向你說明，一個依據常識和人性而發展出來的方法；一個根據你我的天性而生，筆者自己經常使用，而且也成功地訓練他人使用的方法。

第一步，是要吸引他人的注意，引起聽眾的興趣。如果不這麼做，一般人不會仔細聽你說話。

要引起他人的興趣和注意力，方法我們已經在第九章和第十四章中討論過了，何不回頭去複習一下呢？

第二步，是要建立聽眾對你的信心。如果不這麼做，他們不會相信你說的話。這是許多演說家之所以失敗的原因。也是許多廣告、商業書信、員工、企業的弱點，是許多人之所以在人際溝通上失敗的原因。

靠實力贏得信心

要贏得聽眾信賴的最好方法，就是靠實力。老皮爾龐特．摩根曾說，性格是一個人能否獲得貸款的最主要因素。性格也是贏得聽眾信賴的最主要因素之一。我曾觀察到不下數次，主體性格輕率而有小聰明的演說者，他們的演說成效遠遠不如那些雖然天生較不機靈，但是卻誠懇得多的演說者。

在筆者最近指導的一個課程中，有位學員不只天生外表出眾，當他站起來說話時，更是口齒伶俐、思路清晰。然而，當他的演說結束時，聽眾只會淡淡說句：「聰明的年輕人。」他給人一種看上去很機靈的印象；但這個印象很膚淺，沒什麼分量。在同一班學生中，有個保險業務員個子小小的，有時候連說一個字也要想半天，措詞也算不上優雅，但是他真切的誠意在眼中發光，和他的聲音一同流洩而出。因此，聽眾會在不知不覺間專注地聽他說話，信任他所說的內容，對他產生親切感。

「不，不管是米拉波、拿破崙、伯恩斯，還是克倫威爾，任何有能力的人，」卡萊爾在《論英雄與英雄崇拜》一書中提到，「首先必須是認真的，也就是我所謂真誠的人。我可以這麼說，誠懇，最真切、誠摯的誠懇之心，是任何一種英雄的首要性格。不是自稱的那種誠懇，喔不，那是非常糟糕的狀況——膚淺的自吹自擂，刻意塑造的誠懇，通常是出於自負。偉人的誠懇是不可言說的——他通常沒有意識到自己的誠懇。」

一名非常傑出優秀的演說者在幾年前過世了，他年輕時，許多人樂觀預言他將大有可為，但他在有生之年卻沒有達到那樣的成就。他的聰明才智遠遠超過其胸襟之寬大，他出賣自己的天才，願意為任何能帶來金錢收益及一時好處的原因進行演說。他獲得了不誠懇的名聲，而職業生涯也因此毀於一旦。

一如韋伯斯特所言，試圖假裝表現出同情心或是誠懇之情是徒勞無功的，絕對不會成功。你必須要真誠，必須要有對的語調。

「群眾間最深刻的情感，」著名的印第安納州演說者亞伯特．貝弗里奇說道，「對他們最具影響力的元素，便是虔誠。這是出於本能的基本元素，一如人的自我防衛機制。這會和個人的智力和個性相溝通。靠著講述未成形的思想來影響他人的專家，必定和聽眾之間有著難以言喻的同理之情。」

林肯就和群眾有這樣的同理之情。他很少表現得光彩奪目，我想應該沒有人會稱他為「演說家」。在和道格拉斯法官的辯論中，他在儀態優雅、言詞流暢、修詞技巧各方面都不如對手。人們稱道格拉斯為「小巨人」，而他們給林肯的稱號又是什麼呢？是「誠實的亞伯」。

道格拉斯的個性非常迷人，有著超凡的精神和生命力。但是，他是出了名腳踏兩條船的人，他將策略置於原則之上，更將個人利益置於正義之上，而這正是他招致毀滅的原因。

而林肯呢？嗯，當他開口時，整個人散發出一股樸實粗糙的氣場，而這使他的話語加倍地有力。人們可以感受到他的誠實、誠懇，以及基督般的性格。以法學知識而論，比他出眾的大有人在，但極少人能對陪審團有這樣大的影響力。他的出發點不是為了造福林肯這個人，他更看重千百倍的是正義和永恆的真理，而聽眾可以從他的話語中感受到這一點。

以個人親身經驗出發

贏得聽眾信賴的第二個方法，就是引用親身經驗，這非常有用。當你提出自己的意見時，聽眾可能會質疑你的說法。如果你只是轉述他人的話，或是引用你在某個地方讀到的論點，你的言談會散發出二手貨的氣味。但是，你的親身經歷和體驗帶有真實感，散發真實不造假的味道，而這正合大眾的口味。他們會相信你，會視你為該主題的世界頂尖專家。

要知道親身經驗的效力有多大，最好的範例是《致賈西亞的信》。全世界都對阿爾伯特．哈伯德在書中所說的一切深信不疑。他的所說所言都來自親身經驗，你很清楚，因為你可以感受到，整篇文章都散發著這個感覺：「我曾是帶便當上工的工人，靠領日薪過活，我也曾擔任過管理職，我很清楚，兩方都有很多話要說。」

正式介紹

介紹，這個詞的意思是為人引進或帶入新的事物，也就是說，一個介紹應該要能帶領我們進入該主題的內部，讓我們對其產生興趣，而想聽取相關的討論。介紹應該要能帶領我們深入了解演說者的生平事蹟，展現出該演說者確實夠資格來討論此一主題。換句話說，一個好的介紹應該要能向聽眾「推銷」演講的主題，以及「推銷」演說者，而且還得在最短的時間內完成這些任務。

介紹詞應該要能達成以上目標，但事實上呢？十次有九次都達不到目的，完全不行。大部分的介紹詞都很糟糕——軟弱無力，且極度不恰當。

舉例來說，我曾聽過一個知名演說者——他應該能更好地——介紹愛爾蘭詩人葉慈上臺念自己的詩。葉慈在這次活動的三年前，才獲頒了諾貝爾文學獎，這是對文學家最崇高的榮耀。我確信當場只有不到一成的聽眾知道這個獎項，以及其所代表的意涵。因此，介紹人應該要提一下這個獎項，並介紹其重要性。就算什麼介紹都沒有，也至少要提到該獎項的名稱。而活動的主席做了什麼呢？他完全忽略了這些事實，自顧自地談起了神話和希臘詩。毫無疑問地，他完全沒有察覺到，自己的自負使得他只顧著用自己的知識和重要性來打動聽眾。

這名主席，儘管身為國際知名演說家，他已經被別人介紹出場過千百次，卻完全不知道該如何介紹別人。要是他這個等級的大人物都可能如此失禮，我們對於其他活動的一般主席又能有什麼期待呢？

那我們該怎麼做呢？帶著應有的謙卑和溫順，在事前去找活動主席，主動詢問他是否需要一些資訊，來幫他擬定介紹詞。他會欣然接受你的提議。接著，你就告訴他你希望能被提及的事，能證明你是討論該主題最佳人選的事，聽眾該知道的基本資訊，一些能贏得聽眾注意力的事。當然，要是只說一次，主席可能聽完就忘了大半，然後把剩下的資訊全搞混在一起。所以，建議你可以把這些資訊濃縮成幾個簡短的句子，打字、印出來交給他，並希望他在上臺介紹你之前，可以再看過一次。他會這麼做嗎？也許不會，但你已經盡力了。

教導聽眾你的論點有何優勢

有一年秋天，當時筆者同時在大紐約地區的數個YMCA分會教授演講課程。其中有名學員，是城裡最有名的銷售組織中的明星售貨員，有一天，他在課堂上大膽宣稱他有辦法在不用任何種子或根系的幫忙下，種出藍草。根據他的現身說法，只要在剛整好的地上，撒上山胡桃木灰，很快地，藍草就這樣長出來了。他深信只要用山胡桃木灰，而且光是靠山胡桃木灰，就可以種出藍草。

在講評他的演說時，我笑笑地跟他說，這項了不起的發現可以讓他當上百萬富翁，因為一蒲式耳[1]的藍草種子就要價好幾塊錢美金。我跟他說，這項發現可以讓他名留青史，名列史上最傑出科學家之一。我還告訴他，能夠完成這項奇蹟的，前無古人，後無來者，而且，古今中外還沒有人能從無生命的物質中創造出生命來。我很冷靜地跟他說，因為我覺得他犯的錯誤非常顯而易見，非常荒誕，根本不需要特別反駁他。我說完之後，班上的其他學員都看出了他論點的愚蠢之處，但他自己卻沒看出來，一點都沒有。他對於自己的主張深信不疑，認真的要命。他跳起來抗議說他沒有錯，他不是在講述一個理論，而是他自己的親身體驗，他言之有物。他繼續說道，重述自己一開始的論點，提出更多資訊、更多證據，他的聲音中透露出樸實不造作的誠懇和真切。

我又跟他說了一次，他的主張根本不可能成立，連一丁點的可能都沒有，差了十萬八千里。他馬上又站了起來，要跟我賭五塊錢，讓美國農業部來裁決我們的爭議。我注意到，接著就有幾個學員開始傾向相信他的主張。我覺得實在不可置信，所以就去問這幾個學員，為什麼突然決定相信他的主張。他們只有一個答案，認真，就是他表現出的認真態度。

認真，蘊含了不可思議的力量——尤其是對一般大眾而言。

有獨立思考能力的人極少，大概就跟衣索比亞的黃玉一般稀有。但是，我們每個人都有感情和情緒，而且我們也都會受演說者的情感影響。只要他夠認真地相信某件事，而且非常認真地說明，就算他堅持自己能光靠土和灰燼就種出藍

---

1 英制的容量、重量單位，常用來量度穀物、乾貨等。——譯者註

草，也可能吸引一幫擁護者，招來一幫追隨者。就算聽眾是紐約市一群見過世面而極有成就的商務人士，他也能做到。

當你成功引起聽眾的興趣，且讓他們對你產生信心之後，真正的考驗就來了。第三步，就是要闡述事實，要教導聽眾你的論點有何優勢。這就是你演說的核心，你要端上桌的主菜。這是你必須花最多時間準備的部分。你必須運用在第十二章中學到的，清晰的論述，以及在第十三章中學到的，讓人印象深刻、說服他人的技巧。

這就是你的準備功夫派上用場的時候了，這個時候，任何準備不足之處，都將化身為班珂[2]的鬼魂來糾纏、嘲笑你。

此時此刻，你必須站上前線，一如福熙元帥所說的，「戰場不是給你學習的地方，你只能竭盡所能運用所知。因此，你必須在上戰場前就通曉一切知識，並懂得如何快速應用。」

此時此刻，你對於演說主題的了解，必須比你將演說的內容多上好幾倍。一如《愛麗絲鏡中奇緣》中的白騎士，他在準備踏上旅途時，對可能遇到的各種緊急情況都預做了萬全準備：他帶了一個捕鼠器，以免在夜間受鼠輩侵擾；他還帶上了一個蜂巢，以免在路上遇到無家可歸的蜂群。如果白騎士也用相同的精神來準備演講比賽，必定會抱得冠軍。他將能夠以大量的資訊，來對付並壓倒任何人提出的反駁意見。他將能對演講的主題融會貫通，而且能對演講內容進行完整透徹的安排，絕對沒有失敗的可能。

派特森如何應答反駁之詞

如果你要和商務人士討論和他們切身相關的一些提案，你不只需要教育他們，更重要的是要讓他們教育你。你必須先弄清楚他們心裡在想些什麼——否則，你可能會完全離題。讓他們表達自己的看法，回應他們提出的反對意見，他們就會更願意冷靜聽你說話。以下取自《系統》雜誌的引文，就是第一任國家現金出納機公司總裁，已故的約翰·派特森自述自己處理這類情況的經驗：

當時，我們不得不提高收銀機的價格。因此，代理商和銷售經理就抗議了，他們認為這樣一來會導致客源流失，我們必須維持原先的售價。我把他

2　即莎翁名劇《馬克白》中，糾纏並將主角馬克白逼瘋的鬼魂。——譯者註

們全找來代頓一起見面開會。我好好布置了開會的場地，在我身後的講臺上掛起了一大張紙，還請來了一個專畫招牌的工匠在現場待命。

開會當天，我讓大家提出他們反對漲價的原因。他們就像機關槍一樣，不停地提出各種理由，而我請來的工匠便以同樣的速度，把所有理由一一寫在背後的白紙上。第一天的會議就在收集各種反對意見中度過，我什麼也沒做，只是不斷鼓勵大家發言。會議進入尾聲，我們得到了一張爲何不該漲價的清單，裡面洋洋灑灑至少有一百項不同的理由。所有可能的理由就這樣攤在眾人眼前，在他們看來，很明顯地我們已經有了結論，價格不該有所變動，而當天的會議就這樣結束了。

隔天早上，我針對每一項反對意見，一一用圖表和詳細的文字解釋，說明其不成立的理由，而他們也被我說服了。爲什麼呢？因爲所有可以用來反駁的原因，都已經白紙黑字的呈現在大家面前，所有相關的討論都集中起來了，沒有任何漏洞或解釋不清的地方，我們當場就把所有事都解決了。

對我來說，像這樣的會議，不能只以解決爭端爲目的，一場和所有代理商的會面，在結束時，必須讓所有人內心充滿一股新的熱忱；這次的會議討論，可能會讓收銀機本身的優點失焦，這可不行，我們必須要有個戲劇性的完美收尾。因此，我在會議結束之前，安排了一個小曲目，讓一百個人拿著手舉牌，一個接一個走上臺，手舉牌上有張圖片，是最新款收銀機的一小部分，並附上文字說明該組件的功能。在最後一個人走上臺之後，所有舉牌子的人在臺上集合，將他們手上的牌子放在一起，拼出精彩大結局——機器的完整模樣。於是，所有代理商紛紛站起身來，這場會議就在他們爲最新款機器瘋狂喝采中落幕。

讓不同欲望相互抗衡

我們的演說方法的第四步，就是要訴諸於刺激人們行動的動機。

在地球上，在世界裡，在海洋底下的一切事物的運行，都不是隨機偶然地發生，而是依循著不可避免的因果關係。因為世界按條理所造，原子亦循序而進。

世界上所發生過的所有事情，以及未來即將發生的事，都是因為受到某個前導事件的影響，而產生的合理且不可避免的結果；同時，它們也都是之後所發生的所有事件的導因。這項原則就如在販賣機投下五分錢硬幣，就會掉出一包口香糖一樣……當你認清了這個事實，你就懂了為什麼迷信是非常傻的事——亙古不變的自然準則，怎麼可能因為十三這個不祥數字，或有人打破鏡子這樣的區區小事，就被影響或改變呢？

我們所做的每一個有意識、刻意的行為，其背後的原因為何？就是欲望。行為舉止不受這項原則支配的例外之人，只有那些被關在精神病院裡的病人。能激勵我們有所作為的事情並不多，分分秒秒、日日夜夜支配著我們的，事實上只有寥寥可數的幾項渴望而已。

也就是說，如果你能參透這些動機，並以足夠的力道訴諸這些動機，你就擁有無比的力量。以下這位演說者就企圖這麼做，但輕率的他盲目行動，因此沒有達成目標。

比如，一名父親發現兒子年紀輕輕瞞著自己偷偷抽菸。父親火冒三丈、怒不可遏，對兒子大聲斥責，命令他馬上戒掉這個壞習慣，警告他抽菸有害身體健康。然而，要是這個孩子並不在乎自己的身體健康，他喜愛香菸的味道和抽菸的刺激感，更勝於對健康後果的顧慮，那又會怎麼樣呢？那麼這名父親的訴求，便是白費功夫了。為什麼？因為他不夠機靈，沒提出能打動兒子的理由，他只提出了自己在乎的動機，卻沒有站在兒子的立場思考。

但是，也很有可能，這個孩子全心全意地渴望能入選田徑校隊，參加一百公尺短跑比賽，成為傑出的運動員。那麼，只要這名父親能放下心中的怒氣，轉而告訴兒子抽菸會影響他的遠大抱負，對他嚮往的運動生涯有害，應該就可以順利地達到他想要的效果，也就是靠極度理性的方式，讓較強烈的欲望去打消較弱的一個。而這是在世界最大的體育賽事——牛津劍橋賽艇對抗賽中，真實發生的案例。選手們在整個訓練期間，嚴格限制自己禁菸，因為與贏得比賽的欲望相比，其他的一切都是次要的。

現代人所面對的最大難題之一，就是和昆蟲的戰爭。幾年前，東方果蛾跟著一批日本政府致贈的櫻花樹，來到了美國。這批樹被種在首都的一處湖邊，於是這些蛾開始四處擴散，並威脅了東岸幾個州的果樹農作。儘管噴灑了藥劑，也不見殺蟲的成效，最後政府沒辦法，只好再從日本引進另一種昆蟲，放到這幾個州，靠牠們來獵捕果蛾。也就是，農業專家決定利用害蟲來擊敗其他害蟲。

善於敦促他人付諸行動的人，通常也是使用類似的技巧。他們會利用其中一個動機去對抗其他的動機。這個技巧非常合理、單純，其背後原理如此顯而易見，容易讓人誤以為這是非常普遍的做法。事實不然。我們在日常生活所遇到的實際案例，往往讓我們更加堅信該做法之罕見。

舉個具體的例子：筆者最近在某個城市參加了午餐俱樂部的聚會。當時，鄰城的鄉村俱樂部正準備在自家球場舉辦高爾夫球賽，但只有少數幾個會員報名參加。午餐俱樂部的主席對此頗有微詞，他參與籌辦的活動報名不夠踴躍，讓他的名聲岌岌可危。因此，他站出來大聲疾呼，希望鼓勵更多會員參加活動。但他的演說簡直糟糕透頂，適得其反，他提出的理由，絕大部分都是基於自己希望大家參與活動。這根本不算是個訴求。他不懂得處理人性，只不過是在發牢騷罷了，就像前面提到的，因為兒子偷抽菸而怒氣沖沖的父親一樣，他完全沒有顧慮到聽眾的欲望。

他該怎麼做比較好呢？他應該要運用大量的常識，應該在開口前，先和自己對話，並問問自己：「為什麼其他會員不想參加這次的高爾夫球活動呢？有些人大概覺得自己沒有時間，其他人也許是顧慮火車票和其他各種花費。我要如何破除他們的顧忌呢？我要向他們證明，休閒活動不是浪費時間，刻苦工作不會讓你更有成就。我要告訴他們，充足的休息後，精神抖擻地工作五天，可以完成的事情，遠遠多於拖著疲憊的身軀連續工作六天。當然，他們已經知道這個道理，我只是要再提醒他們一下。我會著重強調他們想要的東西，讓它們壓過他們想藉著不參加活動而省下一點小錢的心態。我要向他們證明，這筆錢是對健康和快樂的投資。我會鼓勵他們運用想像力，想像自己身在高爾夫球場上，感受一下拂上臉頰的西風，踩在腳下的綠地，想像自己將為留在炎熱的城市裡，為了幾塊錢汲汲營營的人們感到惋惜。」

在你看來，這個方式是不是會比他原本「因為我想要你們參加」的訴求方式，來的更有用呢？

掌管我們行為的欲望

那麼，這些支配著我們的行動，並讓我們具有人性的原始渴望又是什麼？如果了解它們，並學習運用它們對我們個人的成功如此重要，那就讓我們來揭發它們吧。讓我們把它們攤在陽光下一一檢視、解析。

我們將在這一節中，探討並引用一些相關的故事。我想各位也會同意，這是讓這一主題更明確、更有說服力，並且更深刻地刻印在你記憶中的好辦法。

而其中最強烈的動機就是——就是獲利的動機。這個動機，鼓舞上億人，每天早上刻意努力提早兩到三小時起床。有關這項動機的力量，難道還需要我們多說嗎？

比金錢更強大的動機，就是自我保護的欲望。所有跟健康相關的訴求，都是奠基於此之上。比如，城市會以其有益健康的氣候做為行銷，食品製造商會標榜產品的純度和其對體能的助益，專利藥商會列舉藥物能緩解的各種疾病症狀，酪農聯盟會告訴我們牛奶富含維生素，是維持生命不可或缺的產品，或是反菸協會的演說者告訴我們，菸草的成分中約有三%是尼古丁，而只要一點尼古丁，就能使狗兒致命，只要八滴就能終結一匹馬——這些都是要訴諸我們渴望保命的原始欲望。

要讓訴求的動機更強烈，你必須把它變得與聽眾更切身相關。比如，不要只靠「引用」數據來解釋癌症病患人數不斷增加。不要這麼做。而是要「直接」把數據套用在現場聽眾身上，如「現場有三十個人，如果你們都活到四十五歲，根據醫學統計，你們之中有三個人會死於癌症。不知道這三個人會是你，或是你，或是那邊那位。」

和金錢動機相去不遠的——事實上，對某些人來說是更重要的——則是想要被重視、受人欽佩的欲望。換句話說，就是自負。

自負，世界上有多少罪行奉你之名而生！古時候的中國，有無以計數的年輕女孩，承受著錐心刺骨的痛楚，即使痛到哭喊出聲，也甘願接受裹小腳，只因為小腳能帶給她們驕傲。甚至在現今，中非某些地區也有數千名婦女，自願將木圓盤植入嘴唇。看起來的確非常驚人，其中有些圓盤甚至和你吃早餐的盤子差不多大。在這些部落中，當小女孩滿八歲後，他們就會用刀劃開她的嘴唇外部，並放入一個圓盤。隨著女孩漸漸長大，她們會把小圓盤循序漸進地換成較大的圓盤。最後，她們甚至必須拔掉幾顆牙齒，以挪出空間來容納這備受吹捧的裝飾品。笨重的飾品讓這些黑美人難以正常說話，部落幾乎沒有人能聽懂她們說話。但是，她們願意忍受這一切，甚至忍受沉默，以換來漂亮的外表，換來他人的欣賞，讓自己能高高在上，讓自己能感到驕傲。

也許我們在墨爾本、蒙特婁、克里夫蘭等地的作為沒那麼誇張，不過，「上校之妻和茱蒂．歐葛蕾蒂，骨子裡是倆姊妹。」[3]

因此，訴諸自負心的做法，只要技巧夠熟練，其力道大概只比黃色炸藥稍弱一些。

只要捫心自問，你來上這堂課的動機是什麼？你是不是在某種程度上也受到了影響，想讓自己有個更好的形象呢？你是不是也對發表精彩演說所帶來的內在滿足垂涎三分呢？對於講者身上自然散發出的力量、領袖風範以及崇高聲望，你

3　此處引用英國作家吉卜林的詩句，意指兩者半斤八兩，相去不遠。——譯者註

難道不會感到自豪嗎？

一本郵購期刊的編輯在最近一場公開談話中指出，在各式商業行銷書信中，沒有什麼比訴諸顧客的自負和利益來的更有效。

林肯曾經巧妙地以訴諸自負這項動機，贏得官司。

那是一八四七年，在塔茲韋爾郡法院的一場官司。史諾家的兩兄弟，向凱斯先生購買了兩副牛軛，以及一個草原開溝犁。儘管兩兄弟都還未成年，凱斯先生還是接受了由兩人共同簽署的兩百美元票據。當時限到了，而凱斯先生去收款時，卻只收到兩人的譏笑，沒有半毛錢，而且還是非常糟糕的訕笑。因此，他找上林肯，要將兩兄弟告上法院。

史諾兄弟辯稱他們當時尚未成年，而且凱斯先生收下票據的時候，也知道他們還未成年。林肯承認他們說得沒錯，也承認未成年人的行為在法律上的效力有限。「是的，先生們，我想那的確沒錯」，他在每一句抗辯後都這樣說道。聽起來，他已經放棄了掙扎。但是，當輪到他發言時，他轉向在座的十二位陪審團團員，說道：「各位陪審員，你難道願意讓這兩位年輕人，在人生剛起步時，就背負著這樣無恥而醜陋的性格嗎？史上針對人性所做的最佳評論是這麼說的——

不管是男人還是女人，大人啊，
榮譽都是其靈魂的珍寶：
偷走我的錢包，只是偷得一堆垃圾；是什麼，什麼都不是；
本來是我的，現在是他的，過去也曾在眾人間轉手；
但是，偷走了我的名譽
雖然不會讓小偷變得富裕
卻會讓我落入貧困匱乏之境！

他接著指出，要不是受到律師的不當建議，這兩個男孩或許也不會犯下這個錯誤。他指出，高尚的法律工作，也可能淪為不義的幫凶，接著，他轉過身，大聲斥責被告律師：「現在，各位陪審團團員，你有機會及時將這兩個年輕人帶回正軌。」

想必陪審團團員不會用自己的名譽和影響力，去保護不義的欺瞞行為吧。他們絕對無法一邊忠於自己的理想，卻一邊做出那種行為——這就是林肯的抗辯。他訴諸陪審團團員的自負，看到了嗎？而陪審團也在沒有離席的情況下，就投票表決通過被告必須償還這筆債務。

在這個案例中，林肯同時還訴諸了陪審團成員內心對正義的追求。這樣的追求對絕大多數人來說，都是與生俱來的。我們在街上若看到有人以大欺小，都會停下腳步來幫助被欺負的孩子。

我們是依賴感覺的動物，渴望享有舒適和愉悅。我們喝咖啡、穿絲質襪、上劇院、睡在床上而不是地上，不是因為我們理性判斷出這些事情對我們有什麼特別的好處，而是因為我們可以從其中獲得愉悅感。因此，只要指出你所提議的事物可以增加我們的舒適感或愉悅感，你就可以激起非常強大的行動力。

西雅圖以擁有全美國各大城市中最低的死亡率做為行銷，同時強調出生於西雅圖的孩子存活率較高，壽命也較長，他們的行銷訴求動機為何？他們訴求的是非常強大，幾乎是全世界人一舉一動的源頭——愛。愛國精神的基礎也是愛和情感。

有時候，當其他方法都失效時，訴諸情感反而能促使對方有所行動，這是著名的紐約房地產拍賣官約瑟夫·戴自己的親身經驗。他生涯中成交的最大一筆生意，就是靠著訴諸情感而成功的。以下是他對此一經歷的現身說法。

專業知識不是買賣的全部，在我生涯中成交的最大一筆生意中，我完全沒有用上任何專業技術知識。我一直在與蓋瑞法官洽談，要將百老匯大道七十一號的大樓出售給美國鋼鐵公司，該公司的辦公室一直以來都設在這棟大樓中。當我與蓋瑞法官會面，聽到他非常冷靜而果斷地說出以下這些話時，我認為這筆交易已經成了：

「戴先生，附近一棟更現代的大樓曾經來跟我們交涉過，那棟樓看起來更符合我們的需求。那棟樓，」他指了指裝潢木工，「更精緻一些。這棟樓太老氣了。你知道這是棟非常老的建築。我們有些同事認為那棟樓更符合我們的需求，比這棟樓更適合我們。」

這筆五百萬美元的生意，眼看就要從我手中溜走了！我停了一下，沒有馬上回話，蓋瑞法官也沒有繼續說下去，他已經下了決定。當時空氣一片安靜，連一根針掉在地上，恐怕都會發出如炸彈般的巨響。我決定不要回應他的論述，相反地，我開口問道：

「蓋瑞法官，你剛到紐約時的第一間辦公室在哪裡？」

「就在這，」他說道，「確切來說，是在另一頭的房間裡。」

「美國鋼鐵公司又是在哪裡草創的呢？」

「怎麼了嗎？就是在這邊的辦公室啊，」他若有所思地說道。然後，他又自己接著說：『有些年輕的行政主管，之前待過比較華麗的辦公室，他們對這些老家具不太滿意。不過，』他又加了一句，「這些人都已經離開公司了。」

這筆生意就此成交，隔週我們就正式簽了約。

我當然知道他說的其他大樓是哪一棟，大可以比較一下兩棟建築各自的優缺點，然後讓蓋瑞法官針對工程、建築等方面提出論證——不過，與其說是來說服我，還不如說是說服他自己吧。相反地，我選擇訴諸情感面。

宗教動機

還有另外一類動機，對我們也有強大的影響力，我們暫且稱之為宗教動機。我指的宗教，不是說正統的禮拜儀式，或是某些特定教派或教條的意涵。我指的是基督所教導的，眾多美好而永恆的真理：正義、寬恕、慈愛、為他人服務、愛人如己等。

即使是面對自己的時候，也沒有人會願意承認自己不好、不善良、不寬厚。因此，我們容易受這幾項訴求的影響。因為其中暗示了我們擁有高貴的靈魂，而我們會為此感到驕傲。

沃德曾擔任基督教青年協會國際委員會祕書多年，投注了大量時間籌劃與舉辦募款活動，幫協會蓋房子。捐款人簽一張一千美元的支票給YMCA，並不是出於自我保護或是取得更多財產、權勢的動機；相反地，許多人是基於高尚、正義、助人等欲望而捐款。

當他在西北大城舉辦募款活動時，沃德先生找上了一個知名的公司總裁，這個人從未投入任何教會或社會運動。什麼？要他放下公司的業務一週，去幫YMCA募款蓋房子？這個提議聽來實在太荒謬了。不過，他最後還是同意出席活動開幕式。那天，他深深受到沃德先生對高尚品格及利他精神的召喚，花了整整一週投入狂熱的募款活動之中。不到一週的時間，這個向來不敬神的商業大亨，居然開始禱告祈求活動成功。

有一群人曾經找上已故的鐵路大亨希爾，希望說服他在西北部的鐵路沿線，設立YMCA。他們募到了錢，而且是非常大的一筆數目。因為知道希爾是個精明的生意人，他們很不明智地將訴求的目標對準了希爾對獲利的欲望。他們說道，這樣的協會，可以提升工人的幸福感，讓他們更快樂，並為他的財產增值。

「你們漏掉了，」希爾回應道，「會讓我決定設立YMCA的決定要素——

也就是為正義及打造基督徒品格盡一份心力的欲望。」

一九〇〇年，長期僵持不下的邊界衝突，讓阿根廷和智利兩國之間戰火一觸即發。戰艦建造完畢，軍備業已補齊，稅率也已調高，雙方政府都砸下重金做準備，不惜以鮮血來弭平這場爭端。

一九〇〇年的復活節當天，一名阿根廷主教以基督之名，大聲疾呼，強調維持和平的重要性。而在安地斯山脈的另一邊，一名智利主教也呼應了這項訴求。兩名主教各自走遍大城小鎮，一次又一次地呼籲和平的重要性，並訴諸人民的手足之情。

一開始，參與的聽眾只有女性；但是最後，這項訴求打動了兩國所有的民眾。民眾的請願和輿論的力量，促使兩國政府同意申請仲裁，並縮減海軍及陸軍的編制。邊界上的堡壘被推倒了，槍枝被丟進熔爐，用來鑄造一尊巨大的基督銅像。直到今天，這尊手持十字架的基督銅像，依舊以和平王子之姿立在高聳的安地斯山脈上，看顧著這道曾引起爭端的邊界。在雕像的基臺上刻著：「智利和阿根廷兩國的人民，將永遠銘記雙方在基督跟前立下的誓約，即使此山崩裂風化為塵土，亦不可磨滅。」

這便是訴諸於宗教情感和信念的力量。

小結

以下總結我們所探討的方法。

第一，引起聽眾的興趣。

第二，靠實力贏得信心。靠你的誠懇，靠恰當的介紹詞，確定自己有資格討論演說主題，並靠講述親身經歷來獲得信賴。

第三，陳述事實。以你提案中的優點來教導聽眾，回應他們的反駁。

第四，訴諸於讓他們採取行動的動機：對獲利的欲望、自我保護、自負、愉悅感、情感、愛，以及一些宗教動機，像是正義、慈悲、寬恕、愛等等。

這個方法，只要使用得宜，不只對講者在公開場合發言有所助益，也會對他在私下的人際溝通上大有幫助。甚至，對他撰寫推銷信函、發想廣告內容、參與工作面試等方面，都能有所幫助。

第十六章

潤飾你的語言

要潤飾語言，就要力圖做到表達確切，即使是思維中的最微妙之處。對於這一點，即使是訓練有素的作家也不那麼容易做到。

真正全新的事物是寥寥無幾的。即使是最偉大的演說家，他們的妙語連珠，很大程度上是他們勤於讀書、勤於識記的結果。

一個窮困潦倒的英國無業遊民，正徘徊在費城的街頭尋找工作。他走進了該城知名企業人士保羅・吉本斯先生的辦公室請求面談，吉本斯先生質疑地打量著這位打扮不入流的陌生人。只見他衣衫襤褸，還有幾處磨破了，渾身上下都透著一股寒酸氣。也許一半是出於好奇，一半是出於憐憫，吉本斯先生同意與這位陌生人面談。起初，吉本斯先生只打算談一會兒，沒想到一會兒變成了十幾分鐘、幾十分鐘，又延伸到一小時，而面談仍沒有結束。最後，在面談結束時，吉本斯先生當即打電話給費城一家公司的經理羅蘭德・泰勒先生，推薦這位陌生人。泰勒先生是費城的主要金融家之一，他很快邀請這位陌生人共赴午餐，並為他安排了一個極受青睞的職位。那麼，這位外表寒酸、窮困潦倒的人是如何在如此短的時間內獲得如此不同的待遇呢？

原因很簡單：他會說一口標準的英語。其實，他是英國牛津人，來費城做一筆生意，但是慘遭失敗，既沒有資金，又沒有朋友在這裡，陷入困境中。幸虧他的一口準確而優雅的母語，可以讓聽者迅速忘卻他的衣衫襤褸和蓬頭垢面。於是，他的語言就成為他躋身商界名流的通行證。

也許這個陌生人的故事有點特殊，但它揭示了一個根本且普遍的真理，那就是：我們判斷一個人，通常是根據其言談，因為一個人的言談反映了他的個人修養。而明察秋毫的聽眾就可以從中判斷出這個人的教育背景和文化概況。

我們每個人都只有四種管道與世界發生聯繫，而對我們自身的評價與劃分也有四種管道，即我們的職業、外表、言談以及說話技巧。然而，有一些人一生都是在錯誤中度過的。在離開學校後，他們就不再有意識地去豐富自己的詞彙，不去掌握詞句的引申意，表達也不再精益求精，相反地，他們習慣性地說一些街頭小巷中的大白話和廢話。毫無疑問，他們的話語缺乏個性和技巧；也毫無疑問，他們的發音違背了發音規則，很不準確，同時也出現了一些低級的語法錯誤。我確實曾聽過一些大學畢業生滿口令人哭笑不得的錯誤語法。那麼，既然擁有高學歷的人也犯如此的錯誤，那我們又怎能苛求因經濟困難而中途輟學的人不犯錯誤呢？

多年前的一個下午，我正在羅馬劇場裡站著發呆，一個陌生人向我走來。他是一個英軍上校，他做完自我介紹後，就開始向我講述他在不朽之城的經歷。然而，沒說上幾句，他的口中就接二連三地蹦出一些低級的語法錯誤。那一天，他穿著一雙擦得發亮的皮鞋，一身著裝整潔乾淨，顯然，這是為了建立自信，贏得他所接觸的人的尊重。然而，他並未意識到去潤飾自己的語言，以求表達精確。他這樣的人，可能會因為向女士講話時忘記脫帽而感到羞恥，但絕不會因為說話屢犯錯誤，給聽者帶來困擾而後悔不迭。不，而是他根本沒有意識到自己的錯誤。因此，透過他糟糕透頂的言談，毫無疑問，人們已將他劃歸為缺乏文化涵養的那一類人。

在擔任哈佛大學校長三分之一個世紀後，查理斯．艾略特博士宣稱：「依我看，衡量學校教育品質的一個重要標準，是看學生能否說一口準確、優美的母語。」這是一個具有深遠意義的見解，值得我們深入思考。

也許你會問，如何才能熟練運用語言，從而做到情意並達、優雅順暢呢？幸好，要做到這一點並不神祕，也不需要什麼技巧，這方法是公開的祕密。

林肯的父親是一個未受過教育的木匠，他的母親也未受過正規教育。那麼，是林肯天生就被賦予了強大的語言能力嗎？然而，從他的家庭背景和成長經歷看，這種假設並不成立。當他入選國會議員時，他在官方資料記載中用了一個形容詞描述自己的教育背景，「有瑕疵的」。確實，林肯一生中接受正規教育的時間還不到一年，因此林肯從老師得到的啟發和教育少得可憐，而他的生活環境也沒能給他提供什麼。

後來，儘管林肯到了伊利諾州第八行政管轄區擔任律師，但他所接觸的農民、企業人士、律師、當事人等的語言都是平淡無奇的。然而，最重要的是，林肯與那些同行或市井小民在一起時，並沒有浪費掉寶貴的時間，而是從政界名流、歌唱家、詩人等身上汲取養分。他能夠背誦彭斯、拜倫、白朗寧的整篇作品。他還寫了一篇關於彭斯的文章。另外，他還買了拜倫的兩套詩集，一套放在辦公室，一套放在家裡。放在辦公室裡的那套因為翻看遍數太多而鬆散了，即使是把它放正，也會很自然地翻開到《唐璜》部分。

後來不論是在白宮日理萬機，還是為殘酷的內戰而殫精竭慮、勞損形神，林肯仍要在臨睡前抽空閱讀胡德的詩集。有的時候他半夜醒來，就會翻閱詩集。當偶然讀到使人振奮的詩句時，他便會起床穿好睡衣，趿著拖鞋滿大廳尋找他的祕書，讓祕書一首詩一首詩念給他聽。

在白宮處理政務的間隙，他會抽時間去背誦莎士比亞的作品，還會批評演員對作品的表達不當，並給出自己的見解。他曾給一位名叫海凱特的演員寫信說：「我曾讀過莎士比亞的一些戲劇。作為一名外行的讀者，我覺得無論是李爾王、理查三世、亨利八世、哈姆雷特都不及馬克白表演得好，那真是太精彩了！」

林肯同樣鍾情於韻文。無論是在公眾場合還是在私下場合，他都會朗讀或者記憶一些韻文，甚至動筆創作。他還曾在他姊姊的婚禮上朗誦了自己的一首作品。到中年時，林肯的作品已有厚厚一疊了。但由於生性謙恭，即使是最親密的朋友，他也從不輕易把自己的創作示人。

羅賓遜在他的著作《林肯傳》中寫道：

這位自學成才的偉人，用他純粹的文化和知識武裝自己的頭腦，眞可謂是天才，但他的成才途徑，正如愛默頓教授評價伊拉斯謨：「他從小就輟學了，但他按照普通的方法無時無處不在進行自學，也就是孜孜不倦、勤奮刻苦地去學習、去實踐。」

正是這位曾在印第安納州的鴿子農場每天以掰玉米、屠宰牲畜來賺取三十一分錢日薪的笨拙小孩——林肯，在蓋茨堡做了一次最著名的演說。在蓋茨堡戰役中，十七萬人參加了戰鬥，七千人陣亡，戰爭極其慘烈。但政治家查理斯·薩姆納說，在林肯去世不久，戰爭會被人們遺忘，但林肯的演講仍會長留青史，或者說人們之所以記起蓋茨堡戰役，很大程度上是因為林肯的蓋茨堡演講。歷經多年，誰還會懷疑這預言的正確性呢？

愛德華·埃弗里特發表了長達兩小時的演講，然而他所說的早已被人們忘記了。而林肯的演講都不足兩分鐘，當攝影師架起舊式照相機，對焦後準備拍照時，林肯已經完成了他的演講。

林肯的這篇演講現已被鐫刻在不朽的青銅製品上，並放置在牛津大學的圖書館裡，作為英語史上的傑作供人們緬懷、學習。因此，每一位致力於公開演說的學員都應好好記誦它。

八十七年前，我們的先輩們在這塊大陸上建立起了一個嶄新的國家。它孕育於自由之中，信奉人人生來平等的理念。現在，我們正在進行一場偉大的國內戰爭。這場戰爭將考驗我們國家以及任何一個孕育於自由、信奉平等理念的國家是否能夠長久存在。今天，我們在這場戰爭的一個偉大的戰場集會。我們來到這裡，將這個戰場的一部分土地奉獻給在此為國家生存而獻出生命的人們，作為他們永久的安息之所。我們這樣做，是完全恰當，也是合乎情理的。然而，從更廣意義上說，我們不能奉獻這片土地，我們無法使之神聖，使之光榮。因為那些在這裡戰鬥過的勇士們，無論是活著還是死去，已經使這片土地變得如此神聖，遠非我們微薄的力量所能予以增減。世人將不會注意，也不會長久記住我們在這裡所說的話，但世人永遠不會忘記他們在這裡所做的一切。相反，我們這些活著的人，應該致力於勇士們尚未完成的事業。那些曾在此地戰鬥過的勇士們已做出了最後的、徹底的奉獻。我們更應該獻身於仍然留在我們面前的偉大任務。勇士們的犧牲將激勵著我們更加獻身於他們爲之奉獻了最後一切的事業。我們決不能讓勇士們的鮮血白流。在上帝的保佑下，我們一定要使我們的國家獲得自由的新生，我們要使這個民有、民治、民享的政府永世長存！

人們普遍認為，林肯這篇演講的點睛之筆在於最後一句話，那麼，這句經典的話是林肯的首創嗎？事實並非如此。在早些年的時候，林肯的律師合夥人赫恩登曾送給他一本神學家西奧多·派克的演說集。林肯認真地閱讀了此書並對經典詞句做了標記，如「民主政府是直接全民自治的政府，它淩駕於人民之上，又是全民公治、全民共用」。

其實，西奧多·派克的這句話也是引自於韋伯斯特的話。在派克借用這句話的四年前，韋伯斯特就在寫給海恩的回信中提到「所謂人民的政府，是為民所有、為民所治、為民所享的政府」。然而，韋伯斯特的這句話的靈感，也是來源於美國前總統詹姆斯·門羅於三十多年前發表的演講。

那麼，詹姆斯·門羅又是引自誰的呢？在詹姆斯·門羅誕生的五百多年前，英國神學家、宗教改革家威克利夫就在他那本《聖經》譯著的前言中寫著：「這本《聖經》是奉獻給民有、民治、民享的政府的。」那麼，又在威克利夫的許多年以前，大約在耶穌誕生的四百多年前，雅典的政治家、宗教界領袖克里昂，在對其國民演講時就提到「民有、民治、民享」的治理者。那麼，克里昂的靈感又源於何處呢？因為歷史久遠，這無法考察了。

由此可見，真正全新的事物是寥寥無幾的。即使是最偉大的演說家，他們的妙語連珠，很大程度上是他們勤於讀書、勤於識記的結果。

勤於讀書、勤於識記，這就是擁有好的演講措詞的祕訣。因此，不管誰想豐富和擴大他的詞彙量，他就得不斷從人類的巨大知識寶庫中汲取養分。約翰．布萊特曾說過：「當我在圖書館時經常會有一種悲哀——人生是如此短暫，而我無法充分地盡享眼前的知識大餐。」

布萊特自幼家貧，十五歲時就輟學到一家棉紡織廠工作，而且自此就沒有再上學的機會了，但他卻成為了同時期最傑出的演講家之一，尤以對英語的嫻熟把握和運用而著稱。之所以取得如此的成功，是因為布萊特充分利用一切可以利用的時間潛心閱讀，理解拜倫、彌爾頓、華茲華斯、惠蒂爾以及莎士比亞和雪萊的著作，他將經典的詞句、篇章抄在本子上，以便隨時誦記。為了擴大自己的詞彙量，布萊特每年都會重溫一遍《失樂園》。

類似的例子數不勝數。政治家查理斯・詹姆斯・福克斯經常透過大聲閱讀莎士比亞的著作來改進文風。格萊斯頓伯爵稱他的書房為「和平的殿堂」，裡頭共收藏了一萬五千冊書，他坦言閱讀聖奧古斯丁、巴特勒主教、但丁、亞里斯多德、荷馬等人的著作使他獲益匪淺。其中，〈伊利亞德〉和〈奧德賽〉深深地迷住了他。為此，他曾寫了六本關於《荷馬史詩》的著作。

英國首相小皮特則是數十年如一日地堅持每天閱讀一到兩頁希臘文或拉丁文，然後將其譯成自己的母語，結果「他培養了一種無與倫比的表達能力，那就是能不假思索地準確、精練而有序地表達自己的思想」。

為了培養類似於希臘著名的歷史學家修昔底德的高雅動人的行文風格，雄辯家狄摩西尼將修昔底德的著作抄了八遍，皇天不負苦心人，狄摩西尼終於成為了一代大家。兩千多年後，美國前總統威爾遜也成為他眾多崇拜者中的一個。英國政治家、前首相阿斯奎斯也認為閱讀巴特勒主教的著作使他終生獲益。

英國桂冠詩人丁尼生每天堅持研讀《聖經》。俄羅斯小說家托爾斯泰不厭其煩地反覆閱讀《福音書》，直到能夠背誦其中的經典篇章為止。而英國散文家、批評家、社會改革家羅斯金的母親要求他每天堅持背誦《聖經》，而且每年要放聲通讀整本書。羅斯金回憶說：「母親對我要求極嚴，每一個單詞，包括拗口的名字都不能放過。這樣，從〈創世紀〉一直讀到〈啟示錄〉。」由於這樣的學習和訓練，羅斯金形成了他文學上的素養和風格。

羅伯特．路易士．史蒂文生被公認為英美文學史上最受愛戴的文學大家之一，他主要從事作家的傳記寫作。那麼，他的引人入勝的寫作風格是如何形成的呢？有幸的是，他親口告訴了我們他的經歷：

> 每當我讀到一些能使我感到格外愉悅的書或文章時，無論是故事本身精彩還是其影響巨大，無論是言語的鮮明還是風格的優雅，我都會馬上坐下來試圖模仿其特色。但是，儘管我一再嘗試都無法成功。然而，天道酬勤，我的這些努力並非完全徒勞，我在措詞的韻律上、內容的協調上以及結構的安排上都得到了很好的鍛鍊。
>
> 就是運用這種方法，我孜孜不倦地拜讀了赫茲利特、蘭姆、華茲渥斯、湯瑪斯．布朗、笛福、霍桑以及蒙田等人的著作，並潛心研究和模仿他們的風格。
>
> 不管你認爲如何，這不失爲一種學習寫作的途徑。無論我是否獲益，但

這確定是一種方法。英國著名的浪漫派詩人約翰．濟慈也是運用這一方法來學習和實踐的。他的詩文優雅，可謂無與倫比。

以上已經列舉了很多名字和具體的例子，潤飾語言的祕訣已顯而易見。林肯曾寫信給一位渴望成為律師的年輕人說：「唯一的辦法就是勤讀書，多思考，祕訣也就在於學習、學習、再學習。」

那麼，應該讀什麼書呢？首先我推薦阿諾德．班尼特所著的《如何利用一天的二十四小時》。這本書告訴你與你自身息息相關的許多有趣事情，比如，它會告訴你一天中你浪費了多少時間，如何停止這種浪費，如何有效利用可利用的時間。全書只有一百零三頁，你可以在一週內輕鬆地把它讀完。你可以把每天早晨的讀報時間由二、三十分鐘壓縮到十分鐘，然後從書上撕下二十頁放在口袋裡隨時抽空閱讀。

湯瑪斯．傑佛遜曾寫過：「我放棄了讀報紙，而把這些時間改用於閱讀羅馬演說家塔西佗、修昔底德，以及英國物理學家牛頓、古希臘數學家歐幾里得等人的著作，我發現從中所獲得的樂趣要比讀報紙獲得的樂趣多得多。」那麼，模仿著傑佛遜，你至少把用於讀報的一半時間分出來閱讀一些有意義的書籍，你會發現自己在不知不覺中變得更快樂、更明智了。何不先試一個月，堅持讀一本有意義的書。你也可以撕下二十頁隨身攜帶，在等待電梯、等候公共汽車、等候食物甚至等候約會的時候拿出來看看，你一定會有驚人的收穫。

當你讀完前二十頁後，把它們放回到書的原處，然後再撕下後二十頁。當你把整本書讀完了，就用橡皮筋把所有散頁按順序捆好，這樣，書的樣子雖然殘缺，但書的內容已深深地印在了你的頭腦裡了。這比起只把書完好地放在書架上而不去閱讀不是好得多嗎？

讀完了《如何利用一天的二十四小時》後，你也許會對阿諾德．班尼特的另一本書感興趣，即《人類機器》，這本書能夠教你巧妙地處理人際關係，培養你穩健、泰然的形象。以上推薦的這兩本書並不僅因為內容具有啟發性，更因為它們的表達精練雅致，對豐富你的詞彙有很大幫助。

讓拉爾夫．沃爾多．愛默生成為你的摯友，每天為你朗誦他的首篇著名散文〈自助〉：

> 喚醒你內心的信念，它便具有普遍的意義。因爲最深入的終將會成爲最外在的——我們的最初想法終將會在最後的審判喇叭聲中返回給我們。儘管

心靈的呼喚對每個人來說都是很熟悉的，但是摩西、柏拉圖和彌爾頓的最了不起的功績，在於他們蔑視書本和傳統，不人云亦云，而是論及他們自己的思想。因此，每個人應善於發現、捕捉自己內心深處的亮光，而非詩人或聖賢們的光輝。然而，人們不假思索地拋棄自己的思想，就是因爲那是自己的思想。其實，在每一部天才作品中，我們都可以找到被我們自己拋棄的思想：它們帶著某種陌生的尊嚴又回到我們的面前。偉大的藝術作品就不會給我們這種感覺了，因爲它教誨我們要用最平和、最執著的態度遵從內心深處最自然的念頭，直到把它完全表現出來。要不是這樣的話，明天定會有某個人以權威的口吻高談闊論那些我們曾經想到的、感受到的想法。到那時候，我們只好慚愧地從別人手中接受本來是屬於我們的想法。

每個人在受教育的過程中總會在某一個時候意識到：妒忌是無知的，仿效是自殺。然而，無論是好、是壞，他都必須接受屬於自己的那一份。廣闊的世界充滿珍饈美味，然而，只有在自己的土地上辛勤耕耘，富含營養的穀物才會獲得豐收。賦予他體內的力量是新生的力量。但是，只有他知道自己能做什麼，而且也只有在嘗試之後才能知曉這力量。

我們仍然留了兩名舉世公認的大師級作家沒有提及，他們是誰呢？當美國著名的作家亨利．歐文被問及他所認為的一百部最優秀的作品是哪些時，他回答說：「在一百部書之前，我首推《聖經》和莎士比亞的作品。」歐文所言不假，我們應該暢飲英美文學長盛不衰的源泉，不斷品味，不斷思索，然後把報紙扔到一邊並喊道：「莎士比亞，今晚到這裡來跟我談談羅密歐和茱麗葉的愛情故事，說說馬克白以及他的遠大理想吧。」

如果你真能這樣做，你將會有何收穫呢？慢慢地，在潛移默化之中，你的表達會變得優美凝練；逐漸地，你的人格就會顯得雅致、高尚並受人尊重。這正如歌德所說的：「告訴我你讀了哪些書，我便會知道你是怎樣一種人。」

蒐集書目及讀書安排並不需要花費什麼，只需要你堅強的意志力、縝密的思考力和長久的忍耐力……你不必買大部頭的著作，只需要花二十五美分就可以買愛默生或莎士比亞的短劇了。

馬克．吐溫語言魅力的源泉

馬克．吐溫是如何培養其幽默的語言風格呢？在年輕的時候，馬克．吐溫乘著慢吞吞且毫不舒適的公共馬車，隻身一人從密蘇里州遊歷到內華達州。因為食物和水是乘客和馬匹的必需品，所以必須攜帶，而行李是以公斤計算的，多一份重量，也就意味著馬車的行進就多一分危險。然而，在載重量已剩寥寥無幾時，馬克．吐溫仍想方設法帶上一部《韋伯斯特大詞典》。不管是翻山越嶺，還是穿行沙漠，抑或是出入土匪強盜的出沒棲息之地，馬克．吐溫都沒有捨棄這部大詞典，他渴望成為一名語言大師。憑著非凡勇氣和頑強的毅力，他克服種種艱難險阻，一步步地朝著目標邁進。

除了馬克．吐溫外，皮特和查塔姆勳爵也把《韋伯斯特大詞典》從頭到尾，一詞不漏地看了兩遍。白朗寧每天都認真閱讀此詞典，認為它不僅有指導性，而且還有趣味性。林肯在形容他的傳記作者尼古拉和海伊時曾說：「他們常在黃昏開始閱讀詞典到睡意襲來才作罷。」其實，每一位傑出的作家或演說者無一例外都會苦讀詞典。

美國前總統威爾遜對英語的掌握運用可謂出神入化，他的一些著作，包括他的美國對德國宣戰的誓言書的一部分，都毫無疑問地在英美文學史上占有一席之地。下列故事是關於他如何培養自己的語言能力：

我父親從不允許他的家人有不正確的語言表達。一旦我們出口有誤，父親就會馬上糾正我們。當我們遇到不熟悉的詞語時，父親就會耐心地向我們解釋。爲了加深對生詞的印象，父親還鼓勵我們在交談中運用該詞語。

美國紐約有一名演說家在演講時句子結構嚴謹，語言表達質樸優美，備受讚美和推崇。在最近的課程中，他終於揭開了他正確且貼切地運用詞語的奧祕。原來，每當他與人交談或在閱讀中遇到不熟悉的詞語，他就會把它記在備忘錄上，當天晚上睡覺前，他就會查閱字典，認真學習並掌握該單詞。如果哪天沒有發現新詞語，他就會翻閱一兩頁費納德編著的《同義詞、反義詞和介詞》一書，認真掌握每個單詞的確切意思。因此，在日常交談中，他的詞語總是變幻無窮。一天掌握一個生字——這就是這位出色的演講家的箴言。這也就是說，在原來的基礎上，一年可增加三百六十五個詞語。為了增強記憶，他把這些新詞語抄在小筆記本上，隨身攜帶，在有空的時候就看上幾眼。時間長了，他發現，一個新單詞只要使用過三次便永遠不會忘記了。

單詞背後的浪漫故事

詞典不但能讓我們弄清楚詞的意思，還可以讓我們追溯到它的起源。通常，在單詞詞義之後，會附上該單詞的起源，並用括弧括起來。因此，不要把你日常所使用的單詞純粹看成是枯燥乏味的符號，其實它們極富色彩，生動浪漫。例如，如果沒有吸取各種語言和文化的精華，我們會連最普通的「telephone the grocer for sugar」（給雜貨店打電話買糖）這句話也無法表達。「telephone」（電話）這單詞由兩個希臘單詞組成，「tele」是「遠」的意思，「phone」是「聲音」的意思。「grocer」（雜貨店）源於古老的法語單詞「grossier」，而法語這一單詞又源於拉丁文「grossarius」，原意指批發商或批發。「sugar」（糖）這一單詞也源於法語，而法語的這個單詞是引自西班牙語。再追溯下去，就是西班牙語引進了阿拉伯語，阿拉伯語引進了波斯語，而波斯語中的「shaker」則是起源於梵語「carkara」，是「糖」的意思。

也許你在一家公司工作或者你是公司的董事，那麼「公司」（company）一詞是起源於古老的法語「companion」，而「companion」由「com」（一起）和「panis」（生計）兩個詞根組成。「companion」是指「同事」，那麼「company」則指一群共同謀生的組織，引申為「公司」。你所賺取的「工資」（salary）本來指買鹽（salt）的錢。在古羅馬時，士兵們所獲得的收入只能用於買鹽，有一天，某個喜歡說笑打趣的人稱自己的全部收入就是買鹽錢（salarium）。於是，經過了後來的發展和演繹便成了英語中的單詞。

再比如你手中拿著的這本書（book），起源於「山毛櫸」（beech）一詞。因為很久以前，盎格魯撒克遜人在山毛櫸樹上或山毛櫸做的簡劄上燒錄文字，從而引申出「book」這一單詞。

而你口袋中的「dollar」（美元）則是起源於「valley」（峽谷）。因為在十六世紀的時候，首批美元硬幣的鑄造是在山谷中（thaler或dale或valley）進行的，因此，就從「valley」引申到「dollar」。

「July」（七月）這個單詞是以「Julius Casar」（朱利斯・凱撒大帝）的名字命名的，而「奧古斯都大帝」（Augustus）也不甘落後，把八月份命名為「August」。然而當時八月份只有三十天。奧古斯都大帝可不願意以他命名的月份比以凱撒大帝命名的月份天數少。於是，他從二月份裡抽出一天加到八月份中。這種虛榮的偷竊行為已經成了不可抹殺的歷史印記，躍然於我們今天的日曆之上。不管真實與否，你都會發現這些單詞的淵源是很有趣的。

找出單詞背後的故事，你會發現它們是如此多彩、有趣。當你在使用它們的時候，你將會更愉悅，感到別有一番趣味。

一句話反覆修改了一百零四次

要潤飾語言，就要力圖做到表達確切，即使是思維中的最微妙之處。對於這一點，即使是訓練有素的作家也不那麼容易做到。女作家范妮·赫斯特曾告訴我，她有時寫句子要修改五十到一百次。她還說在跟我交談的前幾天她做了一個統計，結果有一句話修改了一百零四次。

以下是美國開國元勛古弗尼爾·莫里斯講述小說家理查德·哈丁·戴維斯如何不停地反覆修改用詞的故事：

他小說中的每一個單詞，都是在他所想到的無數個詞語中經過不斷地嚴格篩選才確定下來的。其實，不僅是單詞，還有段落、章節，甚至是整個故事，他都會對之反覆修改好幾遍，直到滿意爲止。他崇尚這種嚴格甄選的原則。例如，要是他描述一輛汽車駛進大門的情景，他首先會詳盡地、不漏任何細節地將兩眼所看到的情景原原本本地描述出來。接著，他會逐一刪除那些既不容易回憶起來，又無關緊要的細節。每當刪掉一處，他都會問自己：「原來的場景仍完整嗎？」要是有缺憾，他就會把剛刪掉的部分恢復。就這樣，他反覆地做著刪改，直到能爲讀者提供一幅簡潔明快而又完整的圖景爲止。就是因爲遵循這一嚴格的篩選原則，才使他的作品具有如此經久不衰的魅力。

然而，我們中的許多人或是沒有時間，或是沒有耐心去孜孜不倦地修改詞句。而以上我所舉的例子都是要讓大家明白，舉凡成功的作家都很注重語言表達的貼切。希望大家能認識到這一點，從而提高練習英語的興趣。當然，演說者如果為了尋找一個合適的詞來表達他的潛在之意，而導致了演講時支支吾吾猶豫半天，就很不實際了。你應該在平常的交談中就注意語言表達的精確性，並使之鍛鍊為一種無意識的技能。許多人應該注意這一點，但是，他們有注意嗎？很遺憾，並沒有。

彌爾頓可以熟練掌握八千個詞彙，而莎士比亞可以熟悉掌握一萬五千個。一本標準的詞典大概涵蓋五萬個詞彙，但根據普遍的估計，普通人大約只掌握兩千個單詞，他們僅僅用一些連接詞把動詞、名詞、形容詞簡單地連接起來。由於他們的惰性，或者太投入工作了，他們根本不願意為精確地表達而耗神。那麼，結果如何呢？當然是糟糕透了。下面就給大家舉個例子。我曾在美國科羅拉多州的大峽谷度過了一段美好且難忘的日子，但其中有一天，我聽到一名婦人在形容一隻松獅犬的可愛、一段管樂選段的動人、一個男人的溫文爾雅，以及大峽谷的壯觀時，統統用了一個形容詞「美麗的」，這是多麼令人掃興啊！

那麼，她應該如何說才確切呢？《詞語彙編》作者羅熱曾對「美麗的」這個形容詞做了歸納，多達七十個，如：漂亮、英俊、靚麗、嫵媚、妖嬈等。這裡就不再一一贅述了。

要勤於翻閱辭典，當你潤飾你的語言時，查閱它；當你記錄你的信件或報告時，查看它。經常使用它吧，你的語言魅力將會與日俱增。

避免陳腐的表達

潤飾語言不但要做到確切，更要力求風格清新，表達新穎。一定要有勇氣把自己的見解表達出來，因為即使是同一事物，從不同的視角看也會產生不同的效果。例如，在一場暴雨後，有的人在形容雨過天晴時會獨創一個新穎的比喻，「像黃瓜般沁涼」。這句形容多特別，因為它給人一種獨特的新鮮感，即使到後來的古巴比倫伯沙撒王的著名宴會後的演講中使用這句話，也仍會給人留下嶄新的活力。而如今，那些靠抄襲前人的創作來標榜自己的創新的人就應該要感到內疚了。

以下是用來表達「冷」這種感覺的多種比喻，看看它們是否新穎，能否給人留下深刻的印象。

像蛙皮般冰冷

如過了一個晚上的熱水袋一般冰涼

像推彈杆般冰冷

像墳墓般陰冷

若格陵蘭冰山一樣冷酷

冷如黏土——英國作家，浪漫主義文學的奠基人之一柯勒律治

冷得像烏龜——美國演員李察·張伯倫

寒冷得如風吹雪——蘇格蘭詩人艾倫·康寧漢

冷得像鹽——美國評論家詹姆斯・胡內克

冷如蚯蚓——比利時詩人、劇作家、散文家

寒冷得像黎明

像秋雨般的涼

然後，所有感受都是由你自己決定。那麼，現在就讓你自己來表達一下對「冷」的感受，要注意，表達的時候一定要大膽地去創新：冷若冰霜、寒若霜凍、冰涼的、冷冰冰的、冷颼颼的、冷森森的、寒氣襲人、冰天凍地、砭人肌骨、天寒地凍……

我曾向凱薩琳・諾里斯請教如何形成獨特的語言風格，她回答說：「要多讀經典的散文、詩歌，而且在寫作的時候要批判性地消除堆砌的詞藻和陳腐的表達。」

一位編輯曾告訴我，當他在提交付印的作品中發現有兩三處陳腐的表達時，他便會毫不猶豫地馬上退回給作者。因為，他認為語言表達不新穎的人，是不會有什麼獨創的見解的。

小結

①我們每個人都只有四種管道與世界發生聯繫，而對我們自身的評價與劃分也有四種管道，即：我們的職業、外表、言談以及說話技巧。人們通常是通過個人的言語來判斷一個人的。在擔任哈佛大學校長三分之一個世紀後，查理斯·艾略特博士宣言說：「依我看，衡量學校教育品質的一個重要標準，是看學生能否說出一口準確、優美的母語。」

②你的語言表達很大程度上反映了你的閱讀程度。因此，應該像林肯那樣與眾多的文學大師為伴，每天晚上以及其他空餘時間多讀莎士比亞及其他有名的作家的作品。只要你堅持這樣做，你的表達能力將會在潛移默化中不斷得到提高，還會受到愈來愈多的稱讚。

③湯瑪斯·傑佛遜曾寫過：「我放棄了讀報紙，而把這些時間改用於閱讀羅馬演說家塔西佗、修昔底德，以及英國物理學家牛頓、古希臘數學家歐幾里得等人的著作。我發現從中所獲得的樂趣，要比讀報紙獲得的樂趣多得多。」因此，為何不模仿傑佛遜？你不必完全放棄讀報，你可以把用於讀報的一半時間分出來閱讀一些有意義的書籍。你也可以撕下二、三十頁隨身攜帶，在

空餘時間隨時拿來看看，漸漸地，你一定會有驚人的收穫。

④ 把詞典放在你的旁邊隨時翻閱，查找、掌握不熟悉的詞語，並在平時不斷使用以便牢記在心上。

⑤ 學習單詞的由來。這些單詞背後的故事並不枯燥乏味，相反地，它們極富色彩，充滿浪漫性。例如，「salary」（工資）這個單詞本指「買鹽錢」（Salarium）。在古羅馬時，士兵們所獲得的收入只能用於買鹽。有一天，某個喜歡說笑打趣的人創造了一句俚語，把他的全部收入稱為「Salarium」（買鹽錢）。

⑥ 避免使用陳舊、乏味的詞句，你的表達應要做到明確、嚴謹。因此，你應該多查閱詞典。不要把看到的所有的美好東西只用「美麗的」來形容，而你應該使用它的近義詞，如：中看、順眼、悅目、娟秀、漂亮、英俊、靚麗、嫵媚、嬌豔、妖冶、光彩奪目、美不勝收等，來更確切地表達這些事物的優美、雅致等特點。

⑦ 不要再使用「像黃瓜般沁涼」之類陳腐的比喻，你應該大膽地去創造新穎的、獨特的表達。

i 生活 21

請你說話

卡內基給商界人士的演說力指導；說服X影響X打動人心的魅力口才；成功企業家的最強外掛

作　　者　戴爾・卡內基
譯　　者　王林、楊玲萱
封面設計　黃耀霆　**責任編輯**　劉素芬　**內文排版**　游淑萍
副總編輯　林獻瑞　**印務經理**　黃禮賢

社　　長　郭重興　**發行人兼出版總監**　曾大福
出 版 者　遠足文化事業股份有限公司　好人出版
新北市新店區民權路108-2號9樓
電話02-2218-1417#1282　傳真02-8667-1065
發　　行　遠足文化事業股份有限公司　新北市新店區民權路108-2號9樓
電話02-2218-1417　傳真02-8667-1065
電子信箱service@bookrep.com.tw　網址http://www.bookrep.com.tw
郵政劃撥　19504465　遠足文化事業股份有限公司
法律顧問　華洋法律事務所　蘇文生律師
印　　製　成陽印刷股份有限公司　電話02-2265-1491

初　　版　2021年9月24日　**定價**　380元
ISBN　978-986-06905-3-8

國家圖書館出版品預行編目(CIP)資料

請你說話：卡內基給商界人士的演說力指導；說服X影響X打動人心的魅力口才；成功企業家的最強外掛／戴爾・卡內基作；王林、楊玲萱譯. -- 初版. -- 新北市：遠足文化事業股份有限公司好人出版：遠足文化事業股份有限公司發行, 2021.09
面；　公分. --（i 生活；21）
譯自：Public speaking and influencing men in business.
1.演說術
ISBN　978-986-06905-3-8（平裝）

811.9　　110014722

讀者回函QR Code
期待知道您的想法